clásicos juveniles

ANTOLOGÍA DE CUENTOS FANTÁSTICOS DEL SIGLO XIX

Edición, introducción, notas y apéndices de
Carmen Candioti López-Pujato

EDELVIVES

Coordinadores de la colección:
Juan Díaz de Atauri y José Hamad

Coordinador editorial:
Carlos Gumpert

Equipo editorial:
Laura García
Ivo Aragón Inigo
Óscar Martín
Domingo Pose

Corrector de estilo:
Óscar Martín

Fotografía:
AISA-Archivo Iconográfico S.A. y Cover

Dirección de arte:
Departamento de imagen y diseño GELV

Diseño de cubiertas e interiores:
Sebastián Baigún

Ilustración de cubierta:
Roger Olmos

Traducciones de Violeta Pérez Gil, Joaquín Maestre, Rosa López, Isabel Vicente, Francisco Payarols, A. Ruste y J. García Mercadal.

Carretera de Madrid, km. 315,700
50012 Zaragoza
Teléfono: 913 344 883
www.edelvives.es

ISBN: 84-263-5254-5
Depósito legal: Z. 1528-04

Talleres Gráficos Edelvives (50012 Zaragoza)
Certificados ISO 9001
Printed in Spain

ÍNDICE

INTRODUCCIÓN

LOS AMIGOS DE MIS AMIGOS SON MIS AMIGOS

Dobles, asesinos, brujos, científicos aparentemente dementes, fantasmas, muertos vivientes, etc., son algunos de los seres que pueblan el universo de los cuentos fantásticos del siglo XIX.

En lo fantástico conviven hechos cotidianos junto con otros hechos inexplicables o, en todo caso, solo comprensibles como acontecimientos extraordinarios: en el transcurso de la vida diaria se produce, inesperadamente, un acontecimiento increíble, inaceptable para quien lo vive. «¡Algo espantoso se ha introducido en mi vida! Sombríos pensamientos de un destino cruel y amenazador se ciernen sobre mí...» confiesa Nataniel, protagonista de *El Hombre de Arena,* a su amigo Lotario. Seducidos por la intrusión de lo inexplicable y misterioso en la vida real, no obstante abrigamos sospechas acerca de la realidad de los hechos de los que somos testigos como lectores. El estado psicológico de la sospecha nos impide decidir si estamos ante un hecho justificable como ilusión de los sentidos, como fruto de la imaginación o ante una circunstancia controlada por leyes ignoradas por nosotros. Esta suspensión del juicio sobre lo que acontece en la narración nos lleva a cuestionar el paradigma de «realidad» vigente y así, nos adentramos en mundos desconocidos, siempre con la incertidumbre de lo que es real y de lo que no lo es. El adolescente de *Un sueño,* de Turguenev, ve a un hombre en un café, a quien cree reconocer, y se detiene a observarlo, dudando de su propia experiencia: «Al notar probablemente mi mirada fija, levantó hacia mí sus negros ojos, penetrantes... No pude reprimir una exclamación ahogada... ¡Aquel hombre era [el mismo]... a quien yo había visto en mis sueños!».

NO TODO ES LO QUE PARECE

Los sucesos extraños, infrecuentes, inquietantes o sobrenaturales son habituales en la narrativa fantástica. En primer lugar, la locura: «... ¿por qué decís que estoy loco?», objeta el protagonista de *El corazón revelador,* de Poe, «... la enfermedad ha agudizado mis sentidos... He oído cuanto pasaba en el cielo y en la tierra. He oído muchas cosas del Infierno. ¿Cómo, entonces, puedo estar loco?».

El narrador de *El guardavía,* de Dickens, señala una coincidencia inquietante en la historia que coprotagonizó: «... la advertencia del conductor no solo incluía las palabras que el desafortunado guardavía me había dicho que lo atormentaban, sino también las palabras con las que yo mismo había acompañado —y tan solo en mi mente— los gestos que él había representado». Junto a las coincidencias inquietantes, la distorsión temporal es otra de las características de la narración fantástica que ponen en jaque nuestro mundo habitual, como en aquella experiencia del caminante nocturno de *La noche,* de Maupassant, quien un tanto aturdido piensa: «Pero, ¿cómo explicar lo que me ocurre?... El caso es que fue ayer —¿fue ayer?—. Sí, sin duda, a no ser que haya sido antes, otro día, otro mes, otro año —no lo sé».

El mundo de los sueños y de la oscuridad, como símbolos de lo desconocido, sitúan a los personajes de un relato fantástico en escenarios de gran intensidad emocional. La traumática experiencia infantil de Nataniel; la participación en una reunión de brujos de Brown, protagonista de *El joven Goodman Brown* de Hawthorne; el paseo por París del protagonista de *La noche* de Maupassant, tienen lugar durante la noche.

La escisión de la personalidad o la presencia del doble caracteriza, asimismo, los gustos temáticos del relato fantástico. *La sombra*, de Hans Christian Andersen, más conocido por sus espléndidos relatos infantiles, presenta el antagonismo entre un hombre y su sombra, que acaba usurpando su lugar. Si el desdoblamiento de la personalidad puede interpretarse como la muerte de la identidad de un individuo, también la muerte en sentido propio hace su aparición en el cuento fantástico: es un tema tan recurrente que está presente en *El corazón revelador, La sombra, El guardavía, Un sueño, La noche, El diablo de la botella, El Hombre de Arena* y *El elixir de larga vida*, títulos que forman parte esta antología.

Muchos cuentos fantásticos nos atenazan la garganta: la progresión ascendente del relato nos conduce a su punto culminante, a su clímax, como en *El elixir de larga vida*, de Balzac: «... aquella cabeza viviente se separó violentamente del cuerpo que ya no vivía y cayó sobre el cráneo amarillo del abad. ¡Acuérdate de doña Elvira! —gritó la cabeza devorando al abad».

Seres y objetos mediadores contribuyen a dar cuenta de lo sobrenatural, lo extraño, lo ominoso, como la botella del relato de Stevenson, *El diablo de la botella*, «... de color blanco, como de leche, con cambiantes destellos irisados en su textura», cuyo interior encerraba un espíritu malintencionado; o el anillo de oro de *Un sueño*, anillo que aparece junto al cadáver de un hombre, sorprendentemente parecido a otro que había robado aquel anillo durante la comisión de un acto infame dieciocho años atrás, víctima también él de una muerte violenta. Por si no bastase lo singular de la extraña coincidencia, un personaje y el otro se asemejaban a un tercero al que el protagonista veía únicamente en sus sueños: nuevamente las coincidencias inexplicables.

El punto de vista de la narración en primera persona y la profusión de los detalles, habituales en la narración fantástica, agudizan el conflicto entre lo real y lo sobrenatural. Así, el protagonista de *La noche,* en su deambular por París, recuerda: «Volví sobre mis pasos. No había nadie a mi alrededor. En la plaza del Chateau d'Eau, sin embargo, un borracho estuvo a punto de tropezar conmigo, y luego desapareció... A la altura del barrio de Montmartre pasó un coche de caballos que descendía hacia el Sena». Cualquiera que conozca la ciudad francesa puede reproducir el recorrido del caminante de Maupassant.

La experiencia fronteriza entre el sueño, la imaginación o la premonición, por una parte, y la realidad ordinaria, por otra, que nos ofrece el cuento fantástico nos incita a cuestionar nuestro modelo de realidad, que es —como descubriremos antes o después— cultural y convencional. El cuento fantástico altera los valores aceptados, la concepción vigente sobre lo real y, por ello, es un revés para las convicciones ordinarias y el conocimiento comúnmente aceptado. En todo relato fantástico, hay una historia superficial, obvia, y una historia recóndita, con sede en los sentimientos, las emociones, las pasiones, los sueños y las aspiraciones más profundas. Por ello, una clave de lectura del cuento fantástico consiste en entender que existe una realidad olvidada, poco conocida para nosotros, que reside en nuestro interior. Y esa otra realidad suele ser confusa, desordenada, contradictoria y, muchas veces, difícil de comprender racionalmente. ¿Será la realidad ciertamente como nos la pintan?

UN POCO DE HISTORIA

¿Cuál es el fermento histórico del cuento fantástico? ¿Cómo nació? El cuento fantástico nace por influencia de los ilustrados de finales del siglo XVIII. Durante el siglo XIX, con el Romanticismo, lo fantástico conoce una etapa de esplendor como vehículo de expresión de incertidumbres y angustias. Esta nueva corriente se manifiesta en Inglaterra e Irlanda con el relato gótico, como *Frankenstein* de Mary Shelley; en Alemania, con *Los elixires del diablo* de Hoffmann; y en Polonia, con Potocki y su *Manuscrito encontrado en Zaragoza.*

El Romanticismo, movimiento artístico y filosófico del siglo XIX, surge por oposición al movimiento ilustrado del siglo precedente, que reivindica el poder de la razón en el conocimiento y el progreso humanos. Frente a la razón, el Romanticismo acentúa la interioridad con su carga de emoción y sensibilidad. La pasión romántica por la interioridad se evidencia en el interés por el yo individual y la introspección. Pero esta subjetividad romántica es una intimidad desgarrada por los conflictos, sea del yo consigo mismo, con otros o con el mundo. La paranoia de Nataniel en *El hombre de arena,* la psicosis del protagonista de *El corazón delator,* el trauma del adolescente de *Un sueño,* son muestras de la sensibilidad y capacidad de análisis psicológico de sus autores y de la relevancia cultural del yo psicológico y del inconsciente, de raíz romántica.

El Realismo, decisivo movimiento literario nacido en Europa a mediados del siglo XIX, en Francia con Balzac y Flaubert, en Rusia con Tolstoy y Turguenev, y en Inglaterra con George Eliott, se define por oposición al Romanticismo. Propugna la necesidad de la observación minuciosa, la representación sincera y fidedigna de la realidad, un enfoque centrado en la vida cotidiana contemporánea, el gusto por los detalles; la fascinación por el individuo y su relación con la sociedad; el rechazo de lo fantástico, lo sobrenatural y lo abstracto. *La noche,* con sus alusiones tan precisas a la ciudad de París; *El diablo de la botella,* con ricos detalles geográficos sobre la Isla de Tahití; *El joven Goodman Brown,* cuento que revela un muy fundado conocimiento, tanto de la historia de Nueva Inglaterra como del fenómeno de la brujería; *El elixir de larga vida,* de sorprendente precisión en su ambientación histórica de la ciudad italiana de Ferrara en el siglo XVI; *El hombre de arena,* con alusiones indudables a la curiosidad de la época por los autómatas; todos ellos reflejan el placer por el detalle y la fidelidad a las circunstancias históricas o culturales que sirven de escenario al relato, de inspiración realista.

En este siglo XIX, con su fe en la Ciencia y el progreso, destaca el Positivismo, de inquebrantable fe en el saber científico, como explicación de todo lo existente. La fabricación de autómatas que presenciamos en *El Hombre de Arena,* las descripciones del ferrocarril en *El guardavía,* son indicios de la fascinación despertada por el pensamiento científico.

Otros rasgos propios del siglo XIX crean, asimismo, un ambiente propicio para el desarrollo de la literatura fantástica, como son los progresos de la psicología o la difusión de creencias espiritistas y ocultistas. Las presencias fantasmales en muchos relatos como *El guardavía,* recogido en esta antología, dan cuenta del interés por dichas creencias.

Es también este siglo el momento del despegue de las ciencias experimentales, del auge del maquinismo, de la tecnología que permite la manipulación y el dominio de la naturaleza. El desarrollo del ferrocarril, la incorporación de las máquinas de vapor a los procesos industriales, configuran una verdadera revolución.

Algunas importantes obras de ingeniería, como la construcción del canal de Suez, el canal de Panamá o la torre Eiffel, producen orgullo y asombro por el progreso que significan. El telégrafo y el ferrocarril interconectan la mayoría de las grandes ciudades. A finales del siglo XIX, la bombilla incandescente inventada por Thomas Alva Edison empieza a reemplazar las velas y las lámparas de gas. En treinta años, todas las naciones industrializadas consiguen generar potencia eléctrica suficiente para el alumbrado y otras necesidades. La burguesía ya es la fuerza social dominante y surgen con ímpetu los movimientos obreros en defensa de los derechos de los trabajadores.

La tecnología deja inventos memorables por las soluciones que aportan a la vida social e individual: la pila, el teléfono, el telégrafo, el gramófono, la fotografía. La inclusión del telégrafo y la referencia al estudio de la Física, las Matemáticas y las lenguas del guardavía en el relato de Dickens, son ejemplos de la presencia de la Ciencia y la tecnología del siglo XIX en la Literatura.

La exploración de territorios lejanos, desconocidos para Europa, da lugar a un intenso fenómeno colonialista, alimentado por la urgencia de crecimiento de los mercados. A la par, se incrementa el afán por los viajes, los descubrimientos y el estudio de las culturas exóticas y la naturaleza. ¿Por qué si no el enorme interés de Stevenson por las culturas de la Polinesia francesa?

En suma, la segunda Revolución Industrial es una época caracterizada por el progreso técnico y científico; los sectores agrícolas y comerciales; las innovaciones en los transportes; las nuevas formas de organización económica, social y política; la generalización de la educación; la movilidad geográfica; el desarrollo del capitalismo y el nuevo colonialismo.

El surgimiento de la literatura fantástica coincide, pues, con el auge de la sociedad industrial, moderna y racional. ¿Es la literatura fantástica un cuestionamiento de la sociedad industrial o una percepción distorsionada y escapista de esa misma sociedad?

ANTOLOGÍA DE CUENTOS FANTÁSTICOS
DEL SIGLO XIX

ROBERT LOUIS STEVENSON

EL DIABLO DE LA BOTELLA

Érase una vez un hombre, natural de la isla de Hawai[1], al que llamaré *Keawe*. Vive aún, y por eso debo callar su verdadero nombre... Pero el lugar de su nacimiento está muy próximo a Honaunau[2], donde, en el fondo de una gruta, yace enterrado el esqueleto de Keawe el *Grande*.

Este hombre era pobre, honrado y activo.

Sabía leer y escribir como un maestro de escuela... Era un marino de primer orden, pues había sido timonel durante varios años a bordo de un buque de las islas, y piloto de un ballenero sobre la costa de Hamakua[3].

Finalmente, había tenido la idea de visitar el vasto mundo y las islas extranjeras; por ese motivo se había embarcado también en un buque con rumbo a San Francisco.

Era ya por entonces una hermosa y gran ciudad, con una rada admirable y gran cantidad de gentes ricas. Se hallaba allí, especialmente, una colina cubierta de palacios. Un día Keawe se paseaba por aquella colina, con los bolsillos repletos de dinero, contemplando con gusto las suntuosas residencias alzadas a un lado y a otro del camino.

1 **Isla de Hawai:** la mayor de las islas del archipiélago del mismo nombre, situado en el océano Pacífico.

2 **Honaunau:** localidad situada en la costa sudoeste de la isla de Hawai.

3 **Costa de Hamakua:** costa oeste de la isla de Hawai.

«¡Qué hermosas casas, pensaba, y qué felices deben de ser las gentes que en ellas viven, al no tener que preocuparse del mañana!»

Le asediaba aquella idea al llegar junto a una casa mucho más pequeña que las demás, pero perfilada como una joya.

Las escalinatas que daban acceso a aquella casa brillaban como si fuesen de plata; los arriates de las platabandas se extendían como guirnaldas y las ventanas resplandecían como si fuesen diamantes.

Keawe se detuvo para admirarla mejor.

En el mismo instante se dio cuenta de que a través de una de las ventanas, un hombre lo miraba. Era tan claro el cristal de aquella ventana, que Keawe veía al hombre como se ve un pescado en un pozo de agua en medio de los arrecifes.

El hombre, ni joven ni viejo, tenía la cabeza calva, calva entre negra y blanca. Su frente estaba cargada de preocupaciones y suspiraba amargamente.

La verdad es que, mientras Keawe contemplaba al hombre y el hombre contemplaba a Keawe, se envidiaban recíprocamente.

De repente, el hombre sonrió, movió la cabeza, hizo una seña a Keawe para que entrase, y fue a recibirlo en el umbral.

—Mi casa es una hermosa casa —dijo, volviendo a suspirar—. ¿Le agradaría visitar el interior?

Condujo, pues, a Keawe a través de una serie de habitaciones, desde la bodega hasta el granero, y Keawe, asombrado, hubo de convencerse de que no había un solo detalle que chocara, que todo cuanto allí había era perfecto en su género.

—Realmente —dijo Keawe—, tiene usted una hermosa casa... Si viviese yo en una casa semejante, no haría más que cantar durante todo el día. ¿Cómo es, entonces, que usted suspira?

—No hay razón alguna que le impida tener una casa semejante a la mía, y más hermosa aún —respondió el desconocido—. Usted tiene dinero, supongo.

—Tengo cincuenta dólares —dijo Keawe—; pero una casa como esta debe de valer más de cincuenta dólares.

El hombre reflexionó.

—Lamento que no tenga usted más dinero, pues tal vez eso le cause algún fastidio más adelante...; pero, de todos modos, se la dejaría por cincuenta dólares.

—¿La casa? —preguntó Keawe.

—No, la casa no, la botella. Aunque le parezca a usted tan rico y afortunado, he de confesarle que toda mi fortuna, comprendidos en ella la casa y el jardín, provienen de una botella no mucho mayor que una de un cuarto de litro.

Abrió una caja de caudales y sacó de ella una botellita tripuda, de largo cuello. Era de un vidrio blanco, como de leche, con reflejos movientes de arco iris. En el interior se agitaba confusamente algo, como la sombra proyectada por una llama.

—Aquí está la botella —dijo el hombre. Y como Keawe se echó a reír, añadió—: ¿no me cree usted? Pues bien; pruebe usted a ver si la puede romper por sí mismo.

Keawe tomó la botella y, con todas sus fuerzas, la tiró contra el suelo, pero saltó como una pelota de niño, sin padecer lo más mínimo.

—¡He ahí una cosa extraña! —reconoció Keawe—. No obstante, al tacto, se diría que esa botella es de vidrio.

—De vidrio es, seguramente —replicó el hombre, suspirando más lúgubremente que nunca—. Pero el vidrio de esta botella ha sido recocido en las llamas del Infierno. En su interior hay un demonio. Es esa especie de sombra que vemos moverse o, al menos, eso supongo. El demonio está al servicio del que compre la botella, procurándole todo cuanto desée: amor, gloria, dinero..., casas como esta, si..., y hasta una ciudad como San Francisco. El dueño de la botella no tiene más que hablar para tener lo que desea. Napoleón poseyó esta botella, y gracias a ella llegó a ser emperador del mundo; pero acabó por venderla, y perdió toda su grandeza. También el capitán Cook tuvo esta botella, y gracias a ella halló la manera de descubrir tantas tierras inexploradas. Pero él acabó por venderla también, y se hizo matar en la isla de Hawai. Pues desde el día en que la botella se vende, se pierde su protección..., y las desgracias se desploman sobre uno, a menos que uno no esté satisfecho con lo que posee.

—¡Y, sin embargo, habla usted mismo de venderla! —objetó Keawe.

—Tengo cuanto deseo, y me hago viejo —replicó el hombre—. El demonio es incapaz de prolongar la vida. No he de ocultarle a usted que la botella tiene sus inconvenientes. Si su poseedor muere antes de haberla vendido, queda condenado eternamente a las llamas del Infierno.

—¡Evidentemente, es un inconveniente serio! —exclamó Keawe—, y prefiero no verme mezclado en una aventura de ese género. A Dios gracias, puedo perfectamente pasarme sin la hermosa casa, y prefiero no exponer una parcela de la salud de mi alma.

—¡Qué pronto se desanima usted! —volvió a decir el hombre—. No tiene usted más que usar moderadamente el poder del demonio y después revender la botella a otro cualquiera, como yo se la revendo, para terminar su vida cómodamente.

—¡Caray! Dos cosas me asombran —observó Keawe—: la primera es que usted no cese de suspirar como una muchacha con mal de amores, y la segunda... que venda usted su botella tan barata.

—Ya le he explicado a usted por qué suspiraba —dijo el hombre—. Porque tengo serios temores acerca de mi salud...; y, como usted mismo dice, la perspectiva de asarme en el Infierno no tiene nada de regocijante... En cuanto a lo que a la baratura se refiere, existe una particularidad a propósito de la botella. Hace muchísimo tiempo, cuando el diablo la puso en circulación, costaba extremadamente cara, y Alejandro la compró por algunos millones de sextercios. Pero no se la puede revender más que perdiendo... Si se vende por el precio de compra, vuelve a nuestro poder enseguida, como paloma al palomar. Resulta de ello que el precio no ha hecho desde hace siglos más que bajar, y que ahora la botella es casi de balde. Yo mismo la compré a uno de mis ricos vecinos de la colina, y no pagué por ella más que noventa dólares. Podría revenderla por ochenta y nueve dólares y noventa y nueve céntimos, pero ni un céntimo más, sin que volviese a mis manos. Solo que esto tiene dos inconvenientes. La gente, al principio, se ríe en tus propias narices cuando les ofrece una botella tan singular a tan bajo precio, y además...; aunque esto no corre prisa, y es inútil que aborde ese asunto. Recuerde usted, de todos modos, que no se puede revender más que por dinero contante y sonante.

—¿Y cómo quiere usted que yo sepa si eso que dice es cierto? —preguntó Keawe.

—Puede usted experimentarlo inmediatamente —replicó el hombre—. Deme sus cincuenta dólares... Tome la botella..., y desee que sus cincuenta dólares vuelvan a su bolsillo. Si su deseo no queda al punto realizado, le doy mi palabra de honor de que consideraré el trato como deshecho y que le devolveré su dinero.

—¿No tratáis de engañarme? —preguntó Keawe.

El hombre le juró que no.

—Pues bien, siempre puedo exponer eso —dijo Keawe—; pues, en suma, nada he de perder con ello.

Y tendió sus cincuenta dólares al hombre, que le entregó la botella.

—¡Diablo embotellado —pronunció Keawe—, deseo que mis cincuenta dólares vuelvan a mí!

Y, apenas había pronunciado aquellas palabras, su bolsillo se tornó tan pesado como antes.

—Y ahora, buenos días, buen mozo, y que el diablo os acompañe —dijo el hombre.

—Consérvese bueno —dijo Keawe—. Ya estoy harto de bromas... Recobre usted su botella.

—La ha pagado menos cara de lo que yo la había comprado —respondió el hombre— y ahora es ya de usted. Y, por mi parte, no me preocupa ya más que el verle marchar.

Con lo que llamó a sus criados e hizo que pusieran a Keawe físicamente en la puerta.

Cuando Keawe estuvo en la calle, con la botella bajo el brazo, se puso a reflexionar.

—A pesar de todo cuanto me ha contado acerca de esta botella —se dijo—, quizá no haya hecho una mala compra... A menos que ese individuo haya querido burlarse de mí.

Se puso, pues, a contar su dinero. La cuenta era exacta... Cuarenta y nueve dólares americanos y una moneda chilena.

—De todos modos, la cosa tiene todo el aspecto de ser verdad —murmuró Keawe—. Pasemos a otro ejercicio.

Las calles de aquella parte de la población estaban limpias como el puente de un barco y, aunque fuese cerca del mediodía, no había ni un transeúnte.

Keawe dejó la botella en el borde de la acera y se alejó. Dos veces se volvió para mirar. La botella seguía estando en el mismo sitio, lechosa y ventruda. Se volvió por tercera vez, y se metió, furtivamente, por una calle estrecha transversal.

Aún no había recorrido diez metros cuando le pareció sentir algo que le tropezaba en el codo... Era el cuello de la botella, cuyo vientre redondeado reposaba confortablemente instalado en el fondo del bolsillo de su gabán.

—¡Decididamente, la cosa tiene todo el aspecto de ser verdad! —volvió a decir Keawe.

Después de lo cual, su primer cuidado fue comprar un sacacorchos en una tienda y dirigirse hacia un campo desierto. Allí intentó descorchar la botella. Pero cada vez que hundía el sacacorchos en el tapón, el sacacorchos volvía a salir enseguida y el tapón quedaba intacto.

Al llegar a los muelles del puerto, halló en su camino una tienda donde vendían conchas y porras de las islas salvajes, viejas divinidades paganas, monedas antiguas, sedas de China y del Japón, y toda clase de cosas que los marinos traen en sus arcas. Y allí, Keawe tuvo una idea.

Entró en la tienda y ofreció la botella por cien dólares. El tendero se echó a reír en sus propias narices y le ofreció cinco dólares; pero se dio cuenta de que la botella era curiosa, que el vidrio no parecía salido de una vidriería humana: los colores brillaban muy raramente bajo la lechosa blancura, y la extraña sombra del interior añadía un elemento sobrenatural.

Así que, después de haber regateado, según la costumbre de sus semejantes, el chamarilero dio a Keawe sesenta dólares de plata.

—Vamos —pensó Keawe—, he vendido en sesenta dólares lo que había comprado en cincuenta y aun en algo menos, debido a la moneda chilena... No tardaré, pues, en saber la verdad acerca de otro extremo.

Volvió, pues, a bordo de su barco y, cuando abrió su baúl, descubrió allí su botella...: había llegado antes que él.

Tenía Keawe a bordo un marinero que se llamaba Lopaka.

—¿Qué te pasa —dijo Lopaka— que miras tu baúl con ojos de pescadilla frita?

Se hallaban solos en el puesto de la tripulación; así que Keawe, después de haberle hecho jurar que guardaría el secreto, le confió toda la historia.

—Ahí tienes algo extraordinario —declaró Lopaka—, y tengo mucho miedo de que esa botella no te traiga más que inconvenientes; pero puesto que estás seguro de tener preocupaciones, quizá hicieses bien en aprovecharte de las ventajas. Decídete acerca de lo que deseas, ordénale al demonio que te lo procure y, si colma tu deseo, yo te compraré la botella. Ya sabes que siempre he deseado tener un bergantín de mi propiedad para hacer el comercio en las islas.

—No es tal mi idea —dijo Keawe—: lo que yo quiero es una hermosa casa y un jardín sobre la costa de Kona, donde nací, con el sol entrando por la puerta, flores en el jardín, vidrieras en las ventanas, cuadros sobre las paredes, chucherías sobre las mesas y hermosas alfombras en el suelo; una casa preciosa, completamente igual a aquella donde he estado hoy, únicamente con un piso de más y balcones, todo alrededor, como el palacio del Rey. Quisiera vivir allí sin preocupaciones, y comer y beber con mis amigos.

—¡Caray! —dijo Lopaka—. Volvámonos a Hawai y, si todo pasa según supongo, te compraré tu botella, como te he prometido, y pediré un bergantín.

El barco no tardó en volver a Honolulu[4], llevando a bordo a Keawe, a Lopaka y la botella.

Apenas descendieron al muelle, se encontraron a un amigo, el cual se apresuró a dar el pésame a Keawe.

—No sé por qué me das el pésame —interrumpió este último.

—¿Es posible que no lo sepas? —se asombró el amigo—. Tu tío, ese honrado anciano, ha muerto, y tu primo, el guapo adolescente, se ha ahogado en el mar.

Keawe, muy afectado por la noticia, se echó a llorar y a lamentarse, sin acordarse en absoluto de la botella; pero Lopaka reflexionaba, y cuando se hubo atenuado un poco la pena de Keawe, le dijo:

—¿No tenía tu tío tierras en Hawai, en el distrito de Kaü[5]?

—No —dijo Keawe—; en Kaü, no, están al otro lado de la montaña, un poco al sur de Hookena.

—¿Luego esas tierras van a pertenecerte? —preguntó Lopaka.

—¡Ay!... ¡Sí! —respondió Keawe, que volvió a lamentarse por la muerte de sus parientes.

—¡No! —intimó Lopaka—; deja de lamentarte por el momento... Se me ha ocurrido una idea. ¿Y si esas muertes, dichosas para ti, fuesen obra de la botella? Porque ahí tienes un terreno que es pintiparado para tu casa.

—Si es de ese modo —exclamó Keawe—, es una curiosa manera de servirme el matar a mis parientes... Pero puede que digas la verdad, pues es precisamente ese sitio en el que yo había pensado cuando vi la casa de mis sueños.

—Sin embargo, la casa no está aún construida —dijo Lopaka.

[4] **Honolulu:** capital de Hawai, situada en la costa sur de la isla Oahu, al este de la base naval estadounidense de Pearl Harbour, cuyo bombardeo por los japoneses en 1941 provocó la entrada de Estados Unidos en la Segunda Guerra Mundial.

[5] **Kaü:** distrito de la isla de Hawai.

—Ni lo estará en mucho tiempo —replicó Keawe—; pues si mi tío tenía algunos platanales, algunos cafetales y algunos árboles del pan, tendré con qué vivir, sin hacer locuras.

—Vamos a ver al notario —zanjó Lopaka—, pues sigo teniendo la mosca detrás de la oreja.

Cuando fueron a casa del notario averiguaron que el tío de Keawe había llegado a ser, en sus últimos tiempos, monstruosamente rico y que había dejado una gran fortuna.

—Ahí tienes el dinero para construir la casa —exclamó Lopaka.

—Si pensáis en construir —dijo el notario—, aquí tenéis la tarjeta de un nuevo arquitecto del que me han hablado muy bien.

—Mejor que mejor —continuó Lopaka—. Las cosas se arreglan ellas solas... Sigamos las indicaciones de la botella.

Fueron a casa del arquitecto, que tenía los planos sobre la mesa.

—¿Quiere usted algo que no sea vulgar? —preguntó el artista—. ¿Qué le parece esto? —y le mostró un dibujo.

En cuanto hubo puesto Keawe los ojos sobre aquel dibujo, lanzó un grito de sorpresa... Allí estaba, exactamente representada, la casa de sus sueños.

—Esta casa me conviene muchísimo —pensaba—, aunque no me gusta el modo como me ha venido. En fin, debo aprovecharme de las ventajas de la botella, puesto que tengo los inconvenientes.

Explicó, pues, al arquitecto todo lo que deseaba, cómo quería que la casa se amueblase, qué cuadros deseaba sobre las paredes, qué chucherías sobre las mesas; y después preguntó, resueltamente, cuánto precisaría para ejecutar sus órdenes.

El arquitecto le hizo varias propuestas, tomó notas y estableció un croquis. Cuando hubo terminado indicó una cifra que correspondía, exactamente, con la suma que Keawe acababa de heredar.

Lopaka y Keawe se miraron entre sí, y movieron la cabeza.

—Está bien claro —pensó Keawe— que estoy destinado a tener esa casa, quiera o no quiera. Viene del diablo, y en ella habré de cocerme tal vez más adelante. De todos modos, estoy decidido a no formular más deseos en tanto que la botella me pertenezca. Tomemos la casa.

Hizo, pues, un convenio con el arquitecto, y firmó los papeles en regla.

Después Keawe y Lopaka volvieron a embarcarse rumbo a Australia. Habían convenido no meterse en nada más y dejar que el arquitecto se las arreglase con la secreta colaboración del diablo embotellado para construir y amueblar la casa.

La travesía fue excelente, pero todo el tiempo Keawe estuvo vigilando su lengua, pues se había jurado no aceptar más favores del diablo y no manifestar el menor deseo nada. Cuando regresaron, habían expirado los plazos. El arquitecto les dijo que la casa estaba dispuesta. Keawe y Lopaka se embarcaron, pues, a bordo del *May* hasta Kona, para visitar la casa y ver si el arquitecto había sabido interpretar el pensamiento de Keawe.

Se alzaba la casa en el flanco de la montaña, visible desde alta mar. Por encima, el bosque ascendía hasta las nubes de lluvia y, por debajo, la lava negra se había detenido en una costa abrupta cuyas grutas servían de sepultura a los reyes de los tiempos antiguos.

En torno de la casa florecía un jardín, donde había plantas de todas las especies conocidas. A un lado había un huerto de papayas, y al otro un huerto de árboles del pan. En la parte delantera, hacia el mar, habían alzado un mástil en el que ondeaba una inmensa bandera. En cuanto a la casa, tenía tres pisos con anchos balcones y habitaciones inmensas.

Las ventanas estaban cerradas con cristales traslúcidos y no con papeles transparentes. Las habitaciones se veían adornadas con toda clase de muebles. Los cuadros colgaban sobre las paredes, con sus dorados marcos, representando moros, luchas de mujeres y pintorescos paisajes. Jamás vio Keawe cuadros tan deslumbradores como los de su casa.

En cuanto a los objetos menudos, las chucherías, honraban el gusto del arquitecto... Carillones y cajas de música, muñequillos moviendo la cabeza, armas valiosas de todos los países del mundo... Y nadie se hubiese atrevido a vivir en habitaciones tan suntuosas, hechas especialmente para ser exhibidas; los balcones eran lo bastante anchos para que en ellos pudiesen vivir a gusto familias enteras.

Keawe no sabía qué preferir, si el pórtico de la parte de atrás, desde donde recibía la brisa de tierra y desde donde se podían ver los huertos y las flores; o el balcón principal de la fachada de delante, desde donde se podía respirar el aire del mar..., hundir la mirada hasta la parte baja de la costa, ver pasar el *Hall* una vez por semana, con ocasión de su travesía entre Hookena[6] y las colinas de Pelé[7], y los bergantines dando bordadas con su cargamento de maderas, de plátanos o de aïa[8].

Cuando todo lo hubieron visitado, Keawe y Lopaka se sentaron bajo el porche.

—Bueno —preguntó Lopaka—; ¿está todo tal como tú lo deseabas?

—No es posible expresar con palabras hasta qué punto estoy encantado —respondió Keawe—. Es aún mucho mejor de lo que yo había soñado, y estoy enfermo de satisfacción.

—Falta asegurarse de una cosa —emitió Lopaka—. Quizá todo esto se ha producido naturalmente..., y puede que el demonio de la botella no haya intervenido en nada. Te he dado mi palabra, pero supongo que no querrás negarme una nueva prueba... Si comprase la botella y no lograra mi bergantín, me hubiera expuesto por nada a graves peligros.

—He jurado no pedir más favores al diablo —respondió Keawe—. Ya me he comprometido bastante.

—No es un favor lo que quisiera que pidieses —replicó Lopaka—, sino únicamente ver al mismo demonio. Nada hay que ganar con ello; luego de nada tienes que avergonzarte y, sin embargo,

[6] **Hookena:** localidad situada en la costa de Kona.

[7] **Pelé:** diosa autóctona que da nombre a las colinas.

[8] **Aïa:** kava o kawa, especie de pimiento de la Polinesia.

si pudiese únicamente entreverlo, estaría seguro de mi asunto. ¡Vamos, bien puedes hacer eso por mí! Después te compraré la botella; tienes el dinero en mi mano.

—No hay en ello más que una cosa que da miedo —dijo Keawe, vacilante—, y es que el demonio sea muy feo, y que ya no quieras la botella cuando lo hayas entrevisto.

—Soy un hombre de palabra —protestó Lopaka—, y entre los dos queda puesto el dinero.

—Bien está —consintió Keawe—. Yo mismo siento curiosidad por verlo. ¡Vamos, enseñe usted su semblante, señor demonio!

Apenas hubo pronunciado estas palabras, el demonio salió de la botella, para volver a entrar en ella con la rapidez de una lagartija.

Keawe y Lopaka quedaron aterrorizados. Anocheció antes de que pudieran recobrar las fuerzas necesarias para mover el dedo meñique y articular una palabra.

Entonces Lopaka empujó el dinero hacia Keawe y cogió la botella.

—Soy un hombre de palabra... —repuso—, y si no fuera por eso, ni con el pie rozaría esta botella. En fin, tendré mi bergantín y algunos dólares para embolsármelos y, me desembarazaré de este demonio tan deprisa como pueda. Pues, si te he de decirte la verdad, no quisiera volver a ver su fisonomía.

—Lopaka —declaró Keawe—, no me juzgues demasiado mal por lo que te voy a decir... Sé que es de noche, que los caminos son malos y que el paso por cerca de las landas es peligroso a esta hora; pero, después de haber visto la cara del demonio..., no podría comer, ni dormir, ni rezar hasta que no esté lejos de mí. Voy a darte una linterna, un cesto, para que pongas en él la botella y el cuadro que más te agrade de la casa, con tal de que te vayas enseguida a dormir a Hookena, a casa de Naina.

—Keawe —respondió Lopaka—, muchas personas que se encontrasen en mi lugar tomarían eso a mal..., sobre todo después de hacerte el favor amistoso de mantener mi palabra y de comprar la botella. Además, como tú mismo dices, la noche es muy oscura y la proximidad de las landas es diez veces más peligrosa para un hombre que lleva semejante pecado sobre la conciencia y semejante botella encima... Pero, por mi parte, estoy yo mismo tan aterrorizado, que no tengo corazón ni para reprochártelo. Me voy, pues, de aquí, y pido a Dios que seas dichoso en tu casa y que tenga yo suerte con mi bergantín, y que finalmente nos volvamos a encontrar los dos en el Paraíso, a pesar del diablo y de su botella.

Descendió, pues, Lopaka de la montaña, y Keawe permaneció en el balcón de la fachada escuchando el tintineo de los cascos del caballo, mirando el centelleo de la linterna a lo largo del sendero, a lo largo de la costa donde están excavadas las tumbas de antaño... Y mientras percibía los fulgores decrecientes, juntó las manos, rezó por su amigo, y dio gracias a Dios por verse libre él mismo del asunto.

El alba siguiente fue muy brillante y le pareció tan agradable su nueva casa que se olvidó de sus terrores.

Los días fueron sucediéndose, y Keawe vivió en una perpetua alegría. Tenía por rincón favorito el pórtico de detrás: allí era donde se hacía servir sus comidas y donde leía las historias de los periódicos de Honolulu. Además, cada vez que pasaba alguien, Keawe lo invitaba a visitar su casa y a admirar sus cuadros.

La celebridad de la casa iba creciendo y extendiéndose por todo el país de Kona. La llamaban *Ka Hale Nui,* la «Gran Casa», y algunas veces la «Casa Brillante», pues Keawe había tomado a su servicio un criado chino que se pasaba todo el tiempo sacudiendo el polvo y bruñiéndolo todo, de suerte que las vidrieras, los dorados, los cuadros y hasta los suelos brillaban como otros tantos soles.

El mismo Keawe no podía pasearse a través de su casa sin echarse a cantar. Y cuando cruzaban los barcos frente a su vivienda, no dejaba de saludarlos haciendo ondear sus colores en el mástil de su bandera.

Algunos meses más tarde, Keawe fue a visitar a algunos amigos que tenía en Kailua. Lo trataron magníficamente; pero al día siguiente por la mañana se marchó, apretando el paso, pues se sentía impaciente por volver a contemplar su hermosa morada. Y además le preocupaba volver antes de que hubiese oscurecido, pues precisamente aquella noche era la noche en que los muertos de antaño salían de sus tumbas para visitar las laderas de las colinas de Kona. Después de sus relaciones con el diablo, Keawe no quería tener que vérselas con ningún aparecido.

Acababa de dejar atrás a Honaunau, cuando, mirando ante sí, descubrió a cierta distancia a una mujer que salía del agua después de haberse bañado en ella. Tenía el aspecto de ser una hermosa muchacha, pero no se fijó más en ella.

Cuando llegó a su altura había subido al sendero. Se echó a un lado para dejarla pasar, y con su *holoku*[9] rojo, su tez refrescada por el baño y sus grandes ojos brillantes y dulces, la encontró encantadora. Por eso retuvo sus riendas.

—Creía conocer a todas las gentes del país —dijo—. ¿Cómo es que no os conozco?

—Soy Kokua, hija de Kiano, y he vuelto de Oahu estos días. ¿Quién sois?

—Dentro de un instante os diré quién soy —respondió Keawe, saltando del caballo—, pero no ahora, pues se me ha ocurrido una idea y, si supieseis quién soy, tal vez no contestaseis francamente a mis preguntas. Decidme, primero, una cosa: ¿estáis casada?

Al oír aquello Kokua se echó a reír.

—¡Vaya una pregunta! Y usted, ¿está casado?

—Evidentemente no, Kokua —replicó Keawe—, y ni jamás había pensado en el matrimonio hasta este momento. Pero he aquí la verdad... Te he encontrado en el borde del camino; he visto tus ojos, que son como estrellas, y mi corazón ha escapado hacia ti como un pájaro veloz. Y ahora, si no me quieres, dímelo, y me volveré a mi casa; pero si me juzgas tan favorablemente como juzgas a los demás hombres, te apartaré de mi camino e iré a pedir a tu padre la hospitalidad por una noche. Mañana por la mañana, le hablaré.

[9] ***Holoku:*** vestimenta hawaiana.

Kokua no respondió; se volvió hacia el mar y se echó a reír.

—Kokua —repuso Keawe —, puesto que nada dices, tomo tu silencio como una respuesta favorable. Condúceme, pues, a casa de tu padre.

Ella lo precedió, sin hablar, y únicamente algunas veces se volvía, y tenía sujetas las bridas de su caballo entre los dientes.

Cuando llegaron ante la puerta, Kiano, que había salido al mirador, mostró su sorpresa con una gran exclamación, y saludó a Keawe por su nombre.

De repente, la muchacha se estremeció; la reputación de la Gran Casa había llegado hasta sus oídos y, seguramente, la tentación sería grande. Durante toda aquella noche charlaron alegremente. La muchacha se mostró atrevida, incluso ante los ojos de sus padres, y no se privó de burlarse de Keawe, pues tenía el ingenio vivo.

Al día siguiente, después de haber hablado a Kiano, Keawe encontró a la muchacha sola.

—Kokua —dijo—, te estuviste burlando de mí durante toda la velada..., y aún estás a tiempo de decirme que me vaya. Ayer no quise declararte quién era, a causa de la hermosa casa y porque tenía miedo de que te decidieras por ella y no por mí, que te amo. Ahora, ya lo sabes todo; si deseas no volver a verme, mándame que me vaya de aquí.

—¡Quédate! —dijo Kokua. Y Keawe no preguntó más.

Así es como se realizaron los amores de Keawe; las cosas habían ido deprisa, pero también va deprisa la flecha, y aún más deprisa la bala de la carabina y, sin embargo, las dos alcanzan a menudo el fin.

La muchacha no cesaba de pensar en Keawe. Oía su voz en el ruido de la resaca contra los bloques de lava de la costa, y por aquel joven, al que no había visto más que dos veces, hubiera dejado a su padre, a su madre y hasta a su isla natal.

En cuanto a Keawe, su caballo volaba sobre el sendero de la montaña bajo la costa de las tumbas, y el eco de su canción y de los cascos de su caballo resonaban en las grutas de los muertos.

Sin cesar de cantar, llegó a la Casa Brillante. Se sentó, comió sobre el ancho balcón, y el chino se quedó estupefacto al oír a su amo cantar entre bocado y bocado.

El sol se hundió en el mar y vino la noche. Keawe recorría sus balcones a la luz de la lámpara, y las alegres canciones que tarareaba llegaron hasta los marineros de los navíos.

«Heme aquí, ahora, en el colmo de la felicidad...—se dijo—. La vida no puede reservar para mí nada mejor. Estoy en la cima de la montaña. Voy, pues, por primera vez, a iluminar mi casa, a bañarme en mi suntuosa bañera, a hacer correr el agua caliente y el agua fría, y a dormir solo en el lecho de mi futura cámara nupcial».

El chino recibió, pues, orden de levantarse inmediatamente —el pobre truhán había ido a acostarse— y de encender las calderas.

Mientras encendía los hornillos oía a su amo cantar y regocijarse en la planta de arriba, en las habitaciones iluminadas. Cuando el agua estuvo caliente, el chino llamó a su amo. Keawe se trasladó al cuarto de baño, y el chino oyó cantar mientras llenaba la bañera de mármol. Le oyó cantar mientras se desnudaba y después, bruscamente, el canto cesó.

El chino agudizó el oído; inquieto, alzó la voz para saber si todo estaba en orden. Keawe le respondió que sí, y le ordenó que se fuera a acostar.

Pero, desde entonces, ya no hubo más canciones en la Casa Brillante, y, durante toda la noche, el chino oyó a su amo que recorría los balcones sin descanso.

He aquí lo que había ocurrido:

Mientras se desnudaba, Keawe descubrió sobre su cuerpo una placa como una mancha de liquen sobre una roca, y entonces fue cuando dejó de cantar. Pues, por el aspecto de aquella placa, había reconocido que estaba atacado de lepra china, ese mal horrible que te excluye insensiblemente de los vivos.

Tendría que abandonar su casa, tan vasta y tan cómoda..., separarse de todos sus amigos para ir a vivir en la costa septentrional de Molokaï[10], entre las rompientes y los arrecifes. ¡Era atroz verse herido de ese modo la mañana de sus esponsales!

Keawe permaneció un instante en equilibrio sobre el borde de la bañera, y después saltó, dando un grito, y se lanzó fuera para pasearse febrilmente, de un extremo a otro, sobre los balcones.

—Abandonaré Hawai, la tierra de mis padres, sin demasiada amargura —pensaba el infortunado—; abandonaré mi casa, tan admirablemente situada, con sus múltiples ventanas. Tendré valor para desterrarme, para vivir en el Molokaï, cerca de las rompientes de Kalaupapa[11], en compañía de aquellos a quienes hirió la cólera divina... Renunciaré a dormir cerca de mis antepasados... Pero, ¿qué mal he cometido, qué pecado ha ennegrecido mi alma para que haya encontrado a Kokua saliendo del mar, en el frescor de la tarde? ¡Kokua, que ha conquistado mi corazón! ¡Kokua, la luz de mi vida! Jamás podré casarme con ella, jamás contemplarla, jamás acariciarla con mis amorosas manos y por eso, por tu causa, ¡oh, Kokua!, es por lo que vierto estas lamentaciones.

He de haceros notar la honradez de Keawe, pues hubiera podido seguir viviendo durante años sin que nadie hubiese sospechado su enfermedad, y muchos otros lo hubieran hecho en su lugar, pues hay quienes tienen la conciencia de un cerdo. Pero Keawe amaba a la muchacha noblemente, y no quería exponerla al contagio del mal.

Poco después de medianoche se acordó, de improviso, de la existencia de la famosa botella. Bajó hasta el pórtico de detrás, y rememoró el día en que el demonio de la botella se le había aparecido. Ante aquella imagen se le heló la sangre.

—«Es algo espantoso esa botella —pensaba Keawe—; el diablo es bien horrible, y es terrible exponerse a las llamas del Infierno... Pero..., ¿qué otra esperanza tengo de curarme de mi mal y de casarme con Kokua...?».

[10] **Molokaï:** una de las pequeñas islas de Hawai.

[11] **Kalaupapa:** región de la isla de Molokaï.

—¡Bah! —prosiguió en voz alta—, ¿he afrontado al demonio para procurarme una casa, y no tendré valor para afrontarlo de nuevo por conquistar a Kokua?

Se acordó entonces de que al día siguiente el *Hall* tocaría en Hookena, con dirección a Honolulu.

—Es preciso que me embarque a bordo de ese barco y que vuelva a encontrar a Lopaka. Mi única esperanza se halla ahora en esa botella, de la que tan satisfecho estaba por haberme librado de ella.

No pudo pegar ojo durante toda la noche, ni a la mañana siguiente tomar bocado. Después de haber escrito una carta a Kiano, dejó su casa a la hora en que el buque debía llegar, y siguió el camino que pasaba por debajo de la costa, ante las grutas funerarias.

Llovía, y su caballo marchaba muy lentamente. Alzó los ojos hacia las sombrías entradas de las grutas, y envidió a los muertos que allí reposaban, exentos de preocupaciones.

Llegó, pues, a Hookena, donde, como de costumbre, se había reunido toda la gente para el paso del buque. En el cubierto de la Compañía las gentes bromeaban y se contaban las novedades, pero Keawe no tenía ganas de hablar. Se sentó, apartado, mirando caer la lluvia sobre los tejados y el salpicar de la resaca sobre las rocas, y algunos suspiros brotaron de su garganta.

—Keawe, el de la Casa Brillante, no está en la celebración —dijo alguien.

Nadie lo hubiera estado, por lo menos.

El *Hall* echó el ancla, descargó sus mercancías y la ballenera condujo a los pasajeros a bordo. La parte de popa estaba llena de blancos que, según la costumbre, habían ido a visitar el volcán. El falso puente hervía de canacos. Caballos de Kai y toros salvajes de Hilo estaban agrupados en la proa. Keawe, hundido en sus tristes pensamientos, continuó manteniéndose apartado. Se sentó sobre un banco, con los ojos fijos en la casa de Kiano, la cual se apreciaba muy baja sobre la arena, en medio de las negras rocas, y allí, cerca de la puerta, iba y venía un *holoku* rojo, apenas mayor que una mosca, que parecía muy atareado.

—¡Ah, reina de mi corazón! —exclamó el infortunado—. Por conquistarte voy a exponer mi preciosa alma.

Poco a poco anocheció. Se iluminaron las cabinas, y los blancos bajaron a ellas para beber whisky y jugar a las cartas, según la costumbre. Pero Keawe siguió yendo y viniendo por el puente durante toda la noche y todo el día siguiente. Cuando navegaron bajo el viento de Maïu, y luego, bajo el de Molokaï, seguía recorriéndolo como un animal salvaje en una casa de fieras.

Al anochecer, pasaron por la travesía de Punta Diamante y abordaron el muelle de Honolulu. Keawe desembarcó entre la multitud y comenzó a hacer indagaciones en busca de Lopaka. De este modo supo que su amigo había llegado a ser propietario del más hermoso bergantín que jamás habían visto en las islas, y que había zarpado con rumbo a Blabla y al lejano Kahiki. No había, pues, esperanza por el lado de Lopaka.

Keawe se acordó entonces de que Lopaka tenía un amigo, abogado en la ciudad (me veo obligado a callar su nombre), y se informó de sus señas. Le dijeron que este se había enriquecido de improviso y que acababa de hacerse construir una hermosa casa en las orillas del Waikiki.

Aquella información dio que pensar a Keawe. Buscó un coche, y se hizo conducir a la casa del abogado.

La casa estaba completamente nueva, y los árboles del jardín apenas tenían la altura de las escobas. El abogado, cuando apareció, tenía el aire de un hombre dichoso.

—¿Qué puedo hacer para servirle? —preguntó.

—Usted es amigo de Lopaka —replicó Keawe— y, en otro tiempo, Lopaka me compró cierta botella, cuyo rastro quizá usted pudiera ayudarme a encontrar.

El rostro del abogado se ensombreció considerablemente.

—No quisiera disimular con usted, señor Keawe; pero esos son viejos y desagradables recuerdos que más vale no remover. No sé nada seguro; ya puede usted suponerlo; pero si quiere usted dirigirse a cierta persona..., imagino que ella podría informarle...

Y citó un nombre que prefiero igualmente callar.

Esta escena hubo de repetirse durante varios días. Keawe fue de uno a otro. Siempre encontraba trajes nuevos y coches, hermosas casas recientemente construidas y gentes felices, en las que, a decir verdad, se oscurecía el rostro cuando indicaba el motivo de su visita...

—Seguramente me encuentro sobre la pista —pensaba Keawe—. Esos trajes nuevos y esos coches son todos dones de la botella, y esos rostros felices son los de gentes que han sabido desembarazarse de la cosa maldita. Cuando vea una cara pálida y cuando oiga suspirar sabré que me hallo cerca de ella.

Por fin, llegó a casa de un blanco de Britania Street. Cuando llamó a su puerta, a la hora de la cena, reconoció los signos habituales: casa nueva, jardín bosquejado, electricidad en las ventanas...; pero cuando apareció el propietario, una oleada de esperanza y de temor recorrió el cuerpo de Keawe.

Tenía ante sí a un hombre joven, pálido como un cadáver, con los ojos rodeados por oscuros cercos, una calvicie precoz y aspecto de hombre que llevan a ahorcar.

«Ya he llegado seguramente» se dijo Keawe, que no pensó en ocultar el fin de su visita.

—He venido para comprar la botella —dijo.

Ante aquellas palabras, el joven de Britania Street se apoyó en la pared.

—La bo... tella —tartamudeó—, para comprar la botella...

Estuvo a punto de ahogarse y se puso sumamente encendido... Después agarró a Keawe por el brazo y lo arrastró al comedor, vertiendo vino en dos copas.

—A la vuestra —dijo Keawe, que en otro tiempo había frecuentado mucho a los blancos, y añadió—: sí, he venido para comprar la botella. ¿Cuál es el precio ahora?

Al oír aquellas palabras el joven dejó su copa y miró a Keawe como si hubiera mirado a un fantasma.

—El precio —dijo—, el precio, ¿no sabe usted el precio?

—Por eso os lo pregunto —replicó Keawe—. Pero, ¡parece usted muy agitado! ¿Es que hay algo de particular en el precio?

—Ha bajado mucho desde usted, señor Keawe —dijo el joven, tartamudeando.

—Bueno, bueno, tanto mejor... Eso menos tendré que desembolsar. ¿Cuánto os ha costado la botella?

El joven se puso pálido como un sudario.

—Dos céntimos —dijo.

—¿Qué? —exclamó Keawe—. ¿Dos céntimos? Pero, entonces, usted no puede revenderla más que por uno... y el que os la compre...

Las palabras murieron en la lengua de Keawe. El que la comprara no podría nunca volver a venderla. La botella y el diablo embotellado permanecerían con él hasta su muerte y después, aquello sería el Infierno.

El joven de Britania Street se arrojó de rodillas.

—¡Por el amor de Dios, compradla! —exclamó—. Os daré toda mi fortuna encima. Tuve que estar loco para comprarla por ese precio. Había metido mano en la caja de mi patrón y, de otro modo, habría ido a la cárcel.

—¡Pobre criatura! —dijo Keawe— ¡Has puesto en peligro tu alma por tan poca cosa, y crees que he de vacilar teniendo ante mí el amor! Dadme la botella y la vuelta, que seguramente tiene. Tenga una moneda de cinco céntimos.

Keawe había supuesto bien. El joven tenía dispuesta la vuelta en un cajón.

La botella cambió de manos y, en cuanto le echó los dedos al cuello, Keawe manifestó el deseo de verse purificado.

Cuando volvió a su cuarto del hotel y pudo desnudarse, comprobó con satisfacción que estaba curado. Pero, cosa rara, apenas hubo comprobado aquel milagro, su espíritu cambió. ¡Ya no se preocupó más de la enfermedad china y menos aún de Kokua! No tuvo más que un solo pensamiento: que estaba ligado al diablo de la botella para el resto de su vida y que ardería en el Infierno durante toda la eternidad.

Veía arder ante él gigantescas llamas, y oía la risa irónica de los verdugos infernales. Su alma se encogió y las tinieblas le ocultaron la luz.

Cuando Keawe volvió un poco en sí, se dio cuenta de que era de noche; la orquesta del hotel tocaba en los jardines. Y allí, en medio de las gentes alegres, marchó errante de un extremo al otro, pero los acentos de la música no lograban cubrir para él el ronquido de las llamas del Infierno, que llenaba sus oídos.

No obstante, como la orquesta comenzaba a tocar *Hi-ki-ao-ao,* canción que él había cantado con Kokua, recobró un poco de ánimo.

—Ahora, la suerte está echada —pensó—; disfrutemos, pues, del bien, puesto que sufrimos del mal.

Tomó entonces el primer barco para Hawai y, en cuanto pudo, se unió a Kokua y la llevó hasta la Casa Brillante. Mas, si cuando estaba con Kokua, Keawe veía desvanecerse sus temores, el horror de su suerte se le aparecía cada vez que se encontraba solo...

No cesaba entonces de ver brotar las llamas del fondo de la hoguera eterna y de oír los ronquidos del horno infernal.

Kokua se había entregado a él plenamente. Su corazón saltaba en su pecho apenas lo veía y sus manos se aferraban a las de él. Y de tal modo estaba hecha, desde los cabellos hasta las uñas de los dedos de los pies, que nadie podía verla sin alegría. Su carácter era sumamente agradable, y siempre tenía en los labios palabras amables. No cesaba de cantar, e iba, a través de la Casa Brillante, como un pinzón en su jaula de cristal.

Keawe la contemplaba y, escuchándola, se sentía dichoso. Después se daba una vuelta y se ponía a gemir y a llorar, pensando en el precio al que la había pagado. Necesitaba enseguida secar sus lágrimas, lavarse la cara y, después, unirse con ella sobre uno de los anchos balcones para mezclarse con sus canciones y responder a sus sonrisas.

Llegó un día en que los pies de Kokua se hicieron más pesados, en que sus canciones se hicieron más raras. Y, entonces, ya no era solo Keawe el que lloraba a escondidas.

Muy a menudo los dos esposos permanecían separados, sobre dos balcones opuestos, teniendo entre ellos toda la anchura de la Casa Brillante.

De tal modo estaba Keawe hundido en su desesperación que apenas observaba el cambio sobrevenido. Hasta era una especie de satisfacción para él poder disponer de más tiempo para llorar, y no verse ya casi nunca obligado a sonreír cuando su corazón estaba de luto.

Pero un día que pasaba silenciosamente a través de la casa oyó el sonido de unos sollozos infantiles. Descubrió a Kokua, que se revolcaba la cara sobre el suelo, y que lloraba como una perdida.

—Bien haces en llorar en esta casa, Kokua —dijo—. Sin embargo, me dejaría cortar la cabeza para que tú, por lo menos, pudieras ser dichosa.

—¿Dichosa, Keawe? —exclamó ella—. Cuando tú vivías solo en tu Casa Brillante tu felicidad era proverbial a través de las islas. No se oían más que risas y canciones desde la mañana hasta la noche, y tu rostro era tan claro como la aurora. Después, te has casado con la pobre Kokua, y desde entonces, sabe Dios qué es lo que en ella te desagrada, pero jamás has vuelto a sonreír sinceramente. ¡Oh! —gimió ella—. ¿Qué es lo que he hecho? Me creía linda y creía que te amaba. ¿Qué he hecho para haber echado esa nube sobre mi marido?

—¡Pobre Kokua! —pronunció Keawe.

Se sentó a su lado y trató de cogerle la mano; pero ella se la arrancó.

—¡Pobre Kokua! —repuso de nuevo—. ¡Mi pobre niña, mi preciosa! ¡Y yo que no pensaba más que en librarte de preocupaciones...! Pues bien, lo sabrás todo... Al menos, te compadecerás del pobre Keawe; al menos, comprenderás cuánto te amaba entonces, puesto que afrontó el Infierno para poseerte, y cuánto te ama aún, el pobre hombre, puesto que sabe todavía sonreír cuando te contempla.

Después de esto, le contó toda su historia, desde el comienzo.

—¿Tú has hecho eso por mí? —exclamó ella—. ¡Oh! Entonces me burlo de todo lo demás.

Lo estrechó amorosamente entre sus brazos y mezcló sus lágrimas con las suyas.

—¡Ah, criatura! —exclamó Keawe—. Yo no puedo burlarme, ¡ay!, de las llamas del Infierno.

—No te apenes tanto; es imposible que tú te condenes por haber amado a Kokua. Te digo, Keawe, que te salvaré con mis manos o pereceré contigo. ¡Conque has vendido tú tu alma porque amas y crees que para corresponderte no moriré yo por salvarte!...

—¡Ah, querida mía! Podrías tú morir cien veces, pero eso no serviría nada más que para dejarme solo hasta la hora de mi condenación.

—Tú no sabes nada —dijo ella—, y yo he sido educada en una pensión de Honolulu. No soy una muchacha vulgar... Y te lo digo: ¡yo salvaré a mi bien amado! Me has dicho que no hay moneda inferior a un céntimo. No todo el mundo es americano. En Inglaterra tienen una moneda que llaman *farthing* y que vale alrededor de medio céntimo; pero esto no adelanta gran cosa el asunto, pues el comprador quedaría condenado, y apenas si existen gentes tan valientes como mi Keawe. Felizmente, queda Francia; las gentes de allá tienen una moneda que llaman céntimo, y de la cual se necesitan cinco para hacer uno de los nuestros. No podríamos encontrar nada mejor. Ven, Keawe, vamos a vivir a las islas francesas; traslademónos a Tahití[12] tan pronto como los barcos puedan allí llevarnos. Allí tendremos cuatro céntimos, tres, dos, uno; cuatro ventas posibles, y nosotros seremos dos para impulsar la venta. Ven, mi Keawe, bésame y aparta de ti toda preocupación. Kokua te defenderá.

—¡Dios de Dios! —exclamó Keawe—. No puedo creer que Dios me castigue por haber deseado a una mujer tan perfecta. ¡Sea como tú deseas! Llévame donde te plazca. Pongo mi vida y mi salud en tus manos.

Al día siguiente, muy temprano, Kokua comenzó sus preparativos. Tomó el baúl de marinero de Keawe, y lo primero que hizo fue meter la botella en un rincón. Después empaquetó sus vestidos más bonitos y los más lindos cacharros de la casa,

[12] **Tahití**: isla de la Polinesia francesa, en el archipiélago de Sociedad.

«pues —dijo ella— importa que tengamos aspecto de gentes ricas; si no, no creerán en el poder de la botella».

Durante todo el tiempo de sus preparativos estuvo alegre como un pájaro. Solamente cuando contemplaba a Keawe las lágrimas brotaban de sus ojos, y se echaba sobre él para besarlo.

En cuanto a Keawe, se había quitado un peso de encima. Después de que su secreto se viera compartido y de tener ante él alguna esperanza, se sentía renacer a la vida, convertirse en un hombre nuevo. Su paso se había hecho más ligero y su semblante menos malo.

No obstante, experimentaba siempre cierto terror, y a veces moría en él la esperanza, como muere la llama de una bujía bajo un soplo de viento. Y de nuevo veía arder el Infierno. Se contó en el país que iba a hacer un viaje a Estados Unidos, lo que pareció extraño, aunque menos extraño que la realidad. Marcharon, pues, a Honolulu, a bordo del *Hall,* y después tomaron el *Unatilla,* hasta San Francisco, con un gran número de blancos.

En San Francisco se embarcaron en el bergantín *El pájaro de los Trópicos,* con destino a Papeete[13], capital de las islas francesas. Llegaron allí después de una agradable travesía. Hacía un hermoso día en Montuite, con sus palmas, y el bergantín anclado en la bahía, y las casas blancas de la ciudad, hundida en medio de los árboles, y bajo las montañas coronadas de nubes, estaba la isla de Tahití, la isla de la Sabiduría.

Estimaron conveniente alquilar una casa frente al consulado de Inglaterra, con el fin de hacer ostentación de su dinero y llamar la atención con sus coches y con sus caballos. Aquello les era sumamente fácil mientras tuviesen en su poder la botella..., pues Kokua era más atrevida que Keawe y no vacilaba en hacer peticiones.

En esas condiciones no tardaron en hacerse notar en la población. Todo el mundo hablaba de los extranjeros de Hawai y de sus soberbios carruajes, de los hermosos *holokus* y de los ricos encajes de Kokua.

[13] **Papeete:** ciudad portuaria de Tahití, capital de la isla y de la Polinesia francesa.

No tardaron en familiarizarse con el lenguaje de Tahití, que se parece mucho al de Hawai, aparte del cambio de algunas letras. Y en cuanto dominaron el dialecto trataron de vender la botella.

El asunto era difícil de abordar. No es cómodo persuadir a las gentes de que se obra de buena fe cuando por cuatro céntimos se les ofrece una fuente de riquezas inagotables. Aparte de eso, era necesario explicar los peligros de la botella, y en ese caso, o bien las gentes se mostraban incrédulas o, pensando en los peligros que sus almas corrían, se apartaban de Keawe y de Kokua como de agentes del Infierno.

De suerte que, lejos de ganar terreno, la infortunada pareja se vio pronto evitada por toda la población. Los niños huían dando gritos al divisarles, lo que afectaba mucho a Kokua. Los católicos se santiguaban a su paso, y hasta los más atrevidos encontraban pretextos para librarse de sus avances.

La depresión se apoderó de sus espíritus. Llegada la noche, después del cansancio del día, permanecían horas y horas sin intercambiar una palabra, o bien el silencio se veía bruscamente roto por los sollozos de Kokua.

A veces rezaban juntos. A veces dejaban la botella en el suelo, entre ellos, y, durante toda la velada, miraban agitarse la sombra que contenía, hasta que el sueño les cogía en su asiento.

Una noche Kokua se durmió de ese modo, arrodillada sobre el suelo. Cuando se despertó, Keawe había desaparecido; el temor se apoderó de ella.

Un rayo de luna se filtraba a través de las persianas; dentro de la habitación reinaba cierta claridad, y en el centro, la botella relucía. Fuera, soplaba el viento violentamente; los grandes árboles de la avenida se quejaban en lo alto, y las hojas muertas resonaban copiosamente, como granizo, sobre el techo del mirador.

En el espacio de una calma, Kokua distinguió un ruido distinto; animal u hombre, un ser se quejaba lúgubremente en la noche. Kokua se levantó despacio, entreabrió la puerta y miró al patio, bañado por la luna.

Allá lejos, sobre el polvo, bajo el plátano, yacía Keawe, quejándose de un modo que desgarraba el alma. La primera idea de Kokua fue precipitarse hacia él para consolarlo. La segunda, la retuvo. Keawe se había contenido valientemente ante ella. No hubiera sido, pues, caritativo ir a turbarlo en la hora de sus debilidades y de su vergüenza, puesto que prefería sufrir sin testigos. Volvió, pues, a entrar en la casa.

«¡Cielos —pensó ella—, qué despreocupada y qué loca he sido! ¡Por mi amor se ha condenado!... ¡Ha sido preciso que estuviese ciega para no comprender mi deber! Ahora..., al menos, voy a coger mi alma entre las dos manos de mi cariño. Necesito despedirme de los blancos peldaños del Paraíso. ¡Amor con amor se paga! ¡El mismo igualará al de Keawe! ¡Un alma por otra alma, y perezca la mía!».

Kokua no perdió tiempo en su tocado. Se proveyó de una moneda, de los preciosos céntimos que conservaban siempre con ellos, pues eran muy poco usados, y habían hecho provisión de ellos en las oficinas del gobierno.

Cuando salió a la calle, las nubes, empujadas por el viento, enmascaraban la luna. La ciudad dormía, y no estaba muy segura de cómo orientar los pasos. De pronto oyó a alguien toser en la sombra de los árboles.

—Viejo —dijo Kokua—, ¿qué haces aquí, completamente solo, fuera, estando la noche tan fría?

El viejo sufrió todas las penas del mundo para contestar, pues de tal modo le ahogaban los golpes de tos. Lo único que ella comprendió fue que estaba en la miseria, sin fuego ni hogar, y que era extranjero en la isla.

—¿Quieres hacerme un servicio? —preguntó Kokua—. Como un extranjero ayuda a otro... Como un buen viejo puede ayudar a una desgraciada muchacha de Hawai.

—¡Ah! ¡Ah! —exclamó el anciano—. Luego eres tú la bruja de las ocho islas, y tratas de apoderarte de mi vieja alma... Pero ya he oído hablar de tus maleficios y ya estoy sobre aviso.

—Siéntate ahí —dijo Kokua—, y déjame contarte una historia.

Y le contó la historia de Keawe, desde el principio hasta el fin.

—Así, pues —concluyó ella—, yo soy su mujer, la que él ha conquistado pagando con su alma. ¿Qué puedo hacer? Si le ofreciese comprar la botella, se negaría... Pero si eres tú quien se presenta, te la venderá de buena gana. Tú se la comprarás por cuatro céntimos, y yo te la volveré a comprar por tres. ¡Dios me da fuerzas para cumplir con mi deber!

—¡Si tratases de engañarme —dijo el viejo—, creo que Dios fulminaría un rayo sobre ti!

—Lo haría, seguramente —exclamó Kokua—, y lo habría merecido si te traicionase de ese modo. Dios no lo consentiría.

—Dame los cuatro céntimos y aguárdame aquí —dijo el viejo.

Cuando Kokua se quedó sola, su valor se debilitó; el viento rugía en los árboles, y aquello le parecía el rugido de las llamas del Infierno. Si hubiese tenido fuerzas para hacerlo, habría huido. Si hubiese tenido aliento, se hubiera lamentado de su desgracia, pero no sabía más que temblar en la alameda desierta.

Después vio que el viejo volvía con la botella en la mano.

—He ejecutado tus instrucciones —dijo—. Al separarme de tu marido lloraba como un niño; esta noche dormirá tranquilo.

Y le tendió la botella.

—Antes de dármela —gimió Kokua —, aprovéchate de su poder. Pide verte libre de tu tos.

—Soy viejo —replicó el otro—, y estoy demasiado cerca de las puertas de la dicha para aceptar nada del diablo. Pero..., ¿qué es eso? ¿Por qué no recobras la botella? ¿Es que vacilas?

—No vacilo —exclamó Kokua—, únicamente que me siento débil; concédeme un momento. Es mi mano la que se resiste; mis músculos se contraen para impedirme tocar la cosa maldita... Un momento tan solo.

El viejo miraba a Kokua con bondad.

—¡Pobre criatura! —gimió—. Tienes miedo; tu valor te traiciona. Pues bien, yo la guardaré; soy viejo y ya no puedo ser feliz en este mundo. ¡En cuanto al otro!...

—¡Dámela! —dijo Kokua—. Ahí tienes tu dinero. ¡Piensas que soy tan bribona...! ¡Dame la botella!

—¡Dios te bendiga, hija mía! —dijo el anciano.

Kokua ocultó la botella bajo su *holoku,* se despidió del viejo y siguió la avenida en línea recta, sin saber adónde iba. Ya entonces todos los caminos eran iguales para ella. Todos los caminos la llevarían al Infierno.

Unas veces andaba, otras corría. Unas veces gritaba en la noche, y otras se arrojaba sobre el polvo, a orillas del camino, para llorar. Todo cuanto había oído contar acerca del Infierno volvía a su memoria. Veía arder llamas; el olor del humo acre subía a su nariz, y el de su carne asada sobre los carbones ardientes.

Al hacerse de día volvió en sí y llegó a la casa. El viejo había dicho la verdad: Keawe dormía tan apaciblemente como un recién nacido. Kokua, de pie, miró su rostro.

«Y ahora, mi querido marido —pensó—, te ha llegado la hora de dormir. Cuando te despiertes, te tocará cantar y estar alegre; para la pobre Kokua, ¡ay!, para la pobre Kokua, que se ha sacrificado por su amor, ya no habrá más sueño, ni cantos, ni más placeres sobre la tierra».

Tras esto, se acostó junto a Keawe, y era tan extrema su miseria, que se durmió instantáneamente.

Muy tarde, por la mañana, su marido la despertó para comunicarle la buena noticia. ¡Estaba loco de alegría! No prestó ninguna atención a su angustia, aunque ella la disimulaba bastante mal. Incapaz de hablar, callaba..., pero Keawe se sentía locuaz por los dos.

Ella no comió, pero nadie lo notó... Keawe limpiaba el plato. Kokua lo miraba y le oía como en un sueño. Había momentos en que se olvidaba, en que dudaba, en que se agarraba la frente con las manos. Le parecía monstruoso saberse condenada y oír bromear a su marido.

Mientras tanto, Keawe comía y hablaba, hacía planes para su vuelta, le agradecía el haberle salvado con su talento, y la cubría de caricias. Se burlaba del viejo, lo bastante idiota como para haber comprado la botella.

—Parecía un anciano digno; pero nadie debe juzgar por las apariencias. ¿Para qué diablos el reprobado viejo necesitaría la botella?

—Marido mío —respondió Kokua humildemente—, tal vez su intención era buena.

Keawe se burlaba.

—¡Verdad es que yo la compré por un céntimo cuando ignoraba que hubiese moneda de menor valor! Pero yo fui un idiota, y él no volverá a encontrar jamás a otros iguales. Ahora, cualquiera que compre la botella, la llevará hasta el Infierno.

—¡Oh, marido mío! —respondió Kokua—. ¿No es algo terrible salvarse por la ruina eterna de otro? Me parece que yo no me atrevería a reír. Me sentiría llena de melancolía y rezaría por el alma del desgraciado poseedor.

Keawe, que comprendía lo justo de sus declaraciones, se sintió en seguida dominado por una violenta cólera.

—Ponte melancólica, si eso te agrada. Eres una mala mujer. ¡Si pensases algo en mí, aunque fuese poco, te sentirías avergonzada!

Con lo cual salió, y Kokua se quedó sola.

¿Qué probabilidad tenía ella de vender la botella por dos céntimos? Absolutamente ninguna... Y si hubiese tenido una, ¿no iba pronto a llevársela su marido a un país donde el céntimo no tenía curso?

Para colmo, al día siguiente de su sacrificio, su marido la abandonaría y la insultaría. Ni siquiera trató de aprovechar el tiempo que le quedaba para vender la botella. Estuvo en casa, contemplándola con un terror inexpresable, ocultándola al menor ruido.

Al anochecer volvió Keawe y quiso llevarla a dar un paseo en coche.

—Amigo mío, estoy enferma —pretextó ella—, no me encuentro bien. Dispénsame, pero no tengo ánimos para ir a divertirme.

La cólera de Keawe no hizo más que aumentar; estaba furioso con su mujer porque suponía que se lamentaba acordándose del viejo. Y furioso consigo mismo, porque comprendía que ella tenía razón y que él debería sentirse avergonzado de ser dichoso.

—¡Es linda tu fidelidad! ¡Es lindo tu cariño! Conque se libra tu marido de la condena eterna, a la que se había expuesto por tu amor, y no tienes ánimos para divertirte. ¡Kokua, eres una mala mujer!

Y se fue de allí gruñendo, y erró por la ciudad. Se encontró con varios amigos, y brindó con ellos. Alquilaron un coche y fueron a beber al campo.

Durante todo ese tiempo, Keawe no se sentía a gusto, pues se divertía mientras su mujer estaba triste, y además sabía en el fondo de su corazón que ella tenía más razón que él. Para olvidar se puso a beber cada vez más.

Pronto no quedó para brindar con él más que un blanco verdaderamente bruto, un blanco que había sido piloto de un ballenero, desertor, buscador de oro y forzado.

Era un individuo grosero, al que le gustaba ver borrachos a los demás. Empujaba a Keawe para que bebiese. Pronto se quedaron sin dinero.

—Oye, tú —dijo de repente el forzado—, según parece, tú eres rico... Dicen que tienes cierta botella.

—Sí —reconoció Keawe—, soy rico; voy a volver a mi casa y a pedirle dinero a mi mujer, que tiene la caja.

—Si quieres un buen consejo, compañero —gruñó el otro—, no dejes tus dólares en poder de unas faldas. Es preciso no tener confianza en esas perras, pues son falsas como Judas.

Keawe estaba completamente borracho.

Las últimas palabras le conmovieron.

—¡En efecto, no me extrañaría que fuese falsa! —pensó—. De otro modo, ¿por qué iba a afligirse de esa manera por mi buena suerte? Yo le enseñaré que a mí no se me engaña...

Los dos hombres volvieron a la ciudad. Keawe rogó al ex piloto que le esperase en una esquina, y marchó solo, siguiendo la avenida, hasta su casa.

Entonces era ya completamente de noche. En el interior había una luz, no se oía un ruido. Keawe dio silenciosamente una vuelta a la casa y abrió suavemente la puerta de detrás. Kokua estaba tendida sobre el suelo, con la lámpara a su lado. Ante ella se hallaba una botella de color lechoso, con un vientre redondo y un largo cuello... Kokua se retorcía las manos desesperada.

Durante largo tiempo, Keawe permaneció inmóvil en el umbral de la puerta, sin comprender nada, como petrificado...

Pensó después que el trato tal vez no había sido bueno, en su debida forma, y que la botella había vuelto a su poder, tal y como había ocurrido en San Francisco.

Esto le entristeció por completo, y se le ocurrió otra idea que hizo afluir la sangre a sus mejillas.

—Es preciso que tenga el corazón puro —pensó.

Cerró, pues, la puerta silenciosamente, rehizo, sin ruido, la vuelta a la casa, y entró ruidosamente por la parte delantera, como si entonces llegase. Y cuando entró en la habitación, la botella había desaparecido.

Kokua estaba sentada en una silla y hacía como si saliese de un sopor.

—He pasado el día bebiendo y corriendo una juerga —dijo Keawe—. He estado con algunos buenos amigos, y ahora he venido a buscar dinero para volver a seguir bebiendo con ellos.

Su rostro y su voz eran tan graves como si sonaran en el Juicio final; pero Kokua estaba demasiado agitada para darse cuenta de ello.

—Haces bien en divertirte, marido mío —dijo ella con temblorosa voz.

—Hago siempre bien lo que hago —respondió Keawe, que se fue derecho al baúl para coger allí dinero.

Al hacerlo, miró el rincón donde en otro tiempo se encontraba la botella... Allí ya no estaba.

—Es lo que yo me temía —pensó—; es ella quien la ha comprado.

El sudor corría por su rostro tan copiosamente como la lluvia, tan frío como el agua de la fuente.

—Kokua —dijo—, esta mañana, antes de irme a unir con mis alegres compañeros, te he dicho palabras crueles; para continuar divirtiéndome, desearía que me perdonases...

Ella le cogió las rodillas y se las besó llorando.

—¡Oh! —exclamó ella—. No te pedía más que algunas tiernas palabras.

—No pensemos jamás mal el uno del otro —dijo Keawe, y salió de la casa.

Mas Keawe no había hecho más que coger algunos céntimos que habían apartado a su llegada. Os aseguro que no tenía humor para beber. Su mujer había dado su alma por él, y él daría entonces la suya por ella.

En la esquina de la avenida el ex piloto le aguardaba.

—Mi mujer tiene la botella —declaró a quemarropa Keawe—, y a menos que no me ayudes a quitársela, no tendremos esta noche ni más dinero ni más licores.

—No vas a hacerme creer que esa botella existe realmente —exclamó el antiguo piloto.

—Estamos en pleno claro de luna —dijo Keawe—. ¿Tengo cara de burlarme de ti?

—Eso no —reconoció el ex piloto —, está tan serio como un juez.

—Pues bien, entonces —prosiguió Keawe —, aquí tienes los céntimos. Vete a buscar a mi mujer y ofréceselos a cambio de la botella. Si mucho no me engaño, te la dará enseguida. Tráemela, y yo te la volveré a comprar por un céntimo, pues esa es la ley de la botella, que el precio de compra vaya en disminución. De todos modos, guárdate de decir que vas de mi parte.

—¡Querido, me estoy preguntando si es que te quieres burlar de mí!

—Si lo dudas, puedes ensayar su poder. En cuanto hayas dejado la casa, desea tener tus bolsillos llenos de dinero, o una botella del mejor ron, o lo que te plazca, y juzgarás de su virtud.

—Muy bien, Canaco. Ensayaré... Pero si te diviertes a mi costa, yo me divertiré a la tuya.

El ballenero subió por la avenida, y Keawe lo aguardó.

Por una extraña coincidencia, era el mismo sitio donde Kokua había esperado al viejo la noche anterior; pero Keawe estaba más resuelto. Tan solo su alma se sentía amargada por la desesperación.

El tiempo le pareció muy largo. Por fin, oyó una voz que cantaba en la oscuridad de la avenida. Reconoció la del timonel. Pronto llegó el hombre, tambaleándose, por el espacio iluminado por la luna. Llevaba la botella del diablo en el interior de su abotonado abrigo, y otra en la mano. Al aproximarse, se llevó la última a los labios.

—Ya la tienes —exclamó Keawe—. La veo.

—Abajo esas patas —gruñó el piloto, dando un salto hacia atrás—. Acércate un poco a ver, y te rompo la cabeza. Si crees que a mí se me maneja de ese modo, te equivocas.

—¿Qué quieres decir?

—¿Que qué quiero decir? Que encuentro que esa botella hace bien mi negocio. No me explico cómo he hecho para lograrla por dos céntimos, pero lo que es seguro es que tú no la conseguirás por uno.

—¡Qué! ¿Te niegas a vendérmela?

—Sí, me niego... ¿Y aun lo preguntas?... Pero quiero darte un trago de ron por el trabajo.

—Te repito —insistió Keawe, concienzudo— que aquel que conserve la botella irá al Infierno.

—¡De todos modos, estoy seguro de ir a él —dijo el ex convicto—, y esta botella es la mejor compañera que hubiera podido descubrir para ese camino! No, amigo, esta botella es mi botella ahora, y ya puedes correr si quieres una parecida.

—¡Es posible! —balbuceó Keawe—. Por la salud de tu alma te lo suplico: ¡dámela!

—Me importa poco lo que puedas decir —replicó el piloto—. ¡Me has tomado por un tonto, y no lo soy; eso es todo! Si no quieres un trago de ron, me lo tomaré yo. ¡A tu salud, y buenas noches por la compañía!

Siguió, pues, la avenida, en dirección a la ciudad, y la botella desapareció para siempre de mi historia.

Pero Keawe corrió a unirse con Kokua, tan ligero como el viento. Y aquella noche, la alegría del matrimonio fue grande.

Desde entonces, sé que en la Casa Brillante vivieron dichosos.

CHARLES DICKENS

EL GUARDAVÍA

—¡Eh, oiga! ¡Ahí abajo!

Cuando oyó la voz que así le llamaba, se encontraba de pie en la puerta de su caseta, empuñando una bandera, enrollada a un palo corto. Cualquiera hubiera pensado, teniendo en cuenta la naturaleza del terreno, que no había duda alguna de la procedencia de la voz; pero en lugar de mirar hacia arriba, hacia donde yo me encontraba, sobre un escarpado terraplén situado casi directamente encima de su cabeza, el hombre se volvió y miró hacia la vía. Hubo algo especial en su manera de hacerlo pero, aunque me hubiera ido en ello la vida, no habría sabido explicar en qué consistía, mas sé que fue lo bastante especial como para llamarme la atención, a pesar de que su figura se veía empequeñecida y en sombras, allá abajo en la profunda zanja, y de que yo estaba muy por encima de él, tan deslumbrado por el resplandor del rojo crepúsculo que solo logré ver, tras cubrirme los ojos con las manos.

—¡Eh, oiga! ¡Ahí abajo!

Dejó entonces de mirar a la vía, se volvió nuevamente y, alzando los ojos, vio mi silueta muy por encima de él.

—¿Hay algún camino para bajar y hablar con usted?

Él me miró sin replicar y yo le devolví la mirada sin agobiarlo con una repetición demasiado precipitada de mi ociosa pregunta. Justo en ese instante el aire y la tierra se vieron estremecidos por una vaga vibración transformada rápidamente en la violenta sacudida de un tren que pasaba a toda máquina y que me sobresaltó hasta el punto de hacerme saltar hacia atrás, como si quisiera arrastrarme tras él. Cuando todo el vapor que consiguió llegar a mi altura hubo pasado y se diluía ya en el paisaje, volví a mirar hacia abajo y lo vi volviendo a enrollar la bandera que había agitado al paso del tren. Repetí la pregunta. Tras una pausa, en la que pareció estudiarme con suma atención, señaló con la bandera enrollada hacia un punto situado a mi nivel, a unas dos o tres yardas de distancia. «Muy bien», le grité, y me dirigí hacia aquel lugar. Allí, a base de mirar atentamente a mi alrededor, encontré un tosco y zigzagueante camino de bajada excavado en la roca, y lo seguí. El terraplén era extremadamente profundo y anormalmente escarpado. Estaba hecho en una roca pegajosa, que se volvía más húmeda y rezumante a medida que descendía. Por dicha razón, me encontré con que el camino era lo bastante largo como para permitirme recordar el extraño ademán de indecisión o coacción con que me había señalado el sendero.

Cuando hube descendido lo suficiente para volverlo a ver, observé que estaba de pie entre los raíles por los que acababa de pasar el tren, en actitud de espera. Tenía la mano izquierda bajo la barbilla y el codo descansando en la derecha, que mantenía cruzada sobre el pecho. Su actitud denotaba tal expectación y ansiedad que por un instante me detuve asombrado.

Reanudé el descenso y, al llegar a la altura de la vía y acercarme a él, pude ver que era un hombre moreno y cetrino de barba oscura y cejas bastante anchas. Su caseta estaba en el lugar más sombrío y solitario que yo había visto en mi vida. A ambos lados, se elevaba un muro pedregoso y rezumante que bloqueaba cualquier vista salvo la de una angosta franja de cielo; la perspectiva por un lado era una prolongación distorsionada de aquel gran calabozo; el otro lado, más corto, terminaba en la tenebrosa luz roja situada sobre la entrada, aún más tenebrosa, a un negro túnel cuya maciza estructura desprendía un aspecto rudo, deprimente y amenazador. Era tan oscuro aquel lugar que el olor

... la violenta sacudida de un tren que pasaba a toda máquina y que me sobresaltó hasta el punto de hacerme saltar hacia atrás...

a tierra lo traspasaba todo y circulaba un viento tan helado que su frío me penetró hasta lo más hondo, como si hubiera abandonado el mundo de lo real.

Antes de que él hiciese el menor movimiento me encontraba tan cerca que hubiese podido tocarlo. Sin quitarme los ojos de encima ni aún entonces, dio un paso atrás y levantó la mano.

Aquel era un puesto solitario, le dije que me había llamado la atención al verlo desde allá arriba. Una visita sería una rareza, suponía; pero esperaba que no fuera una rareza mal recibida y le rogaba que viese en mí simplemente a un hombre que, confinado toda su vida entre estrechos límites y finalmente en libertad, sentía despertar su interés por aquella gran instalación. Más o menos estos fueron los términos que empleé, aunque no estoy nada seguro de las palabras exactas porque, además de que no me gusta ser yo el que inicie una conversación, había algo en aquel hombre que me cohibía.

Dirigió una curiosísima mirada a la luz roja próxima a la boca del túnel y a todo su entorno, como si faltase algo allí, y luego me miró.

—Aquella luz estaba a su cargo, ¿no era así?

—¿Acaso no lo sabe? —me respondió en voz baja.

Al contemplar sus ojos fijos y su rostro saturnino, me asaltó la extravagante idea de que era un espíritu, no un hombre.

Desde entonces, al recordarlo, he especulado con la posibilidad de que su mente estuviera sufriendo una alucinación.

Esta vez fui yo quien dio un paso atrás. Pero, al hacerlo, noté en sus ojos una especie de temor latente hacia mí. Esto anuló la extravagante idea.

—Me mira —dije con una sonrisa forzada—como si me temiera.

—No estaba seguro —me respondió— de si lo había visto antes.

—¿Dónde?

Señaló la luz roja que había estado mirando.

—¿Allí? —pregunté.

Mirándome fijamente respondió (sin palabras) «sí».

—Mi querido amigo, ¿qué podría haber estado haciendo yo allí? De todos modos, sea como fuere, nunca he estado allí, puede usted jurarlo.

—Creo que sí —asintió—, sí, creo que puedo.

Su actitud, lo mismo que la mía, volvió a la normalidad, y contestó a mis comentarios con celeridad y soltura.

¿Tenía mucho que hacer allí? Sí, es decir, tenía suficiente responsabilidad sobre sus hombros; pero lo que se requería de él era exactitud y vigilancia, más que trabajo propiamente dicho; no hacía prácticamente ningún trabajo manual: cambiar alguna señal, vigilar las luces y dar la vuelta a una manivela de hierro de vez en cuando era todo cuanto tenía que hacer en ese sentido. Respecto a todas aquellas largas y solitarias horas que a mí me parecían tan difíciles de soportar, solo podía decir que se había adaptado a aquella rutina y estaba acostumbrado a ella. Había aprendido una lengua él sólo allá abajo —si se podía llamar aprenderla a reconocerla escrita y a haberse formado una idea aproximada de su pronunciación—. También había trabajado con quebrados y decimales, y había intentado hacer un poco de álgebra. Pero tenía, y siempre la había tenido, mala cabeza para los números. ¿Estaba obligado a permanecer en aquella corriente de aire húmedo mientras estaba de servicio? ¿No podía salir nunca a la luz del sol de entre aquellas altas paredes de piedra? Bueno, eso dependía de la hora y de las circunstancias. Algunas veces había menos tráfico en las líneas que otras, y lo mismo ocurría a ciertas horas del día y de la noche. Cuando hacía buen tiempo sí que procuraba subir un poco por encima de las tinieblas inferiores; pero como le podían llamar en cualquier momento por la campanilla eléctrica, cuando lo hacía, estaba pendiente de ella con redoblada ansiedad, y por ello el alivio era menor de lo que yo suponía.

Me llevó a su caseta, donde había una chimenea, un escritorio para un libro oficial en el que tenía que registrar ciertas entradas, un telégrafo[14] con sus indicadores y sus agujas, y la campanilla

[14] **Telégrafo:** sistema de comunicación de mensajes a distancia inventado en 1837, por transmisión de impulsos eléctricos a través de un único cable. El primer telegrama público se envió en 1844.

a la que se había referido. Confiando en que disculpara mi comentario de que había recibido una buena educación (esperaba que no se ofendiera por mis palabras), quizá muy superior a su presente oficio, y comentó que ejemplos de pequeñas incongruencias de este tipo rara vez faltaban en las grandes agrupaciones humanas; que había oído que así ocurría en los asilos, en la policía e incluso en el ejército, ese último recurso desesperado; y que sabía que pasaba más o menos lo mismo en la plantilla de cualquier gran ferrocarril. De joven había sido (sí podía creérmelo, sentado en aquella cabaña —él apenas sí podía—) estudiante de Filosofía natural[15] y había asistido a la Universidad; pero se había dedicado a la buena vida, había desaprovechado sus oportunidades, había caído y nunca había vuelto a levantarse de nuevo. Sin embargo no se quejaba de nada. Él mismo se lo había buscado y ya era demasiado tarde para lamentarlo.

Todo lo que he resumido aquí lo dijo muy tranquilamente, con su atención puesta a un tiempo en el fuego y en mí. De vez en cuando intercalaba la palabra «señor», sobre todo cuando se refería a su juventud, como para darme a entender que no pretendía ser más de lo que era. Varias veces fue interrumpido por la campanilla y tuvo que transmitir mensajes y enviar respuestas. Una vez tuvo que salir a la puerta y desplegar la bandera al paso de un tren y darle alguna información verbal al conductor. Comprobé que era extremadamente escrupuloso y constante en el cumplimiento de sus deberes, y si era preciso, interrumpía súbitamente el discurso en mitad de una frase y permanecía en silencio hasta que cumplía su cometido.

En una palabra, hubiera calificado a este hombre como uno de los más capacitados para desempeñar su profesión si no fuera porque, mientras estaba hablando conmigo, en dos ocasiones se detuvo de pronto y, pálido, volvió el rostro hacia la campanilla cuando no estaba sonando, abrió la puerta de la caseta (que

[15] **Filosofía natural:** Física, ciencia definida tradicionalmente como el estudio de la materia, la energía y la relación entre ambas. Se llamó «Filosofía natural» hasta finales del siglo XIX, aunque en algunas universidades aún se mantiene la denominación.

mantenía cerrada para combatir la malsana humedad) y miró hacia la luz roja próxima a la boca del túnel. En ambas ocasiones regresó junto al fuego con la inexplicable expresión que yo había notado antes, sin ser capaz de definirla, cuando los dos nos mirábamos desde tan lejos.

Al levantarme para irme dije:

—Casi me ha hecho usted pensar que es un hombre satisfecho consigo mismo.

(Temo que debo confesar que lo hice para tirarle de la lengua).

—Creo que solía serlo —asintió en el tono bajo con el que había hablado al principio—. Pero estoy preocupado, señor, estoy preocupado.

Hubiera retirado sus palabras de haber sido posible. Pero ya las había pronunciado, y yo me agarré a ellas rápidamente.

—¿Por qué? ¿Qué es lo que le preocupa?

—Es muy difícil de explicar, señor. Es muy, muy difícil hablar de ello. Si me vuelve a visitar en otra ocasión, intentaré hacerlo.

—Pues deseo visitarlo de nuevo. Dígame, ¿cuándo le parece?

—Mañana salgo temprano y regreso a las diez de la noche, señor.

—Vendré a las once.

Me dio las gracias y me acompañó a la puerta.

—Encenderé la luz blanca hasta que encuentre el camino, señor —dijo en su peculiar voz baja—. Cuando lo encuentre ¡no me llame! Y cuando llegue arriba ¡no me llame!

Su actitud hizo que el lugar me pareciera aún más gélido, pero solo le dije «muy bien».

—Y cuando baje mañana ¡no me llame! Permítame hacerle una pregunta para concluir: ¿qué le hizo gritar «¡eh, oiga! ¡Ahí abajo!» esta noche?

—Dios sabe —dije—, grité algo parecido...

—No parecido, señor. Fueron exactamente esas sus palabras. Las conozco bien.

—Admitamos que lo fueran. Las dije, sin duda, porque lo vi ahí abajo.

—¿Por ninguna otra razón?

—¿Qué otra razón podría tener?

—¿No tuvo la sensación de que le fueron inspiradas de alguna manera sobrenatural?

—No.

Me dio las buenas noches y sostuvo en alto la luz. Caminé a lo largo de los raíles (con la desagradable impresión de que me seguía un tren) hasta que encontré el sendero. Era más fácil de subir que de bajar y regresé a mi pensión sin ningún problema.

A la noche siguiente, fiel a mi cita, puse el pie en el primer peldaño del zigzag, justo cuando los lejanos relojes daban las once. El guardavía me esperaba abajo, con la luz blanca encendida.

—No he llamado —dije cuando estábamos ya cerca—. ¿Puedo hablar ahora?

—Por supuesto, señor.

—Buenas noches y aquí tiene mi mano.

—Buenas noches, señor, y aquí tiene la mía.

Tras lo cual anduvimos el uno junto al otro hasta llegar a su caseta, entramos, cerramos la puerta y nos sentamos junto al fuego.

—He decidido, señor —empezó a decir inclinándose hacia delante tan pronto como estuvimos sentados y hablando en un tono apenas superior a un susurro—, que no tendrá que preguntarme por segunda vez lo que me preocupa. Ayer tarde lo confundí con otra persona. Eso es lo que me preocupa.

—¿Esa equivocación?

—No. Esa otra persona.

—¿Quién es?

—No lo sé.

—¿Se parece a mí?

—No lo sé. Nunca le he visto la cara. Se la tapa con el brazo izquierdo y agita el derecho violentamente. Así.

Seguí su gesto con la mirada y era el gesto de un brazo que expresaba con la mayor pasión y vehemencia algo así como: «Por Dios santo, apártese de la vía».

—Una noche de luna —dijo el hombre—, estaba sentado aquí cuando oí una voz que gritaba: «¡Eh oiga! ¡Ahí abajo!». Me sobresalté, miré desde esa puerta y vi a esa persona de pie junto a la luz roja cerca del túnel, agitando el brazo, como acabo de mostrarle. La voz sonaba ronca de tanto gritar y repetía: «¡Cuidado! ¡Cuidado!», y de nuevo: «¡Eh oiga! ¡Ahí abajo! ¡Cuidado!». Cogí el farol, lo puse en rojo y corrí hacia la figura gritando: «¿Qué pasa? ¿Qué ha ocurrido? ¿Dónde?». Estaba justo a la salida de la boca del túnel. Estaba tan cerca de él que me extrañó que continuase con la mano sobre los ojos. Me aproximé aún más y tenía ya la mano extendida para tirarle de la manga, cuando despareció.

—¿Dentro del túnel? —pregunté.

—No. Seguí corriendo hasta el interior del túnel, unas quinientas yardas[16]. Me detuve, levanté el farol sobre la cabeza y vi los números que marcan las distancias, las manchas de humedad en las paredes y el arco. Salí corriendo más rápido aún de lo que había entrado (porque sentía una aversión mortal hacia aquel lugar) y miré alrededor de la luz roja con mi propia luz roja, y subí las escaleras hasta la galería de arriba y volví a bajar y regresé aquí. Telegrafié en las dos direcciones «¿Pasa algo?». La respuesta fue la misma en ambas: «Sin novedad».

Resistiendo el helado escalofrío que me recorrió lentamente la espina dorsal, le hice ver que esa figura debía ser una ilusión óptica y que se sabía que dichas figuras, originadas por una enfermedad de los delicados nervios que controlan el ojo, habían preocupado a menudo a los enfermos, y algunos habían caído en la cuenta de la naturaleza de su mal e incluso lo habían probado con experimentos sobre sí mismos. Y respecto al grito imaginario, dije, no tiene más que escuchar un momento el viento en este valle artificial mientras hablamos tan bajo y los extraños sonidos que hace en los hilos telegráficos.

Todo eso estaba muy bien, respondió, después de escuchar durante un rato, y él tenía motivos para saber algo del viento y de

[16] **Yarda:** unidad de medida de longitud, equivalente a 0,9144 m, que pertenece a los sistemas de medidas utilizados en Gran Bretaña y Estados Unidos.

los hilos, él, que con frecuencia pasaba allí largas noches de invierno, solo y vigilando. Pero me hacía notar humildemente que todavía no había terminado.

Le pedí perdón y lentamente añadió estas palabras, tocándome el brazo.

—Unas seis horas después de la aparición, ocurrió el memorable accidente de esta línea, y al cabo de diez horas los muertos y los heridos eran transportados por el túnel, por el mismo sitio donde había desaparecido la figura.

Sentí un desagradable estremecimiento, pero hice lo posible por dominarlo. No se podía negar, asentí, que era una notable coincidencia, muy adecuada para impresionar profundamente su mente. Pero era indiscutible que esta clase de coincidencias notables ocurrían a menudo y debían ser tenidas en cuenta al tratar el tema. Aunque, ciertamente, debía admitir, añadí (pues me pareció que iba a ponérmelo como objeción), que los hombres de sentido común no tienen mucho en cuenta estas coincidencias en la vida ordinaria.

De nuevo me hizo notar que aún no había terminado, y de nuevo me disculpé por mis interrupciones.

—Esto —dijo, poniéndome otra vez la mano en el brazo y mirando por encima de su hombro con los ojos vacíos— fue hace justo un año. Pasaron seis o siete meses y ya me había recuperado de la sorpresa y de la impresión cuando una mañana, al romper el día, estando de pie en la puerta, miré hacia la luz roja y vi al espectro otra vez.

Y aquí se detuvo, mirándome fijamente.

—¿Lo llamó?

—No, estaba callado.

—¿Agitaba el brazo?

—No. Estaba apoyado contra el poste de la luz, con las manos delante de la cara. Así.

Una vez más seguí su gesto con los ojos. Era una actitud de duelo. He visto tales posturas en las figuras de piedra de los sepulcros.

—¿Se acercó usted a él?

—Entré y me senté, en parte para ordenar mis ideas, en parte porque me sentía al borde del desmayo. Cuando volví a la puerta, la luz del día caía sobre mí y el fantasma se había ido.

—¿Pero no ocurrió nada más? ¿No pasó nada después?

Me tocó en el brazo con la punta del dedo dos o tres veces, asintiendo con la cabeza y dejándome horrorizado a cada una de ellas:

—Ese mismo día, al salir el tren del túnel, noté en la ventana de uno de los vagones lo que parecía una confusión de manos y cabezas y algo que se agitaba. Lo vi justo a tiempo de dar la señal de parada al conductor. Paró el motor y pisó el freno, pero el tren siguió andando unas ciento cincuenta yardas más. Corrí tras él y al llegar oí gritos y lamentos horribles. Una hermosa joven había muerto instantáneamente en uno de los compartimentos. La trajeron aquí y la tendieron en el suelo, en el mismo sitio donde estamos nosotros.

Involuntariamente empujé la silla hacia atrás, mientras desviaba la mirada de las tablas que señalaba.

—Es la verdad, señor, la pura verdad. Se lo cuento tal y como sucedió.

No supe qué decir, ni en un sentido ni en otro y sentí una gran sequedad de boca. El viento y los hilos telegráficos hicieron eco a la historia con un largo gemido quejumbroso. Mi interlocutor prosiguió:

—Ahora, señor, preste atención y verá por qué está turbada mi mente. El espectro regresó hace una semana. Desde entonces ha estado ahí, más o menos continuamente, un instante sí y otro no.

—¿Junto a la luz?

—Junto a la luz de peligro.

—¿Y qué hace?

El guardavía repitió, con mayor pasión y vehemencia aún si cabe, su anterior gesto de «por Dios santo, apártese de la vía». Luego continuó:

—No hallo tregua ni descanso a causa de ello. Me llama durante largos minutos, con voz agonizante, ahí abajo: «¡Cuidado! ¡Cuidado!». Me hace señas. Hace sonar la campanilla.

Me agarré a esto último:

—¿Hizo sonar la campanilla ayer tarde, cuando yo estaba aquí y se acercó usted a la puerta?

—Por dos veces.

—Bueno, vea —dije— cómo le engaña su imaginación. Mis ojos estaban fijos en la campanilla y mis oídos estaban abiertos a su sonido y, como que estoy vivo, NO sonó entonces, ni en ningún otro momento salvo cuando lo hizo al comunicar la estación con usted.

Negó con la cabeza.

—Todavía nunca he cometido una equivocación respecto a eso, señor. Nunca he confundido la llamada del espectro con la de los humanos. La llamada del espectro es una extraña vibración de la campanilla que no procede de parte alguna y no he dicho que la campanilla hiciese algún movimiento visible. No me extraña que no la oyese. Pero yo sí que la oí.

—¿Y estaba el espectro allí cuando salió a mirar?

—Estaba allí.

—¿Las dos veces?

—Las dos veces —repitió con firmeza.

—¿Quiere venir a la puerta conmigo y buscarlo ahora?

Se mordió el labio inferior como si se sintiera algo reacio, pero se puso en pie. Abrí la puerta y me detuve en el escalón, mientras él lo hacía en el umbral. Allí estaban la luz de peligro, la sombría boca del túnel y las altas y húmedas paredes del terraplén, con las estrellas brillando sobre ellas.

—¿Lo ve? —le pregunté, prestando una atención especial a su rostro.

Sus ojos se le salían ligeramente de las órbitas por la tensión, pero mucho más de lo que lo habían hecho los míos cuando los había dirigido con ansiedad hacia ese mismo punto un instante antes.

—No —contestó—, no está allí.

—De acuerdo —dije yo.

Entramos de nuevo, cerramos la puerta y volvimos a nuestros asientos. Estaba pensando en cómo aprovechar mi ventaja, si podía llamarse así, cuando volvió a reanudar la conversación con un aire tan natural, dando por sentado que no podía haber entre nosotros ningún tipo de desacuerdo serio sobre los hechos, que al final me encontré en desventaja.

—A estas alturas comprenderá usted, señor —dijo—, que lo que me preocupa tan terriblemente es la pregunta «¿qué quiere decir el espectro?».

No estaba seguro, le dije, de que lo entendiese del todo.

—¿De qué nos está previniendo? —dijo, meditando, con sus ojos fijos en el fuego, volviéndolos hacia mí tan solo de vez en cuando—. ¿En qué consiste el peligro? ¿Dónde está? Hay un peligro que se cierne sobre la línea en algún sitio. Va a ocurrir alguna desgracia terrible. Después de todo lo que ha pasado antes, esta tercera vez no cabe duda alguna. Pero es muy cruel el atormentarme, ¿qué puedo hacer yo? —se sacó el pañuelo del bolsillo y se limpió el sudor de la frente—. Si envío la señal de peligro en cualquiera de las dos direcciones, o en ambas, no puedo dar ninguna explicación —continuó, secándose las manos—. Me metería en un lío y no resolvería nada. Pensarían que estoy loco. Esto es lo que ocurriría. Mensaje: «¡Peligro! ¡Cuidado!». Respuesta: «¿Qué peligro? ¿Dónde?». Mensaje: «No lo sé. Pero, por Dios Santo, tengan cuidado». Me relevarían de mi puesto. ¿Qué otra cosa podrían hacer?

El tormento de su mente era penoso de ver. Era la tortura mental de un hombre responsable, atormentado hasta el límite por una responsabilidad incomprensible en la que podrían estar en juego vidas humanas.

—Cuando apareció por primera vez junto a la luz de peligro —continuó, echándose hacia atrás el oscuro cabello y pasándose una y otra vez las manos por las sienes en un gesto de extremada y enfebrecida desesperación—, ¿por qué no me dijo dónde iba a suceder el accidente, si era inevitable que sucediera?, ¿por qué, si hubiera podido evitarse, no me dijo cómo impedirlo? Cuando durante su segunda aparición escondió el rostro, ¿por qué no me dijo en lugar de eso: «Alguien va a morir. Haga que no salga de casa». Si apareció en las dos ocasiones solo para demostrarme que las advertencias eran verdad y así prepararme para la tercera, ¿por qué no me advierte claramente ahora? ¿Y por qué a mí, Dios me ayude, un pobre guardavía en esta solitaria estación? ¿Por qué no se lo advierte a alguien con el prestigio suficiente para ser creído y el poder suficiente para actuar?

Cuando lo vi en aquel estado, comprendí que, por el bien del pobre hombre y la seguridad de los viajeros, lo que tenía que hacer en aquellos momentos era tranquilizarlo. Así que, dejando a un lado cualquier discusión entre ambos sobre la realidad o irrealidad de los hechos, le hice ver que cualquiera que cumpliera con su deber actuaba correctamente a conciencia y que, por lo menos, le quedaba el consuelo de que él comprendía su deber, aunque no entendiese aquellas desconcertantes apariciones. En esta ocasión tuve más éxito que cuando intentaba disuadirlo de la realidad del aviso. Se tranquilizó; las ocupaciones propias de su puesto empezaron a reclamar su atención cada vez más conforme avanzaba la noche. Le dejé solo a las dos de la madrugada. Me había ofrecido a quedarme toda la noche pero no quiso ni oír hablar de ello.

No me avergüenza confesar que me volví más de una vez a mirar la luz roja mientas subía por el sendero, y que no me gustaba esa luz roja, y que hubiera dormido mal si mi cama hubiera estado debajo de ella. Tampoco veo motivo para ocultar que no me gustaban las dos coincidencias del accidente y de la muerte de la joven.

Pero lo que fundamentalmente ocupaba mi mente era el problema de cómo debía yo actuar, una vez convertido en confidente de esta revelación. Había comprobado que el hombre era inteligente, vigilante, concienzudo y exacto. ¿Pero durante cuánto tiempo podía seguir así en su estado de ánimo? A pesar de lo humilde de su cargo tenía una importantísima responsabilidad. ¿Me gustaría a mí, por ejemplo, arriesgar mi propia vida confiando en la posibilidad de que continuase ejerciendo su labor con precisión? Incapaz de no sentir que sería una especie de traición si informase a sus superiores de lo que me había dicho sin antes hablar claramente con él para proponerle una postura intermedia, resolví por fin ofrecerme para acompañarlo (conservando de momento el secreto) al mejor médico que pudiéramos encontrar por aquellos alrededores y pedirle consejo. Me había advertido que la noche siguiente tendría un cambio de turno y saldría una hora o dos después del amanecer, para empezar de nuevo después de anochecer. Yo había quedado en regresar de acuerdo con este horario.

La tarde siguiente fue una tarde maravillosa y salí temprano para disfrutarla. El sol no se había puesto del todo cuando ya caminaba por el sendero cercano a la cima del profundo terraplén. «Seguiré paseando durante una hora», me dije a mí mismo, «media hora hacia un lado y media hora hacia el otro, y así haré tiempo hasta el momento de ir a la caseta de mi amigo el guardavía».

Antes de seguir el paseo me asomé al borde y miré mecánicamente hacia abajo, desde el punto en que lo vi por primera vez. No pude describir la excitación que me invadió cuando, cerca de la entrada del túnel, vi la aparición de un hombre, con la mano izquierda sobre los ojos, agitando el brazo derecho apasionadamente. El inconcebible horror que me sobrecogió pasó al punto, porque enseguida vi que esta aparición era en verdad un hombre y que, de pie y a corta distancia, había un pequeño grupo de otros hombres a quienes parecía estar destinado el gesto. La luz de peligro no estaba encendida aún. Apoyada en su poste, y utilizando unos soportes de madera y lona, había una tienda pequeña y baja que me resultaba totalmente nueva. No parecía mayor que una cama.

Con la inequívoca sensación de que algo iba mal —y el repentino y culpable temor de que alguna desgracia fatal hubiera ocurrido por haber dejado al hombre allí y no haber hecho que enviaran a alguien a vigilar o a corregir lo que hiciera—

descendí el sendero excavado en la roca a toda la velocidad de la que fui capaz.

—¿Qué pasa? —pregunté a los hombres.

—Ha muerto un guardavía esta mañana, señor.

—¿No sería el que trabajaba en esa caseta?

—Sí, señor.

—¿No el que yo conozco?

—Lo reconocerá si lo conocía, señor —dijo el hombre que llevaba la voz cantante, descubriéndose solemnemente y levantando la punta de la lona—, porque el rostro está bastante entero.

—Pero, ¿cómo ocurrió?, ¿cómo ocurrió? —pregunté, volviéndome a uno y otro mientras la lona bajaba de nuevo.

—Lo arrolló la máquina, señor. No había nadie en Inglaterra que conociese su trabajo mejor que él. Pero por algún motivo estaba dentro de los raíles. Fue en pleno día. Había encendido la luz y tenía el farol en la mano. Cuando la máquina salió del túnel estaba vuelto de espaldas y lo arrolló. Ese hombre la conducía y nos estaba contando cómo ocurrió. Cuéntaselo al caballero, Tom.

El hombre, que vestía un burdo traje oscuro, regresó al lugar que ocupara anteriormente en la boca del túnel:

—Al dar la vuelta a la curva del túnel, señor —dijo—, lo vi al fondo, como si lo viera por un catalejo. No había tiempo para reducir la velocidad y sabía que él era muy cuidadoso. Como no pareció que hiciera caso del silbato lo dejé de tocar cuando nos echábamos encima de él y lo llamé tan alto como pude.

—¿Qué dijo usted?

—¡Eh, oiga! ¡Ahí abajo! ¡Cuidado! ¡Cuidado! ¡Por Dios santo, apártese de la vía!

Me sobresalté.

—Oh, fue horroroso, señor. No dejé de llamarlo ni un segundo. Me puse el brazo delante de los ojos para no verlo y le hice señales con el brazo hasta el último momento; pero no sirvió de nada.

Sin ánimo de prolongar mi relato para ahondar en alguna de las curiosas circunstancias que lo rodean, quiero no obstante, para terminar, señalar la coincidencia de que la advertencia del conductor no solo incluía las palabras que el desafortunado guardavía me había dicho que lo atormentaban, sino también las palabras con las que yo mismo —no él— había acompañado —y tan solo en mi mente— los gestos que él había representado.

HANS CHRISTIAN ANDERSEN

LA SOMBRA

¡Es terrible lo que quema el sol en los países cálidos! Las gentes se vuelven muy morenas, y en los países más tórridos su piel se quema hasta hacerse negra. Pero ahora vais a oír la historia de un sabio que de los países fríos pasó sin transición a los cálidos, y creía que podría seguir viviendo allí como en su tierra. Muy pronto tuvo que cambiar de opinión. Durante el día tuvo que seguir el ejemplo de todas las personas juiciosas: permanecer en casa, con los postigos de puertas y ventanas bien cerrados. Se hubiera dicho que la casa entera dormía o que no había nadie en ella. Para empeorar las cosas, la estrecha calle de altos edificios, en la que residía nuestro hombre, estaba orientada de manera que en ella el sol daba desde el mediodía hasta el ocaso; era realmente inaguantable. El sabio de las tierras frías era un hombre joven e inteligente; tenía la impresión de estar encerrado en un horno ardiente, y aquello lo afectó de tal modo que adelgazó terriblemente, tanto, que hasta su sombra se contrajo y redujo, volviéndose mucho más pequeña que cuando se hallaba en su país; el sol la absorbía también. Solo se recuperaban al anochecer, cuando el astro ya se había ocultado.

Era un espectáculo digno de ver. Cuando entraba la luz en la habitación, la sombra se proyectaba entera en la pared, en toda su longitud; debía estirarse para recobrar las fuerzas. El sabio salía al balcón, para estirarse en él, y en cuanto aparecían las estrellas en el cielo sereno y maravilloso, se sentía pasar de muerte a vida. En todos los balcones de las casas —en los países cálidos, todas las casas tienen balcones— se veía gente; pues el aire es imprescindible, incluso cuando se es moreno como la caoba. Todo se animaba, arriba y abajo. Zapateros, sastres y ciudadanos en general salían a la calle con sus mesas y sillas, y ardía la luz, y más de mil luces, y todos hablaban unos con otros y cantaban, y algunos paseaban, mientras rodaban coches y pasaban mulos, haciendo sonar sus cascabeles. Desfilaban entierros al son de cantos fúnebres, los golfillos callejeros encendían petardos, repicaban las campanas; en suma, que en la calle reinaba una gran animación. Una sola casa, situada frente a la ocupada por el sabio extranjero, se mantenía en absoluto silencio y, sin embargo, la habitaba alguien, pues había flores en el balcón, flores que crecían ubérrimas bajo el sol ardoroso, cosa que habría sido imposible de no ser regadas; alguien debía regarlas y, por tanto, alguien debía de vivir en la casa. Al atardecer abrían también el balcón, pero el interior quedaba oscuro, por lo menos las habitaciones delanteras; del fondo llegaba música. Al sabio extranjero aquella música le parecía maravillosa, pero tal vez era pura imaginación suya, pues lo encontraba todo estupendo en los países cálidos; ¡lástima que el sol quemara tanto! El patrón de la casa donde residía le dijo que ignoraba quién vivía enfrente; nunca se veía a nadie, y en cuanto a la música, la encontraba aburrida. Era como si alguien estudiase una pieza, siempre la misma, sin lograr aprenderla. «¡La sacaré! », piensa; pero no lo consigue, por mucho que toque.

Una noche el forastero se despertó. Dormía con el balcón abierto, el viento levantó la cortina, y al hombre le pareció que del balcón de enfrente venía un brillo misterioso; todas las flores relucían como llamas, con los colores más espléndidos, y en medio de ellas, había una esbelta y hermosa doncella; parecía brillar ella también. El sabio se sintió tan deslumbrado que hizo un esfuerzo para sacudirse el sueño y abrió los ojos cuanto pudo.

De un salto bajó de la cama; sin hacer ruido se deslizó detrás de la cortina, pero la muchacha había desaparecido, y también el resplandor; las flores no relucían ya, pero seguían tan hermosas como de costumbre; la puerta estaba entornada, y en el fondo resonaba una música tan deliciosa, que verdaderamente parecía cosa de sueño. Era como un hechizo; pero, ¿quién vivía allí? ¿Dónde estaba la entrada propiamente dicha? La planta baja estaba enteramente ocupada por tiendas, y no era posible que entre ellas estuviera la entrada.

Un atardecer se hallaba el sabio sentado en su balcón; tenía la luz a su espalda, por lo que era natural que su sombra se proyectase sobre la pared de enfrente, al otro lado de la calle, entre las flores del balcón; y cuando el extranjero se movía, se movía también ella, como ya se comprende.

—Creo que mi sombra es lo único viviente que se ve ahí delante —dijo el sabio—. ¡Cuidado que está graciosa, sentada entre las flores! La puerta está entreabierta. Sería una oportunidad única que mi sombra pudiera aprovechar para entrar; a la vuelta me contaría lo que hubiera visto. ¡Venga, sombra —dijo bromeando—, anímate y sírveme de algo! Entra, ¿quieres? —y le dirigió un signo con la cabeza, signo que la sombra le devolvió—. Bueno, vete, pero no te marches del todo. El extranjero se levantó, y la sombra, en el balcón fronterizo, se levantó a su vez; el hombre se volvió, y la sombra se volvió también. Si alguien hubiese reparado en ello, habría observado cómo la sombra se colaba, por la puerta entreabierta del balcón, en el interior de la casa de enfrente, al mismo tiempo que el forastero entraba en su habitación, dejando caer tras de sí la larga cortina.

A la mañana siguiente, el sabio salió a tomar café y leer los periódicos—. ¿Qué significa esto? —dijo al entrar en el espacio soleado—. ¡No tengo sombra! Entonces será cierto que se marchó anoche y no ha vuelto. ¡Esto sí que es bueno!

La circunstancia le fastidiaba, no tanto por la ausencia de la sombra como porque conocía el cuento del hombre que había perdido su sombra[17], cuento muy popular en los países fríos. Y cuando el sabio volviera a su patria y explicara su aventura, todos lo acusarían de plagio, y no quería pasar por tal. Por eso prefirió no hablar del asunto, y en esto obró muy cuerdamente.

Al anochecer salió de nuevo al balcón, después de colocar la luz detrás de él, pues sabía que la sombra quiere tener siempre a su señor por pantalla; pero no hubo medio de hacerla comparecer. Se encogió, se estiró, pero la sombra no se dejó ver. El hombre la llamó con una tosecita significativa: ¡ejem, ejem!, pero en vano.

Era, desde luego, para preocuparse, aunque en los países cálidos todo crece con gran rapidez, y al cabo de ocho días observó nuestro sabio, con gran satisfacción, que tan pronto como salía el sol le crecía una sombra nueva a partir de las piernas; por lo visto, habían quedado las raíces. A las tres semanas tenía una sombra muy decente, que, en el curso del viaje que emprendió a las tierras septentrionales, fue creciendo gradualmente, hasta que al fin llegó a ser tan alta y tan grande, que con la mitad le habría bastado.

Así llegó el sabio a su tierra, donde escribió libros acerca de lo que en el mundo hay de verdadero, de bueno y de bello. De esta manera pasaron días y años; muchos años.

Una tarde estaba nuestro hombre en su habitación, y he aquí que llamaron a la puerta muy quedamente.

—¡Adelante! —dijo, pero no entró nadie. Se levantó entonces y abrió la puerta: se presentó a su vista un hombre tan delgado, que realmente daba grima verlo. Aparte de esto, iba muy bien vestido, y con aire de persona distinguida.

—¿Con quién tengo el honor de hablar? —preguntó el sabio.

—Ya decía yo que no me reconocería —contestó el desconocido—. Me he vuelto tan corpórea, que incluso tengo carne y vestidos. Nunca pensó usted en verme en este estado de

[17] **El hombre sin sombra:** referencia a *La historia maravillosa de Peter Schlemihl,* protagonizada por un joven que vende su sombra a cambio de una bolsa de oro, escrita por Adelbert Von Chamisso, (1781-1838), escritor y naturalista alemán.

prosperidad. ¿No reconoce a su antigua sombra? Sin duda creyó que ya no iba a volver. Pues lo he pasado muy bien desde que me separé de usted. He prosperado en todos los aspectos. Me gustaría comprar mi libertad, tengo medios para hacerlo —e hizo tintinear un manojo de valiosos dijes que le colgaban del reloj, y puso la mano en la recia cadena de oro que llevaba alrededor del cuello. ¡Cómo refulgían los brillantes en sus dedos! Y todos auténticos, además.

—Pues no, no acierto a explicarme... —dijo el sabio—. ¿Qué significa todo esto?

—No es corriente, desde luego —respondió la sombra—, pero es que usted también se sale de lo ordinario, y yo, bien lo sabe, desde muy pequeña seguí sus pasos. En cuanto usted creyó que yo estaba en situación de ir por esos mundos de Dios, me fui por mi cuenta. Ahora estoy en muy buena situación, pero una especie de anhelo me impulsó a volver a verlo antes de su muerte, pues usted debe morir. Además, me apetecía visitar de nuevo estas tierras, pues uno quiere a su patria. Sé que usted tiene otra sombra; ¿he de pagarle algo a usted o a ella? Dígamelo, por favor.

—¿De verdad eres tú? —exclamó el sabio—. ¡Es asombroso! Jamás hubiera creído que una vieja sombra pudiese convertirse en figura humana.

—Dígame cuánto tengo que abonarle —insistió la sombra—, pues me molesta estar en deuda con alguien.

—¡Qué cosas tienes! —exclamó el sabio—. Aquí no se trata de deudas. Puedes sentirte tan libre como cualquiera. Me alegro mucho de tu buena fortuna. Siéntate, mi vieja amiga, y cuéntame tan solo lo que ocurrió y lo que viste, en las tierras cálidas, en aquella casa de enfrente.

—Voy a contárselo —dijo la sombra, tomando asiento—, pero tiene que prometerme no decir a nadie que yo fui un día su sombra; pues a lo mejor volvemos a encontrarnos en esta ciudad. Mi intención es casarme; tengo de sobra para mantener a una familia.

—Tranquilízate —contestó el sabio—. Jamás diré a nadie lo que en realidad eres. Ahí va mi mano, y ya sabes que soy hombre de palabra.

—Y yo sombra de palabra —respondió ella expresándose del único modo que podía.

Sin embargo, era curioso que se hubiera hecho tan humana. Vestía de negro, su traje era de finísimo paño, llevaba zapatos de charol, y un sombrero que solo consistía en copa y ala, por no decir nada de lo que ya sabemos: la cadena de oro y las sortijas de brillantes. Sí, la sombra vestía con gran elegancia, y eso era precisamente lo que hacía de ella un ser humano.

—Pues voy a contarle —dijo, apoyando los pies, con los zapatos encharolados, sobre el brazo de la nueva sombra con toda la fuerza posible; nos referimos a la segunda sombra que al sabio le había nacido, y que permanecía echada a sus pies como un perrillo. Lo hizo, ora por orgullo, ora para que se le quedase pegada. La sombra del suelo se estuvo muy quietecita y callada; no quería perder palabra del relato, pues tenía gran interés por enterarse de cómo podía emanciparse y convertirse en una persona independiente.

—¿Sabe quién residía en la casa de enfrente? —dijo la sombra—. ¡Pues la belleza máxima, la Poesía! Yo estuve allí tres semanas, y el efecto es el mismo que si se viviese tres mil años y se leyese todo lo que se ha compuesto y escrito. Lo afirmo y es la verdad. Lo he visto todo y todo lo sé.

—¡La Poesía! —exclamó el sabio—. Sí, no es raro que viva sola en las grandes ciudades. ¡La Poesía! La vi solo un momento, pero estaba medio dormido. Salió al balcón, reluciente como la aurora boreal. ¡Cuenta, cuenta! Tú estuviste en el balcón, entraste en la casa y...

—Me encontré en la antesala —continuó la sombra—. Usted seguía mirando más allá de la habitación. No había luz, reinaba una especie de penumbra, pero estaban abiertas las puertas de una larga serie de aposentos y salones, situados unos enfrente de otros. Dentro, la claridad era vivísima, y la luz me habría fulminado si hubiera entrado directamente en la habitación de la doncella; pero fui prudente y me tomé tiempo, que es lo que debe hacerse.

—¿Y qué viste luego? —preguntó el sabio.

—Lo vi todo y se lo voy a contar, pero —y conste que no es presunción—, dada mi condición de ser libre y los conocimientos que poseo, para no hablar ya de mi buena posición y fortuna, creo que no estaría de más que me tratase de usted.

—Le pido mil perdones —respondió el sabio—, ¡es una vieja costumbre tan arraigada! Tiene usted toda la razón y trataré de no olvidarlo. Pero cuénteme todo lo que vio.

—Todo —asintió la sombra—, pues lo he visto todo y lo sé todo.

—¿Qué aspecto ofrecían aquellas salas, las más interiores? ¿No eran acaso como el verde bosque? ¿No tenía uno la impresión de hallarse en un santuario? ¿No eran las salas como el cielo estrellado, cuando uno lo mira desde la cima de las montañas?

—De todo había —dijo la sombra—. No entré enteramente, sino que me quedé en la habitación primera, en la penumbra; pero estaba muy bien situada, pues lo vi todo y me enteré de todo. Estuve en la antesala de la corte de la Poesía.

—Pero, ¿qué es lo que vio? ¿Pasaron acaso por los grandes salones todos los dioses de la Antigüedad? ¿Combatían los antiguos héroes? ¿Jugaban niños encantadores y contaban sus sueños?

—Le digo que estuve allí, y comprenderá sin duda que vi cuanto había que ver. Si usted hubiera entrado, no se habría convertido en hombre, pero yo sí, y al mismo tiempo conocí mi naturaleza íntima, mi condición innata, mi parentesco con la Poesía. Cuando vivía con usted no pensaba en ello, pero, bien lo sabe, al salir y ponerse el sol, adquiría yo unas proporciones sorprendentes, y a la luz de la luna era casi más visible que usted mismo. Entonces no comprendí mi naturaleza, pero en la antesala de la Poesía se me reveló plenamente. Me convertí en ser humano. Salí de allí maduro, pero usted se había marchado ya de las tierras cálidas. Me daba vergüenza mostrarme en mi nueva condición humana, tal como iba;

necesitaba zapatos, vestidos, todo ese barniz que distingue al hombre. Busqué refugio —a usted se lo diré, pero no vaya a ponerlo en ningún libro—, busqué refugio en las faldas de la cocinera, me escondí debajo de ellas. La mujer no tenía idea de lo que encerraba. Sólo de noche salía yo a rondar por las calles bajo la luz de la luna; me apretaba todo lo largo que era contra la pared —¡producía un cosquilleo tan agradable en la espalda!—, corría de un lado para otro; por los tejados y las ventanas más altas miraba al interior de las casas; veía lo que nadie podía ver y presencié lo que nadie más ha presenciado ni debiera presenciar. En el fondo, es un mundo muy malo. No me habría interesado convertirme en ser humano si no fuera por la especial distinción que ello confiere. Vi lo más increíble, en las mujeres, en los hombres, en los padres y en los tiernos hijos; vi —prosiguió la sombra— lo que nadie debiera saber y que, sin embargo, todos se afanan por saber: lo malo en casa del vecino. Si hubiese publicado un periódico, ¡qué éxito el mío! Pero opté por escribir a las mismas personas, y cundió el espanto en todas las ciudades a las que llegaba. Sentían terror de mí, y al propio tiempo me apreciaban. Los profesores me tomaban por uno de ellos, los sastres me daban trajes nuevos, estoy bien provisto; el jefe de la casa de la moneda acuñó monedas para mí, y las mujeres decían que era muy guapo. Así llegué a ser el personaje que soy, y ahora me despido. Ahí tiene mi tarjeta; vivo en la parte soleada, y cuando llueve estoy siempre en casa.

Y la sombra se marchó.

—¡Qué cosa más extraña! —dijo el sabio.

Transcurrió un año, y la sombra se presentó de nuevo.

—¿Qué tal? —preguntó.

—¡Ay! —contestó el sabio—. Yo venga a escribir acerca de la verdad, la bondad y la belleza, pero nadie me hace caso. Estoy desesperado, pues esto significa mucho para mí.

—Pues a mí me preocuparía muy poco —dijo la sombra—. Yo engordo, y esto es lo que hay que procurar. Usted no sabe comprender el mundo; caerá enfermo como siga así. Debe viajar. Yo voy a emprender un viaje en verano, ¿quiere acompañarme? Me gustaría tener un compañero. ¿Quiere venir como mi sombra? Tendré mucho gusto en llevarlo; le pagaré los gastos.

—¡Va usted demasiado lejos! —dijo el sabio.

—Depende de cómo se lo tome —observó la sombra—.Un viaje le haría mucho bien. Si se aviene a ser mi sombra, lo tendrá todo gratis.

—¡Basta de locuras! —exclamó el sabio.

—¡Pero si el mundo es así —replicó la sombra— y seguirá así!— y se marchó.

Las cosas le iban mal al sabio; lo perseguían las preocupaciones y los disgustos; y todo lo que escribía sobre la verdad, la bondad y la belleza, era apreciado por la mayoría como las rosas lo son por una vaca. Al fin cayó enfermo.

—¡Parece usted una sombra! —le decía la gente; y al oírlo sentía cómo un escalofrío le recorría la espalda.

—Vaya una temporada a un balneario —le aconsejó la sombra en la siguiente visita—; es su único remedio. En consideración a nuestras antiguas relaciones, lo llevaré conmigo. Le pagaré el viaje, usted escribirá la crónica y me distraerá durante el camino. Pienso ir a tomar las aguas, pues la barba no me crece como debiera, lo cual no deja de ser una enfermedad, pues hay que tener barba. Sea razonable y acepte mi ofrecimiento; viajaremos como compañeros.

Y partieron; la sombra hacía de señor, y el señor hacía de sombra. Iban siempre juntos, en coche, a pie o a caballo, el uno delante y el otro detrás o de lado, según la posición del sol en el cielo. La sombra se las arreglaba para ocupar siempre el lugar de precedencia, y el sabio no dejaba de advertirlo. Era muy bondadoso, dulce y amable, y un día dijo a la sombra:

—Puesto que somos compañeros de viaje y además crecimos juntos, ¿por qué no nos tuteamos? Sería mucho más cordial.

La sombra, que se había convertido en el verdadero señor, replicó:

—Aprecio la franqueza y la buena intención con que me habla, y yo voy a corresponderle con la misma franqueza y sinceridad. Usted, que es hombre docto, sabe sin duda cuán rara es la naturaleza. Ciertas personas no pueden tocar papel gris, pues les marea; otras no resisten el ruido de un clavo rascando un cristal. Pues a mí me produce una impresión similar cada vez que le oigo tratarme de tú; me siento como aplastado contra el suelo, como cuando ocupaba mi antigua posición. Ya ve que se trata de un sentimiento, no de orgullo. No puedo permitir que usted me tutee, pero en cambio yo lo trataré de tú con mucho gusto, con lo cual quedará satisfecha la mitad de su deseo.

Y la sombra se puso a tutear a su antiguo señor.

«Realmente, pasa ya de la raya —pensó el sabio— que yo tenga que tratarla de usted y, en cambio, ella me trate a mi de tú». Pero tuvo que resignarse.

Llegaron a un balneario donde había muchos extranjeros, entre ellos una hermosa princesa aquejada de una rara enfermedad: su vista era excesivamente penetrante, lo cual era para inquietar a cualquiera.

Enseguida se dio cuenta de que el nuevo huésped era completamente distinto a todos los demás.

—Dicen que ha venido para que le crezca la barba, pero el verdadero motivo yo lo sé: es que no puede proyectar sombra.

Despertada su curiosidad, procuró entrar en seguida en relación con el recién llegado. Por su calidad de princesa no necesitaba andarse con muchas ceremonias, por lo que, al encontrarse con él en el paseo, le dijo:

—La enfermedad de usted es que no tiene sombra.

—¡Su Alteza Real ha mejorado mucho de su dolencia! —dijo la sombra—. Sé que su mal consiste en tener la visión demasiado aguda, pero observo que se ha curado. El caso es que tengo una sombra que se aparta de lo vulgar. ¿Ve Vuestra Alteza este personaje que me acompaña constantemente? Los demás tienen una sombra ordinaria, pero a mí lo corriente no me gusta. Es frecuente que se vista a los criados con una librea de tela más fina que la que lleva el señor; por la misma razón, he vestido de persona a mi sombra. Fíjese que incluso le he suministrado una sombra propia. Es muy costoso, pero me deleita poseer algo que sea exclusivamente mío.

«¿Cómo?», pensó la princesa. «¿Es posible que me haya curado? Este balneario es el mejor de todos. En nuestra época el agua posee virtudes sorprendentes. Pero no me marcharé, pues esto empieza ahora a resultar divertido; este extranjero me gusta. Ojalá no le crezca la barba, pues entonces se marcharía enseguida».

Aquella noche, en el gran salón de fiestas, bailaron la princesa y la sombra. Ella era muy ligera pero la sombra lo era mucho más; nunca había bailado con una pareja como aquella. Le dijo de qué país era y resultó que él lo conocía; había estado en él, en ausencia de la princesa. Se había asomado a las ventanas y escudriñado los pisos de arriba y los de abajo; lo había visto todo; por eso pudo responder a su interlocutora y darle tales noticias que quedó admirada. Sin duda era el hombre más sabio del mundo entero. Sintió gran respeto por su ciencia, y cuando volvieron a bailar, ella se enamoró; bien lo observó la sombra, pues la princesa lo había atravesado con su mirada. Bailaron por tercera vez, y ella estuvo a punto de confesárselo; pero logró contenerse prudentemente, pensando en su país, en su reino y en sus numerosos súbditos. «Es un sabio —se dijo—, lo cual está bien; y baila magníficamente, lo cual es otra cualidad. Pero tengo que averiguar si posee conocimientos fundamentales». Y se puso a formularle preguntas dificilísimas, que ella misma no hubiera sabido contestar: la sombra puso una cara muy extraña.

—¡Eso usted no lo sabe! —dijo la princesa.

—Lo aprendí ya siendo niño —respondió la sombra—. Estoy seguro de que incluso mi sombra, que está en la puerta, sería capaz de contestarle.

—¡Su sombra! —exclamó la princesa—. ¡Eso sería aún más peregrino!

—No le aseguro que pueda hacerlo —contestó la sombra—, pero tengo mis motivos para creerlo. ¡Lleva tanto años siguiéndome y me ha oído tantas veces! Pero permítame que advierta a Su Alteza que su mayor orgullo es el ser tenida por un ser humano. Cuando está de buenas —y es necesario que esté de buen humor para responder— ha de ser tratada como una persona.

—Eso me gusta —dijo la princesa. Y, dirigiéndose al sabio, que permanecía en la puerta, le habló del Sol y de la Luna y de lo que hay en el exterior y el interior del hombre; y a todo le respondió.

«¡Qué hombre tan excepcional debe de ser, para tener una sombra tan erudita! —pensó—. Sería una bendición para mi pueblo que lo eligiese por marido. ¡Lo haré!».

Pronto llegaron a un acuerdo la princesa y la sombra. Pero nadie debería saberlo antes del regreso de ella a su patria.

—¡Nadie, ni siquiera mi sombra! —insistió la sombra, que tenía sus motivos propios.

Y llegaron al país en que reinaba la princesa.

—Escucha, mi buen amigo —dijo la sombra al sabio—, he llegado al máximo grado de felicidad y poder que puede alcanzar un hombre; voy a hacer por ti algo extraordinario. Vivirás siempre conmigo en palacio, montarás en mi real carroza y dispondrás de cien mil escudos anuales; pero es necesario que dejes que todos te llamen «sombra»; no debes decir que fuiste un hombre; y una vez al año, cuando yo me siente en el balcón a la vista de la multitud, te echarás a mis pies, como es propio de una sombra. Has de saber que me caso con la hija del Rey; la boda se celebrará esta noche.

—¡Alto! Esto es ya demasiado —replicó el sabio—. ¡No quiero y no lo haré! Sería tanto como engañar a todo el país, y a la princesa por añadidura. Lo revelaré todo: que yo soy un ser humano, y tú una sombra, solo que vestida.

—Nadie te creerá —dijo la sombra—. Sé razonable o llamo a la guardia.

—Me voy inmediatamente a ver a la princesa —respondió el sabio.

—Yo iré primero —dijo la sombra—, y tú irás a la cárcel.

Y así fue, pues los centinelas obedecieron a aquel que, según sabían, se casaría con la hija del Rey.

—Estás temblando —exclamó la princesa al presentarse la sombra en su habitación—. ¿Te ha ocurrido algo? No vayas a caer enfermo, hoy que ha de celebrarse nuestra boda.

—¡Me ha sucedido lo más horrible que quepa imaginar! —dijo la sombra—. Figúrate (aunque claro está que al cerebro de una sombra no se le puede pedir gran cosa) que mi sombra se ha vuelto loca. Ha empezado a creer que es un hombre y que, ¡fíjate!, la sombra soy yo.

—¡Eso es horrible! —dijo la princesa—. ¿La han encerrado?

—¡Sí! Y me temo que no sanará nunca.

—¡Pobre sombra! —dijo la princesa—, es bien desgraciada. Sería una buena acción liberarla de la poca vida que tiene. Y, pensándolo bien, creo que será necesario acabar con ella sin armar ruido.

—¡Es dura cosa! —observó la sombra—, pues siempre fue una fiel servidora —y simuló que suspiraba.

—¡Qué alma más noble! —dijo la princesa.

Aquella noche se iluminó toda la ciudad y fueron disparadas salvas de artillería: ¡bum!; y las tropas presentaron armas. ¡Vaya boda! La princesa y la sombra salieron al balcón para que el pueblo los viese y los aclamase.

El sabio no supo nada de todas aquellas magnificencias: le habían quitado la vida.

IVÁN TURGUENEV

UN SUEÑO

Yo vivía entonces con mi madre en una pequeña ciudad del litoral. Había cumplido diecisiete años y mi madre no llegaba a los treinta y cinco: se había casado muy joven. Cuando falleció mi padre yo tenía solamente seis, pero lo recordaba muy bien. Mi madre era una mujer más bien bajita, rubia, de rostro encantador aunque eternamente apenado, voz apagada y cansina y movimientos tímidos. De joven había tenido fama por su belleza, y hasta el final de sus días fue atractiva y amable. Yo no he visto ojos más profundos, más dulces y tristes, cabellos más finos y suaves; no he visto manos más elegantes. Yo la adoraba y ella me quería... No obstante, nuestra vida transcurría sin alegría: se hubiera dicho que un dolor oculto, incurable e inmerecido, consumía permanentemente la raíz misma de su existencia. La explicación de aquel dolor no estaba solo en el duelo por mi padre, aun cuando fuese muy grande, aun cuando mi madre le hubiera amado con pasión, aun cuando honrara piadosamente su memoria... ¡No! Allí se ocultaba algo más que yo no entendía, pero que llegaba a percibir, de modo confuso y hondo, apenas me fijaba fortuitamente en aquellos ojos apacibles y quietos, en aquellos maravillosos labios, también quietos, aunque no contraídos por la amargura, sino como helados desde siempre.

He dicho que mi madre me quería; sin embargo, había momentos en que me rechazaba, en que mi presencia le pesaba, se le hacía insoportable. Experimentaba ella entonces una especie de involuntaria repulsión hacia mí, de la que se espantaba luego, pagándola con lágrimas y estrechándome sobre su corazón. Yo cargaba la culpa de estos intempestivos brotes de hostilidad a la alteración de su salud y a su desgracia... Verdad es que estas sensaciones hostiles podían haber sido provocadas, hasta cierto punto, por unos extraños arrebatos de sentimientos malignos y criminales, incomprensibles para mí mismo, que despertaban de tarde en tarde dentro de mí... Pero estos arrebatos no coincidían con aquellos instantes de repulsión. Mi madre vestía siempre de negro, como si guardase luto. Llevábamos un tren de vida bastante holgado, aunque apenas nos relacionábamos con nadie.

II

Mi madre había concentrado en mí todos sus pensamientos y toda su solicitud. Su vida se había fundido con mi vida. Este género de relaciones entre padres e hijos no favorecen siempre a los hijos... Suele ser más bien nocivo. Por añadidura, mi madre no tenía más hijos que yo..., y los hijos únicos, por lo general, no se desarrollan adecuadamente. Al educarlos, los padres se preocupan tanto de sí mismos como de ellos... Eso es un error. Yo no me volví caprichoso ni duro (una y otra cosa suelen aquejar a los hijos únicos), pero mis nervios estuvieron alterados hasta cierta época; además, tenía una salud bastante precaria, salía en esto a mi madre, a quien también me parecía mucho de cara. Yo evitaba la compañía de los chicos de mi edad, en general rehuía a la gente e incluso con mi madre hablaba poco. Lo que más me gustaba era leer, pasear a solas y soñar... ¡Soñar! ¿De qué trataban mis sueños? No podría explicarlo. A veces tenía la impresión, es cierto, de hallarme delante de una puerta entornada que ocultaba ignotos misterios, y yo permanecía allí, a la espera de algo, anhelante, y no trasponía el umbral, sino que cavilaba en lo que podría haber al otro lado... Y seguía esperando, y me quedaba transido..., o traspuesto. Si hubiera latido en mí la vena poética, probablemente me habría dedicado a escribir versos; de haberme sentido atraído por la religión, quizá me habría hecho fraile. Pero, como no experimentaba nada de eso, continuaba soñando y esperando.

III

Acabo de referirme a cómo me quedaba traspuesto, en ocasiones, bajo el influjo de ensoñaciones y pensamientos confusos. En general, yo dormía mucho, y los sueños desempeñaban un papel considerable en mi vida. Soñaba casi todas las noches. Los sueños no se me olvidaban, y yo les daba importancia, los consideraba premoniciones, procuraba desentrañar su sentido oculto. Algunos se repetían de vez en cuando, hecho que siempre me parecía prodigioso y extraño. Un sueño, sobre todo, me hacía cavilar. Me parecía que iba caminando por una calle estrecha y mal empedrada de una vieja ciudad, entre algunos edificios de piedra con los tejados en pico. Yo andaba buscando a mi padre, que no había muerto, sino que se escondía de nosotros, ignoro por qué razón, y vivía precisamente en una de aquellas casas. Yo entraba por una puerta cochera, baja y oscura, cruzaba un largo patio abarrotado de troncos y tablones y penetraba por fin en una estancia pequeña que tenía dos ventanas redondas. En medio de la habitación estaba mi padre, con batín y fumando en pipa. No se parecía en absoluto a mi padre verdadero: era un hombre alto, enjuto, con el pelo negro, la nariz ganchuda y ojos sombríos y penetrantes, que aparentaba unos cuarenta años. Le disgustaba que hubiera dado con él; tampoco yo me alegraba nada de nuestro encuentro y permanecía allí parado, indeciso. Él giraba un poco, empezaba a murmurar algo entre dientes y a ir de un lado para otro con paso menudo... Luego se alejaba poco a poco, sin dejar de murmurar y mirando a cada momento hacia atrás por encima del hombro; la estancia se ensanchaba y desaparecía en la niebla... Espantado de pronto ante la idea de que perdía nuevamente a mi padre, yo me lanzaba tras él, pero ya no le veía, y solo llegaba hasta mí su rezongar, bronco como el de un oso... Angustiado el corazón, me despertaba y ya no podía volver a dormirme en mucho tiempo... Me pasaba todo el día siguiente cavilando en este sueño, sin que mis cavilaciones, como es natural, me llevaran a ninguna conclusión.

IV

Llegó el mes de junio. Por esa época, la ciudad donde vivíamos mi madre y yo se animaba extraordinariamente. En el muelle atracaban multitud de barcos, y en las calles aparecían multitud de rostros nuevos. Entonces me gustaba deambular por la costanera, delante de los cafés y los hoteles, observando las diversas siluetas de marineros y demás gentes sentadas bajo los toldos de lona, en torno a los veladores blancos, con sus jarras de metal llenas de cerveza.

Conque una vez, al pasar delante de un café, vi a un hombre que atrajo inmediatamente toda mi atención. Vestía un largo guardapolvo negro, llevaba el sombrero de paja encasquetado hasta los ojos y permanecía inmóvil, con los brazos cruzados sobre el pecho. Unos rizos negros y ralos le caían casi hasta la nariz; los labios finos apretaban la boquilla de una pipa corta. Este hombre me pareció tan conocido, mi recuerdo conservaba tan indudablemente grabado cada rasgo de su rostro moreno y bilioso, así como toda su figura, que no pude por menos de detenerme ante él y preguntarme: ¿quién es este hombre, dónde lo he visto? Al notar probablemente mi mirada fija, levantó hacia mí sus ojos negros, penetrantes... No pude reprimir una exclamación ahogada...

¡Aquel hombre era el padre a quien yo había encontrado, a quien yo había visto en mis sueños!

Imposible equivocarse: el parecido era demasiado rotundo. Incluso el largo guardapolvo que envolvía sus miembros enjutos recordaba, por el color y el corte, el batín con que se me había aparecido mi padre.

—¿Estaré dormido? —me pregunté—. No... Es de día, hay multitud de gente alrededor, el sol brilla en el cielo azul, y lo que tengo delante de mí no es un fantasma, es un hombre vivo...

Me dirigí hacia un velador desocupado, pedí una jarra de cerveza y un periódico y me senté a escasa distancia de aquel ser misterioso.

V

Con el periódico desplegado a la altura del rostro, seguí devorando con los ojos al desconocido, que apenas hacía un movimiento y solo de tarde en tarde alzaba un poco la desmayada cabeza. Evidentemente, esperaba a alguien. Yo seguía mirando, mirando... A veces me parecía que todo aquello era invención mía, que en realidad no existía la menor semejanza, que yo había cedido a una fantasía de mi imaginación... Pero «aquel» giraba un poco en su silla de pronto o alzaba ligeramente una mano, y de nuevo veía yo a mi padre «nocturno» delante de mí.

Acabó por advertir mi pertinaz curiosidad y, a poco de mirarme, primero perplejo y luego contrariado, hizo intención de levantarse. Un pequeño bastón que tenía recostado contra el velador cayó entonces al suelo. Yo me precipité a recogerlo y se lo entregué. El corazón me latía con fuerza.

El hombre me dio las gracias con una sonrisa forzada y, aproximando su rostro al mío, enarcó las cejas y entreabrió los labios como si algo le sorprendiera.

—Es usted muy amable, joven —pronunció de pronto con voz gangosa, áspera y dura—. Por los tiempos que corren, es cosa rara. Permítame que le felicite: le han dado a usted una buena educación.

No recuerdo exactamente lo que le repliqué, pero pronto hubimos entablado conversación. Supe que era compatriota mío, que había vuelto recientemente de América, donde había vivido muchos años y adonde regresaría en breve plazo... Se presentó con el título de barón..., pero no pude captar bien el nombre. Lo mismo que mi padre «nocturno», terminaba cada una de sus oraciones con una especie de confuso murmullo interno. Se interesó por conocer mi apellido... Al oírlo pareció sorprenderse otra vez; luego me preguntó si llevaba mucho tiempo residiendo en aquella ciudad y con quién. Contesté que vivía con mi madre.

—¿Y su señor padre?

—Mi padre falleció hace mucho.

Preguntó el nombre de pila de mi madre y al oírlo soltó una risa extraña, de la que luego se disculpó diciendo que se debía a sus modales americanos y que, además, él era un tipo bastante raro. Luego tuvo la curiosidad de conocer nuestro domicilio. Yo se lo dije.

VI

La emoción que me había embargado al iniciarse nuestra plática se aplacó gradualmente; nuestro acercamiento me parecía algo extraño, pero nada más. No me agradaba la sonrisita con que el señor barón me interrogaba, ni tampoco me agradaba la expresión de sus ojos cuando me miraba como clavándomelos... Había en ellos algo rapaz y protector..., algo que sobrecogía. Aquellos ojos, yo no los había visto en mi sueño. ¡Qué rostro tan extraño tenía el barón! Marchito, cansado, pero aparentando al mismo tiempo menos años, lo que causaba una impresión desagradable. Mi padre «nocturno» tampoco estaba marcado por el profundo costurón que cruzaba oblicuamente toda la frente de mi nuevo conocido y que yo no advertí hasta hallarme más cerca de él.

Apenas yo había informado al barón del nombre de la calle y el número de la casa donde habitábamos, cuando un negro de elevada estatura, embozado en su capa hasta las cejas, se le acercó por detrás y le rozó el hombro. El barón volvió la cabeza, y profirió: «¡Ah! ¡Por fin!» y, haciéndome una leve inclinación de cabeza, se dirigió con el negro hacia en interior del café. Yo seguí bajo el toldo con la idea de esperar a que saliera el barón, no tanto para reanudar la conversación con él, pues en realidad no sabía de qué podríamos seguir hablando, como para contrastar nuevamente mi primera impresión. Pero transcurrió media hora, luego una hora entera... El barón no reaparecía. Penetré en el establecimiento, recorrí todas las salas, pero en ninguna parte vi al barón ni al negro... Se conoce que se habían ausentado los dos por la puerta de atrás.

Se me había levantado un ligero dolor de cabeza y, para refrescarme, me encaminé a lo largo de la orilla del mar hasta un vasto parque plantado en las afueras unos doscientos años atrás. Después de pasear un par de horas a la sombra de los robles y los plátanos gigantescos, volví a casa.

VII

En cuanto aparecí en el recibidor, nuestra sirvienta corrió a mí toda alarmada. Por su expresión adiviné al instante que algo malo había sucedido en nuestra casa durante mi ausencia. Y así era: supe que, hacía cosa de una hora, se escuchó de pronto un grito terrible en el dormitorio de mi madre. La sirvienta, que acudió corriendo, la encontró tendida en el suelo, sin conocimiento, y su desmayo había durado varios minutos. Mi madre recobró al fin el sentido, pero se vio obligada a acostarse y tenía un aire asustado y extraño. No decía ni una palabra, no contestaba a las preguntas, y todo era mirar a su alrededor y estremecerse. La sirvienta envió al jardinero en busca de un médico. Llegó el doctor, le recetó un calmante, pero tampoco a él quiso decirle nada. El jardinero afirmaba que a los pocos instantes de escucharse el grito en la habitación de mi madre, él había visto a un desconocido que corría hacia la puerta de la calle pisoteando los macizos de flores (vivíamos en una casa de una sola planta cuyas ventanas daban a un jardín bastante grande). El jardinero no tuvo tiempo de fijarse en el rostro de aquel hombre, pero era alto, enjuto, llevaba un sombrero de paja muy encasquetado y una levita de faldones largos... «¡El atuendo del barón!», me pasó enseguida por la mente. El jardinero no pudo darle alcance. Además, le llamaron inmediatamente de la casa y le enviaron en busca del médico. Pasé a ver a mi madre. Estaba acostada, más blanca que la almohada sobre la que reposaba su cabeza. Sonrió débilmente al reconocerme y me tendió una mano. Tomé asiento a su lado y me puse a hacerle preguntas. Al principio eludía las respuestas, pero acabó confesando haber visto algo que la asustó mucho.

—¿Ha entrado aquí alguien? —inquirí.

—No —se apresuró a contestar—. No ha venido nadie, pero a mí me pareció..., se me figuró...

Calló y se cubrió los ojos con una mano. Iba yo a decirle lo que había sabido a través del jardinero y a contarle, de paso, mi encuentro con el barón... pero, ignoro por qué, las palabras expiraron en mis labios. Sin embargo, hice observar a mi madre que los fantasmas no suelen aparecerse de día.

—Deja eso, por favor —susurró—. No me atormentes ahora. Algún día lo sabrás...

De nuevo enmudeció. Tenía las manos frías y el pulso acelerado e irregular. Le administré la medicina y me aparté un poco para no molestarla. No se levantó en todo el día. Estaba tendida, quieta y callada, y solo de vez en cuando exhalaba un profundo suspiro y abría los ojos con sobresalto. Todos en la casa estaban extrañados.

VIII

Al llegar la noche le dio un poco de fiebre a mi madre, y me pidió que me retirase. Sin embargo, no me fui a mi cuarto, sino que me tendí sobre un diván de la habitación contigua. Cada cuarto de hora me levantaba, llegaba de puntillas hasta la puerta y prestaba oído... Todo continuaba en silencio, pero no creo que mi madre conciliara el sueño en toda la noche. Cuando entré a verla a primera hora de la mañana, me pareció que tenía el semblante arrebatado y un extraño brillo en los ojos. Durante el día pareció aliviarse un poco; al atardecer volvió a subir la fiebre. Hasta entonces había guardado un silencio pertinaz, pero de pronto rompió a hablar con voz anhelante y entrecortada. No deliraba: sus palabras tenían sentido, aunque ninguna ilación. Poco antes de la media noche se incorporó de repente en el lecho con un brusco movimiento (yo estaba sentado junto a ella) y con la misma voz precipitada se puso a contar, apurando a sorbos un vaso de agua y moviendo débilmente las manos, sin mirarme ni una sola vez... Se interrumpía, pero reanudaba el relato haciendo un esfuerzo... Todo aquello era tan extraño como si lo hiciera en sueños, como si ella estuviera ausente y fuese otra persona quien hablara por su boca o la hiciera hablar a ella.

IX

—Oye lo que te voy a contar —comenzó—. Ya no eres un muchachuelo. Lo debes saber todo.

«Yo tenía una buena amiga... Se casó con un hombre al que amaba de todo corazón y era muy feliz con su marido. El primer año de matrimonio hicieron un viaje a la capital para pasar allí algunas semanas divirtiéndose. Se hospedaban en un buen hotel y salían mucho a teatros y a fiestas. Mi amiga era muy agraciada, llamaba la atención y los hombres la cortejaban. Pero entre ellos había uno, un oficial, que la seguía constantemente y adondequiera que ella fuese, allí se encontraba con sus ojos negros y duros. No se hizo presentar ni habló con ella una sola vez: solamente la miraba de manera descarada y extraña. Todos los placeres de la capital los echaba a perder su presencia. Mi amiga empezó a hablarle a su marido de marcharse cuanto antes, y así lo dispusieron, en efecto. Una tarde, el marido se fue a un club: le habían invitado a jugar a las cartas unos oficiales del mismo regimiento al que pertenecía aquel otro... Por primera vez se quedó ella sola. Como su marido tardaba en volver, despidió a la doncella y se acostó... De pronto le entró tanto miedo que se quedó fría y se puso a temblar. Le pareció oír un ruido ligero al otro lado de la pared (como si arañara un perro), y se puso a mirar fijamente hacia aquel sitio. En el rincón ardía una lamparilla. Toda la habitación estaba tapizada de tela... Súbitamente, algo rebulló allí, se alzó, se abrió... Y de la pared surgió, largo, todo negro, aquel hombre horrible de los ojos duros. Ella quería gritar, pero no podía. Estaba totalmente paralizada del susto. El hombre se acercó a ella rápidamente, como una fiera salvaje, y le cubrió la cabeza con algo asfixiante, pesado, blanco... De lo que sucedió después, no me acuerdo... ¡No me acuerdo! Fue algo parecido a la muerte, a un asesinato... Cuando aquella espantosa niebla se disipó al fin, cuando yo... cuando mi amiga volvió en sí, no había nadie en la habitación. De nuevo se encontró sin fuerzas para gritar, durante mucho tiempo, hasta que por fin llamó..., y luego se embrolló todo otra vez...

»Después vio junto a ella a su marido, que había sido retenido en el club hasta las dos de la madrugada... Estaba demudado y se puso a hacerle preguntas, pero ella no le dijo nada... Luego cayó enferma... Sin embargo, recuerdo que al quedarse sola en la habitación fue a inspeccionar aquel sitio de la pared. Debajo de la tapicería había una puerta secreta. Y a ella le había desaparecido de la mano el anillo de casada. Era un anillo de forma poco corriente, con siete estrellitas de oro y siete de plata alternadas: una antigua joya de familia. El marido le preguntaba qué había sido del anillo, pero ella no podía contestar nada. Pensando que se le habría caído inadvertidamente, el marido lo buscó por todas partes. No lo encontró. Presa de una extraña angustia, decidió que volverían a su casa lo antes posible y, en cuanto lo permitió el doctor, el matrimonio abandonó la capital... Pero imagínate que el día mismo de su marcha se cruzaron en la calle con unas parihuelas... En las parihuelas yacía un hombre con la cabeza partida al que acababan de matar. Y ese hombre era el terrible visitante nocturno de los ojos duros. ¡Imagínate!... Le habían matado durante una partida de cartas...

»Mi amiga se trasladó luego al campo..., fue madre por primera vez... y vivió varios años en compañía de su marido. Él nunca supo nada. Además, ¿qué podría haberle dicho ella? Ella misma no sabía nada.

»Sin embargo, su anterior felicidad desapareció. En sus vidas se hizo la oscuridad, y esa oscuridad no se disipó ya nunca... No tuvieron más descendencia, como tampoco la habían tenido antes..., y aquel hijo...

Toda temblorosa, mi madre se cubrió el rostro con las manos.

—Y ahora, dime —prosiguió con redoblada energía—, ¿tenía alguna culpa mi amiga? ¿Qué podía reprocharse? Fue castigada; pero, ¿no tenía derecho a declarar, incluso ante Dios, que el castigo era injusto? Entonces, ¿por qué se le representa al cabo de tantos años y en forma tan horrible lo ocurrido, como si fuese una criminal atormentada por los remordimientos? Macbeth[18] mató a Banco[19], y no es sorprendente que se le apareciera... Pero yo...

Al llegar a este punto, el discurrir de mi madre se hizo tan incoherente, que dejé de comprenderlo. Ya no dudaba de que estuviese delirando.

X

Cualquiera comprenderá fácilmente la estremecedora impresión que me produjo el relato de mi madre. Desde sus primeras palabras adiviné que estaba hablando de sí misma y no de una

[18] **Macbeth:** protagonista del drama del mismo nombre, del dramaturgo y poeta inglés William Shakespeare (1564–1616). El personaje histórico fue general del ejército del rey escocés Duncan y, posteriormente, rey de Escocia (1040–57).

[19] **Banco:** general del ejército del rey escocés Duncan, asesinado por orden de Macbeth. Poco después del asesinato, un sicario anuncia a Macbeth la muerte de Banco y la huida del hijo de este. Macbeth tiene entonces una terrible alucinación: en su delirio ve al espectro del asesinado, que parece ocupar el trono; después, surge la visión del asesinato de Banco. Macbeth trata de ahuyentarla, pero la visión amenazadora aparece una y otra vez.

amiga. La propia estratagema confirmó mis sospechas. De modo que aquel era efectivamente mi padre, al que yo había encontrado en sueños, al que había visto en persona. No lo habían matado, como suponía mi madre, sino herido solamente. Y había ido a verla, huyendo luego, asustado por la sorpresa de ella. Todo lo comprendí de repente: comprendí el involuntario sentimiento de repulsión que yo despertaba a veces en mi madre, su constante pesar, nuestra vida de aislamiento... Recuerdo que se me iba la cabeza, y yo la agarré con ambas manos como queriendo mantenerla en su sitio. Pero una decisión se clavó en mi mente: la de encontrar nuevamente a aquel hombre; encontrarlo sin falta, costara lo que costara. ¿Para qué? ¿Con qué fin? No me lo planteaba, pero el hecho de encontrarlo, de dar con él, se había convertido para mí en cuestión de vida o muerte. A la mañana siguiente por fin se calmó mi madre... cedió la fiebre y se quedó dormida. Después de recomendarla a los cuidados de los dueños de la casa y de la servidumbre, salí para ponerme en campaña.

XI

Ante todo, como es natural, fui al café donde había encontrado al barón, pero nadie lo conocía allí. Ni siquiera habían advertido su presencia. Era un cliente casual. En el negro sí se habían fijado los propietarios del establecimiento, pues llamaba demasiado la atención, si bien nadie sabía tampoco quién era ni dónde vivía. Después de dejar, a todo evento, mi dirección en el café, me lacé a rodar por las calles y las costaneras de la ciudad, alrededor de los muelles, por la avenidas, asomándome a todos los establecimientos públicos. No encontré a nadie que se pareciera al barón o a su acompañante. Como no había retenido el apellido del barón, estaba en la imposibilidad de recurrir a la policía. Sin embargo, di a entender a dos o tres celadores del orden (que por cierto me contemplaron con sorpresa sin dar del todo crédito a mis palabras), que recompensaría generosamente su celo si encontraban la pista de los dos individuos cuyas señas personales procuré darles con la mayor exactitud posible. Después de corretear así hasta la hora del almuerzo, regresé a mi casa rendido de cansancio. Mi madre se había levantado. Su habitual tristeza tenía un matiz nuevo, cierta absorta perplejidad que se me clavaba en el corazón como un cuchillo. Pasé la tarde con ella. Apenas hablamos: ella hacía solitarios y yo contemplaba en silencio los naipes. No hizo la menor alusión a su relato ni a lo sucedido la víspera. Era como si hubiéramos acordado tácitamente no referirnos a todos aquellos hechos terribles y extraños... Daba la impresión de que estaba contrariada y cohibida por lo que se le había escapado sin querer. O quizá no recordara muy bien lo que había dicho durante aquel conato de delirio febril y tuviese la esperanza de que yo me mostrase compasivo con ella... Así lo hacía, efectivamente, y ella se daba cuenta, pues rehuía mi mirada igual que la víspera. No pude conciliar el sueño en toda la noche. Se había desencadenado de pronto una tormenta espantosa. El viento aullaba y se arremolinaba frenéticamente, los cristales de las ventanas temblaban y tintineaban, silbidos y lamentos desesperados cruzaban el aire como si algo se desgarrase en lo alto y volara con furioso llanto sobre las casas estremecidas. Poco antes del amanecer, me quedé traspuesto... Súbitamente, tuve la impresión de que alguien había entrado en mi cuarto y me llamaba, pronunciando mi nombre a media voz, pero imperiosamente. Levanté un poco la cabeza y no vi nada. Pero, cosa extraña, lejos de asustarme me alegré: llegué de pronto a la convicción de que ahora alcanzaría sin falta mi meta. Me vestí a toda prisa y salí de casa.

XII

La tormenta había amainado, aunque se notaban todavía sus últimos estremecimientos. Era muy temprano, y no andaba nadie por las calles. En muchos sitios había trozos de chimeneas, tejas, tablas arrancadas a las vallas, ramas partidas... «La noche ha debido de ser terrible en el mar», me dije al ver las huellas de la tormenta. Pensé en dirigirme al embarcadero, pero los pies me llevaron hacia otra parte como si obedecieran a una irresistible atracción. A los diez minutos escasos me encontraba en una parte de la ciudad que nunca había visitado hasta entonces. Caminaba paso a paso, sin premura pero también sin detenerme, con una extraña sensación interna: esperaba algo extraordinario, imposible y, al mismo tiempo, estaba persuadido de que se cumpliría.

XIII

Y en efecto, ocurrió lo extraordinario, lo que esperaba. Repentinamente descubrí, a unos veinte pasos delante de mí, al mismo negro que habló con el barón en el café en mi presencia. Embozado en la misma capa que ya advertí yo entonces, pareció surgir de debajo de la tierra y, dándome la espalda, echó a andar a buen paso por la estrecha acera de una calleja tortuosa. Me lancé al instante tras él, pero también él aceleró el paso, aunque no volvió la cabeza y, de pronto, dobló la esquina de una casa que formaba saliente. Corrí hasta aquella esquina, la doblé con la misma celeridad que el negro... ¡Qué cosa tan extraña! Ante mí se abría una calle larga, estrecha y totalmente desierta. La niebla matutina la invadía completamente con su plomo opaco, pero mi mirada penetraba hasta el extremo opuesto, permitiéndome discernir cada uno de los edificios... ¡Y en ninguna parte rebullía un solo ser viviente! El negro de la capa había desaparecido tan repentinamente como surgió. Me quedé sorprendido, pero solo un instante. Enseguida me embargó otra sensación: ¡había reconocido la calle que se extendía ante mis ojos, toda muda y como muerta! Era la calle de mi sueño. Me estremecí, encogido —la mañana era muy fría—, y enseguida avancé sin la menor vacilación, impelido por cierta medrosa seguridad.

Empecé a buscar con los ojos... Allí estaba: a la derecha, haciendo saliente sobre la acera con una de sus esquinas, la casa de mi sueño; allí estaba la vieja puerta de la cochera, con adornos de piedra labrada a ambos lados... Cierto que las ventanas no eran redondas, sino cuadradas, pero eso no tenía importancia... Llamé al portón. Llamé dos veces, tres veces, arreciando los golpes. Hasta que el portón se abrió, lentamente, rechinando mucho, como si bostezara. Me hallaba ante una criada joven, con el cabello alborotado y ojos de sueño. Al parecer, acababa de despertarse.

—¿Vive aquí un barón? —pregunté a la vez que inspeccionaba con rápida mirada el patio, profundo y estrecho... Todo, todo era igual: allí estaban los tablones y los troncos que había visto en mi sueño.

—No —contestó la criada—. El barón no vive aquí.

—¿Cómo que no? ¡Imposible!

—Ahora no está... Se marchó ayer.

—¿Adónde?

—A América.

—¡A América! —repetí sin querer—. Pero volverá, ¿verdad?

La criada me miró con aire suspicaz.

—Eso no lo sabemos. Quizá no vuelva nunca.

—¿Ha vivido aquí mucho tiempo?

—No. Cosa de una semana. Ahora, ya no está.

—¿Y cuál era el apellido de ese barón?

La criada me observó extrañada.

—¿No lo sabe usted? Nosotros lo llamábamos barón, sin más. ¡Eh! ¡Piotr! —gritó al ver que yo intentaba pasar—. Ven acá. Hay aquí un extraño que hace muchas preguntas.

Desde la casa se dirigió hacia nosotros la recia figura de un criado.

—¿Qué pasa? ¿Qué desea? —preguntó con voz tomada y, después de escucharme hoscamente, repitió lo dicho por la sirvienta.

—Bueno, pero ¿quién vive aquí? —murmuré.

—Nuestro amo.

—¿Y quién es?

—Un carpintero. En esta calle todos son carpinteros.

—¿Podría verlo?

—Ahora no. Está durmiendo.

—¿Y podría entrar en la casa?

—Tampoco. Retírese.

—Bueno; pero, más tarde, ¿estará visible tu amo?

—¿Por qué no? Claro que se le puede ver siempre... Para eso es un comerciante. Solo que ahora..., retírese. ¿No ve usted que es muy temprano?

—Oye, ¿y el negro ese? —inquirí de pronto.

El criado nos miró perplejo, primero a mí y luego a la sirvienta.

—¿A qué negro se refiere? —profirió finalmente—. Retírese, caballero. Puede usted volver luego y hablar con el amo.

Salí a la calle. El portón se cerró detrás de mí, pesada y bruscamente, sin rechinar esta vez.

Me fijé bien en la calle y en la casa, y me alejé de allí, pero no hacia la mía. Me sentía como decepcionado. Todo lo que me había ocurrido era tan extraño, tan inusitado... Y, por otra parte, el final resultaba tan absurdo... Yo estaba seguro, estaba persuadido, de que encontraría en aquella casa la estancia que recordaba y, en el centro, a mi padre, el barón, con su batín y su pipa... En lugar de eso, el amo de la casa era un carpintero, se le podía visitar cuantas veces se deseara e incluso encargarle algún mueble, quizá...

¡Y mi padre se había marchado a América! ¿Qué iba a hacer yo ahora? ¿Contárselo a mi madre o enterrar por los siglos incluso el recuerdo de aquella entrevista?... Era rotundamente incapaz de aceptar la idea de que un principio tan sobrenatural y misterioso pudiera conducir a un final tan descabellado y prosaico.

No quería volver a casa, y eché a andar sin rumbo, dejando atrás la ciudad.

XIV

Caminaba cabizbajo, sin pensar ni apenas sentir nada, totalmente ensimismado. Me sacó de aquella abstracción un ruido acompasado, sordo y amenazador. Levanté la cabeza: era el mar que rumoreaba y zumbaba a unos cincuenta pasos de mí. Me percaté de que caminaba por la arena de una duna. Estremecido por la tormenta nocturna, el mar estaba salpicado de espuma hasta el mismo horizonte, y las altas crestas de las olas alargadas llegaban rodando una tras otra para romperse en la orilla lisa. Me acerqué a ellas y seguí andando justo a lo largo de la raya que su flujo y reflujo dejaba en la arena gruesa, salpicada de retazos de largas plantas marinas, restos de caracolas y cintas serpenteantes de los carrizos. Gaviotas de alas puntiagudas y grito plañidero llegaban con el viento desde la lejana sima del aire, remontaban el vuelo, blancas como la nieve en el mismo cielo gris nublado, se desplomaban verticalmente y, lo mismo que si saltaran de ola en ola, volvían a alejarse y a desaparecer en destellos plateados entre las franjas de espuma arremolinada. Algunas, según observé, giraban tenazmente sobre una roca grande que despuntaba, solitaria, en medio del lienzo uniforme de la orilla de arena. Los ásperos carrizos marinos, crecían en matojos desiguales a un lado de la roca y allí donde sus tallos enmarañados emergían del amarillo saldar negreaba algo alargado, redondo, no muy grande... Me fijé más... Un bulto oscuro yacía allí, inmóvil, junto a la roca... Conforme me acercaba, sus contornos aparecían más nítidos y definidos...

Me quedaban solo treinta pasos para llegar a la roca...

¡Pero si eran los contornos de un cuerpo humano! ¡Era un cadáver, un ahogado que había arrojado el mar! Llegué hasta la misma roca.

¡Aquel era el cadáver del barón, de mi padre! Me detuve como petrificado. Solo entonces comprendí que desde primera hora de la mañana me habían conducido ciertas fuerzas ignotas, que yo tenía; y, durante unos momentos, no hubo en mi alma nada más que el incesante rumor del mar y algo de temor ante el destino que se había adueñado de mí...

XV

Yacía de espaldas, un poco ladeado, con el brazo izquierdo extendido sobre la cabeza..., y el derecho doblado bajo el cuerpo encogido. Un lodo viscoso absorbía sus pies, calzados con altas botas de marinero; la chaquetilla azul, toda impregnada de sal marina, no se había desabrochado; una bufanda roja ceñía su cuello con nudo apretado. El rostro atezado, vuelto hacia el cielo, parecía burlarse; bajo el labio superior enarcado asomaban unos dientes pequeños y prietos; las pupilas opacas de los ojos entreabiertos apenas se diferenciaban de los glóbulos oscurecidos; el cabello enmarañado, salpicado de pompas de espuma, se esparcía por el suelo, descubriendo la frente lisa con la línea liláceа de la cicatriz; la nariz, fina, trazaba en relieve una neta raya blancuzca entre las mejillas hundidas. La tormenta de la noche anterior había hecho su obra... ¡No había llegado a ver América! El hombre que había agraviado, mutilando su vida, mi padre —¡sí, mi padre, pues no podía dudarlo ya!—, yacía en el fango a mis pies. Me embargaba un sentimiento de venganza satisfecho, con pasión, asco y horror..., incluso de doble horror: por lo que estaba viendo y por lo sucedido. Ese fondo malvado y criminal del que he hablado ya, esos impulsos incomprensibles que nacían dentro de mí..., que me ahogaban. «¡Ah! —me decía—. Por eso soy así... De esa manera se manifiesta la sangre». De pie junto al cadáver, lo contemplaba, atento por ver si se estremecían aquellas pupilas muertas o temblaban aquellos labios helados. ¡No! Todo estaba inmóvil. Incluso los carrizos adonde lo había arrojado la marea parecían estáticos; incluso las gaviotas que se habían alejado volando. Y no se veía en ningún sitio ni un fragmento de nada, ni una tabla ni un aparejo roto. Vacío por todas partes... Solamente él —y yo— y el mar rumoreando a lo lejos. Miré hacia atrás. Idéntico vacío. Una cadena de colinas sin vida recortándose sobre el horizonte... ¡Y nada más! Me angustiaba dejar a aquel desdichado en semejante soledad, sobre el lodo de la orilla como pasto para los peces y las aves. Una voz interior me decía que yo debía buscar y llamar a alguien, aunque no fuera para prestarle auxilio —¿de qué podría servir?—, al menos para retirarlo de allí y conducirlo bajo techado. Pero un inefable pavor me embargó de pronto. Me pareció como si aquel hombre muerto supiera que yo había llegado allí, como si él mismo hubiese amañado aquel último encuentro, y hasta creí escuchar el sordo murmullo de otras veces... Precipitadamente, me aparté un poco..., de nuevo miré hacia atrás... Un objeto brillante llamó mi atención, me hizo detenerme. Era un cíngulo de oro en la mano extendida del cadáver. Reconocí el anillo de matrimonio de mi madre. Recuerdo el esfuerzo que me impuse para volver sobre mis pasos, acercarme, inclinarme..., recuerdo el contacto viscoso de los dedos; recuerdo cómo jadeaba, cerraba los ojos y rechinaba los dientes al tirar del anillo que se resistía...

Por fin cedió y yo emprendí una carrera alejándome de allí a toda prisa, perseguido por algo que intentaba darme alcance y apresarme.

XVI

Todo lo sufrido y experimentado se reflejaba probablemente en mi rostro cuando volví a casa. Apenas entré en su habitación, mi madre se incorporó súbitamente y posó en mí una mirada de interrogación tan tenaz, que yo terminé por presentarle el anillo, sin palabras, después de haber intentado en vano explicarme. Ella se puso horriblemente pálida, sus ojos se abrieron mucho, desorbitados y sin vida, como los de aquel. Exhaló un grito débil, me arrebató el anillo, vaciló y cayó sobre mi pecho, donde quedó como paralizada, vencida la cabeza hacia atrás y devorándome con aquellos ojos dementes muy abiertos. Yo rodeé su cintura con mis brazos, y allí mismo, sin moverme y sin prisa, le referí todo a media voz: mi sueño, el encuentro, todo... No le oculté el menor detalle. Ella me escuchó hasta el final. No pronunció ni una palabra, pero su respiración se hacía más agitada, hasta que sus ojos se animaron de pronto y bajó los párpados. Luego se puso el anillo en el dedo y, apartándose un poco, buscó un chal y un sombrero. Le pregunté adónde pensaba ir. Levantó hacia mí una mirada sorprendida y quiso contestarme, pero le falló la voz. Se estremeció varias veces, frotó sus manos una contra otra, como intentando calentarlas, y al fin profirió:

—Vamos allá ahora mismo.

—¿Adónde, madre?

—Donde está tendido..., quiero ver..., quiero saber..., lo sabré...

Intenté disuadirla; pero estuvo a punto de sufrir un ataque de nervios. Comprendí que era imposible oponerse a su deseo y salimos juntos.

XVII

De nuevo caminaba yo por la arena de la duna, pero esta vez no iba solo. El mar se había retirado, alejándose más. Se calmaba; pero, aunque debilitado, todavía era pavoroso y tétrico su rumor. Por fin se divisaron la roca solitaria y los carrizos. Yo miraba con atención, tratando de discernir el bulto redondo tendido en tierra, pero no veía nada. Nos acercamos más. Yo aminoraba instintivamente el paso. Pero, ¿dónde estaba aquello negro, inmóvil? Solo los tallos de los carrizos resaltaban en oscuro sobre la arena ya seca. Llegamos hasta la propia roca... El cadáver no aparecía por ninguna parte, y solo en el lugar donde estuvo tendido quedaba todavía un hoyo que permitía adivinar el sitio de los brazos, de las piernas... Los carrizos aparecían aplastados en torno, y se advertían huellas de pisadas de una persona; cruzaban la duna y desaparecían luego al llegar a un rompiente de rocas.

Mi madre y yo nos mirábamos, asustados de lo que leíamos en nuestros rostros...

¿Se habría levantado y se habría marchado él solo?

—Pero, ¿no lo viste tú muerto? —preguntó mi madre en un susurro.

Yo solo pude asentir con la cabeza. No habían transcurrido ni tres horas desde que yo tropecé con el cadáver del barón... Alguien lo habría descubierto y retirado de allí. Había que buscar al que lo hubiera hecho y enterarse de lo que había sido de él.

XVIII

Mientras se dirigía hacia el sitio fatal, mi madre estaba febril, pero se dominaba. La desaparición del cadáver la aplanó como una desdicha irreparable. Yo temía por su razón. Me costó gran trabajo llevarla de vuelta a casa. De nuevo hice que se acostara y de nuevo requerí los cuidados del médico para ella. Pero, en cuanto se recobró un poco, mi madre exigió que yo partiera inmediatamente en busca de «esa persona». Obedecí. Sin embargo, nada descubrí a pesar de todas las pesquisas imaginables. Acudí varias veces a la policía, visité todas las aldeas próximas, puse anuncios en los periódicos, fui buscando datos por todas partes, pero en vano. Me llegó la noticia de que habían llevado a un náufrago a uno de los pueblos de la costa. Allá fui corriendo, pero le habían enterrado ya y, por las señas, no se parecía al barón. Me enteré del barco que había tomado para irse a América. Al principio, todo el mundo estaba persuadido de que se había ido a pique durante la tempestad; sin embargo, al cabo de algunos meses empezaron a cundir rumores de que lo habían visto anclado en el puerto de Nueva York. No sabiendo ya qué emprender, me puse a buscar al negro que había visto, ofreciéndole a través de los periódicos una recompensa bastante fuerte si se presentaba en nuestra casa. Cierto negro, alto y vestido con una capa, vino efectivamente a vernos en ausencia mía... Pero se alejó de pronto después de hacerle algunas preguntas a la sirvienta y no volvió más.

Así se perdió la pista de mi..., de mi padre. Así desapareció irremediablemente en la muda tiniebla. Mi madre y yo no hablábamos nunca de él. Solo una vez, recuerdo, se extrañó de que jamás hubiera aludido yo antes a mi extraño sueño. Enseguida añadió: «Conque, era precisamente...», y no terminó de formular su idea. Mi madre estuvo enferma mucho tiempo, y cuando al final se repuso, no volvieron a su cauce nuestras relaciones anteriores. Hasta su muerte, se encontró violenta a mi lado. Violenta, sí; justamente. Y esa es una desgracia que no se puede remediar. Todo se embota con el tiempo. Incluso los recuerdos de los sucesos familiares más trágicos pierden gradualmente su fuerza y su acuidad. Pero, si entre dos personas entrañables se introduce una sensación de violencia, eso no hay nada que lo extirpe. Jamás volví yo a tener aquel sueño que tanto me angustiaba, ya no «encontraba» a mi padre, pero en ocasiones se me figuraba —y aún ahora se me figura— escuchar en sueños alaridos lejanos y tristes lamentos inextinguibles. Resuenan en algún lugar, tras un alto muro que no es posible trasponer, me desgarran el corazón y yo lloro con los ojos cerrados, incapaz de comprender si es un ser vivo el que gime o si escucho el prolongado y salvaje rumor del mar encrespado. Y de nuevo se transforma en el murmullo de una fiera, y yo me despierto con angustia y pavor en el alma.

GUY DE MAUPASSANT

LA NOCHE

Pesadilla

Amo la noche con pasión. La amo, como uno ama a su país o a su amante, con un amor instintivo, profundo, invencible. La amo con todos mis sentidos, con mis ojos que la ven, con mi olfato que la respira, con mis oídos, que escuchan su silencio, con toda mi carne que las tinieblas acarician. Las alondras cantan al sol, en el aire azul, en el aire caliente, en el aire ligero de la mañana clara. El búho huye en la noche, sombra negra que atraviesa el espacio negro y alegre, que embriagado por la negra inmensidad, lanza su grito vibrante y siniestro.

El día me cansa y me aburre. Es brutal y ruidoso. Me levanto con esfuerzo, me visto con desidia y salgo con pesar, y cada paso, cada movimiento, cada gesto, cada palabra, cada pensamiento me fatiga como si levantara una enorme carga. Pero cuando el sol desciende, una confusa alegría invade todo mi cuerpo. Me despierto, me animo. A medida que crece la sombra me siento distinto, más joven, más fuerte, más activo, más feliz. La veo espesarse, dulce sombra caída del cielo: ahoga la ciudad como una ola inaprensible e impenetrable, oculta, borra, destruye los colores, las formas; oprime las casas, los seres, los monumentos, con su tacto imperceptible.

Entonces tengo ganas de gritar de placer como las lechuzas, de correr por los tejados como los gatos, y un impetuoso deseo de amar se enciende en mis venas.

Salgo, unas veces camino por los barrios ensombrecidos, y otras por los bosques cercanos a París donde oigo rondar a mis hermanas las fieras y a mis hermanos, los cazadores furtivos.

Aquello que se ama con violencia acaba siempre por matarle a uno.

Pero, ¿cómo explicar lo que ocurre? ¿Cómo hacer comprender el hecho de que pueda contarlo? No sé, ya no lo sé. Solo sé que es. Helo aquí.

El caso es que ayer —¿fue ayer?—. Sí, sin duda, a no ser que haya sido antes, otro día, otro mes, otro año —no lo sé—. Debió de ser ayer, pues el día no ha vuelto a amanecer, pues el sol no ha vuelto a salir. Pero, ¿desde cuándo dura la noche?, ¿desde cuándo...? ¿Quién lo dirá? ¿Quién lo sabrá nunca?

El caso es que ayer salí como todas las noches después de la cena. Hacía bueno, una temperatura agradable, hacía calor. Mientras bajaba hacia los bulevares[20], miraba sobre mi cabeza el río negro y lleno de estrellas recortado en el cielo por los tejados de la calle, que se curvaba y ondeaba como un auténtico torrente, un caudal rodante de astros.

Todo se veía claro en el aire ligero, desde los planetas hasta las farolas de gas. Brillaban tantas luces allá arriba y en la ciudad que las tinieblas parecían iluminarse. Las noches claras son más alegres que los días de sol espléndido.

En el bulevar resplandecían los cafés; la gente reía, pasaba o bebía. Entré un momento al teatro; ¿a qué teatro?, ya no lo sé. Había tanta claridad que me entristecí y salí con el corazón algo ensombrecido por aquel choque brutal de luz en el oro de los balcones, por el destello ficticio de la enorme araña de cristal, por la barrera de fuego de las candilejas, por la melancolía de esta claridad falsa y cruda.

Me dirigí hacia los Campos Elíseos[21], donde los cafés concierto parecían hogueras entre el follaje. Los castaños radiantes

[20] **Bulevares:** las grandes avenidas parisinas como los bulevares de los Capuchinos, Italianos, Haussmann, Montmartre.

[21] **Campos Elíseos:** una de las más bellas y célebres avenidas de París, se extiende desde la plaza Charles de Gaulle (Arco del Triunfo) hasta la Plaza de la Concordia.

de luz amarilla parecían pintados, parecían árboles fosforescentes. Y las bombillas eléctricas, semejantes a lunas centelleantes y pálidas, a huevos de luna caídos del cielo, a perlas monstruosas, vivas, hacían palidecer bajo su claridad nacarada, misteriosa y real, los hilos de gas, del feo y sucio gas, y las guirnaldas de cristales coloreados.

Me detuve bajo el Arco del Triunfo[22] para mirar la avenida[23], la larga y admirable avenida estrellada, que iba hacia París entre dos líneas de fuego, y los astros, los astros allá arriba, los astros desconocidos, arrojados al azar en la inmensidad donde dibujan esas extrañas figuras que tanto hacen soñar e imaginar.

Entré en el Bois de Boulogne[24] y permanecí largo tiempo. Un extraño escalofrío se había apoderado de mí, una emoción imprevista y poderosa, como un pensamiento exaltado que rozaba la locura.

Anduve durante mucho, mucho tiempo. Luego volví.

¿Qué hora sería cuando volví a pasar bajo el Arco del Triunfo? No lo sé. La ciudad dormía, y nubes, grandes nubes negras, se esparcían lentamente en el cielo.

Por primera vez, sentí que iba a suceder algo extraordinario, algo nuevo. Me pareció que hacía frío, que el aire se espesaba, que la noche, que mi amada noche, se volvía pesada en mi corazón. Ahora la avenida estaba desierta. Solos, dos agentes de policía paseaban cerca de la parada de coches de caballos y, por la calzada iluminada apenas por las farolas de gas que parecían moribundas, una hilera de vehículos cargados con legumbres se dirigía hacia el mercado de Les Halles. Iban lentamente, llenos de zanahorias, nabos y coles. Los conductores dormían, invisibles, y los caballos mantenían un paso uniforme, siguiendo al vehículo que los precedía, sin ruido sobre el pavimento de

[22] **Arco del Triunfo**: situado en la plaza Charles de Gaulle, antes llamada plaza de l'Etoile (estrella) gracias al aspecto ofrecido por las doce avenidas que parten de dicha plaza. La construcción de este arco se inició en 1806, en homenaje al ejército comandado por Napoleón Bonaparte.

[23] **Avenida**: avenida de los Campos Elíseos.

[24] **Bois de Boulogne**: parque parisino que bordea la zona oeste de París, lugar de esparcimiento desde el siglo XVII.

madera. Frente a cada una de las luces de la acera, las zanahorias se iluminaban de rojo, los nabos se iluminaban de blanco, las coles se iluminaban de verde y pasaban, uno tras otro, estos coches rojos; de un rojo de fuego, blancos, de un blanco de plata, verdes, de un verde de esmeralda.

Los seguí, y luego volví por la calle Royale[25] y aparecí de nuevo en los bulevares. Ya no había nadie, ya no había cafés luminosos, solo algunos rezagados que se apresuraban. Jamás había visto un París tan muerto, tan desierto. Saqué mi reloj: eran las dos.

Una fuerza me empujaba, una necesidad de caminar. Me dirigí, pues, hacia la Bastilla[26]. Allí me di cuenta de que nunca había visto una noche tan sombría, porque ni siquiera distinguía la columna de Julio[27], cuyo genio de oro[28] se había perdido en la impenetrable oscuridad. Una bóveda de nubes, densa como la inmensidad, había ahogado las estrellas y parecía descender sobre la tierra para aniquilarla.

Volví sobre mis pasos. No había nadie a mi alrededor. En la plaza del Chateau d'Eau[29], sin embargo, un borracho estuvo a punto de tropezar conmigo, y luego desapareció. Durante algún tiempo seguí oyendo su paso desigual y sonoro. Seguí caminando. A la altura del barrio de Montmartre pasó un coche de caballos que descendía hacia el Sena. Lo llamé. El cochero no respondió. Una mujer rondaba cerca de la calle Drouot[30]: «Escúcheme, señor». Aceleré el paso para evitar su mano tendida hacia mí.

[25] **Calle Royale:** calle de corta extensión, arranca en la plaza de la Concordia y llega hasta la plaza de la Magdalena.

[26] **Bastilla:** plaza parisina, así llamada por el edificio de la Bastilla, construido el siglo XIV. En la segunda mitad del siglo XVII se convirtió en prisión del Estado, donde alojaban detenidos sin causa instruida. Asaltado el 14 de julio de 1789 por los revolucionarios, después de dos días, ardió completamente.

[27] **Columna de Julio:** situada en la plaza de la Bastilla, erigida en 1833 en memoria de los ciudadanos franceses que combatieron en defensa de las libertades públicas. Debajo, reposan los restos de quinientas víctimas de las revoluciones de 1830 y 1848.

[28] **Genio de oro:** o «espíritu de la libertad», escultura en bronce dorado situada en el extremo de la columna de Julio.

[29] **Plaza del Chateau d'Eau:** hoy, plaza de la República; en el siglo XIX, la plaza tomó su nombre de la fuente monumental allí construida a principios del mismo siglo.

[30] **Calle Drouot:** arranca en la confluencia de los bulevares de Haussmann, Montmartre y los Italianos.

... Jamás había visto un París tan muerto, tan desierto. Saqué mi reloj: eran las dos...

Vista panorámica de París a orillas del Sena.

Luego nada. Ante el Vaudeville[31], un trapero rebuscaba en la cuneta. Su farolillo vacilaba a ras del suelo. Le pregunté:

—¿Amigo, qué hora es?

—¡Y yo qué sé! —gruñó—. No tengo reloj.

Entonces me di cuenta de repente de que las farolas de gas estaban apagadas. Sabía que en esta época del año las apagaban pronto, antes del amanecer, por economía; pero aún tardaría tanto en amanecer...

«Iré al mercado de Les Halles[32]», pensé, «allí al menos encontraré vida».

Me puse en marcha, pero ni siquiera sabía ir. Caminaba lentamente, como se hace en un bosque, reconociendo las calles, contándolas.

Ante el Credit Lyonnais[33] ladró un perro. Volví por la calle Grammont[34], perdido; anduve a la deriva, luego reconocí la Bolsa[35], por la verja que la rodea. Todo París dormía un sueño profundo, espantoso. Sin embargo, a lo lejos rodaba un coche de caballos, uno solo, quizás el mismo que había pasado junto a mí hacía un instante. Intenté alcanzarlo, siguiendo el ruido de sus ruedas a través de las calles solitarias y negras, negras como la muerte.

Una vez más me perdí. ¿Dónde estaba? ¡Qué locura apagar tan pronto el gas! Ningún transeúnte, ningún rezagado, ningún vagabundo, ni siquiera el maullido de un gato en celo. Nada.

[31] **Vaudeville:** antiguo teatro parisino inaugurado el 23 de abril de 1869, situado al comienzo del bulevar de los Capuchinos en el n.º 4; es la sala de cine Paramount desde 1927.

[32] **Mercado de Les Halles:** antiguo mercado parisino, hoy desaparecido, obra del arquitecto Baltard, situado en el barrio de Marais.

[33] **Credit Lyonnais:** edificio principal de este banco, construido en 1888 para reemplazar el anterior. Ocupa un cuadro de unos cien metros de lado, delimitado por las calles de Choiseul, Gramont, 4 de septiembre y boulevard de los Italianos.

[34] **Calle Grammont:** hoy la grafía es Gramont.

[35] **Bolsa:** edificio de la Bolsa de Valores, situado en la plaza del mismo nombre, a la que se puede acceder por la calle 4 de septiembre. El 24 de marzo de 1808 se inició la construcción del edificio, según planos del arquitecto Brongniart. La construcción terminó en 1827, aunque la inauguración tuvo lugar un poco antes, en noviembre de 1826. No debe confundirse con la Bolsa de Comercio, edificio de planta circular, construido por Blondel en 1889.

«¿Dónde estaban los agentes de policía?», me dije. «Voy a gritar, y vendrán». Grité, no respondió nadie.

Llamé más fuerte. Mi voz voló, sin eco, débil, ahogada, aplastada por la noche, por aquella noche impenetrable.

Grité más fuerte: «¡Socorro! ¡Socorro! ¡Socorro!».

Mi desesperada llamada quedó sin respuesta. ¿Qué hora era? Saqué mi reloj, pero no tenía cerillas. Oí el leve tic-tac de la pequeña pieza mecánica con una desconocida y extraña alegría. Parecía estar viva. Me encontraba menos solo. ¡Qué misterio! Caminé de nuevo como un ciego, tocando las paredes con mi bastón, levantando los ojos al cielo, esperando que por fin llegara el día; pero el espacio estaba tan negro, completamente negro, más profundamente negro que la ciudad.

¿Qué hora podía ser? Me parecía caminar desde hacía un tiempo infinito, pues mis piernas desfallecían, mi pecho jadeaba y sentía un hambre horrible.

Me decidí a llamar a la primera cochera. Toqué el timbre de cobre, que sonó en toda la casa; sonó de una forma extraña, como si ese ruido vibrante fuera el único del edificio.

Esperé. No contestó nadie. No abrieron la puerta. Llamé de nuevo; esperé... Nada.

Tuve miedo. Corrí a la casa siguiente, e hice sonar veinte veces el timbre en el oscuro pasillo donde debía de dormir el portero. Pero no se despertó, y fui más lejos, tirando con todas mis fuerzas de las anillas o apretando los timbres, golpeando con mis pies, con mi bastón o mis manos todas las puertas obstinadamente cerradas.

Y de pronto, vi que había llegado al mercado de Les Halles. Estaba desierto, no se oía un ruido, ni un movimiento, ni un vehículo, ni un hombre, ni un manojo de verduras o flores. Estaba vacío, inmóvil, abandonado, muerto.

Un espantoso terror se apoderó de mí. ¿Qué sucedía? ¡Oh, Dios mío! ¿Qué sucedía?

Me marché. Pero, ¿y la hora? ¿Y la hora? ¿Quién me diría la hora?

Ningún reloj sonaba en los campanarios o en los monumentos. Pensé: «Voy a abrir el cristal de mi reloj y tocaré la aguja con mis dedos». Saqué el reloj..., ya no sonaba..., se había parado. Ya no quedaba nada, nada, ni siquiera un estremecimiento en la ciudad, ni un resplandor, ni la vibración de un sonido en el aire. Nada. Nada más. Ni tan siquiera el rodar lejano de un coche, nada.

Me encontraba en los muelles, mientras un frío glacial subía del río.

¿Corría aún el Sena?

Quise saberlo, encontré la escalera, bajé... No oía la corriente bajo los arcos del puente... Unos escalones más..., luego la arena..., el fango..., y el agua..., hundí mi brazo, el agua corría, corría, fría, fría, fría..., casi helada..., casi detenida..., casi muerta.

Y sentí que ya nunca tendría fuerzas para volver a subir..., y que iba a morir allí abajo..., yo también, de hambre, de cansancio, de frío.

EDGAR ALLAN POE

EL CORAZÓN REVELADOR

Es verdad, soy nervioso, exageradamente nervioso, lo he sido siempre y lo seguiré siendo; pero, ¿por qué decís que estoy loco? La enfermedad ha agudizado mis sentidos, mas no los ha destruido ni embotado. Sobre todo era el oído el que tenía más sensible. He oído cuanto pasaba en el cielo y en la tierra. ¿Cómo, entonces, puedo estar loco? ¡Prestad atención!, y observad con qué serenidad, con qué calma puedo contaros toda la historia.

Es imposible decir cómo entró la idea por primera vez en mi cerebro; pero una vez concebida, me acosó día y noche. Móvil, no había. Pasión, no sentía. Yo quería al viejo. Nunca me hizo daño. Nunca me insultó. Yo no deseaba su dinero. Creo que era su ojo. ¡Sí, eso era! Su ojo era como el de un buitre, un ojo azul pálido, cubierto por una nube. Cada vez que me miraba se me helaba la sangre; así que, poco a poco, muy gradualmente, concebí la idea de quitarle la vida al viejo, librándome de su ojo para siempre.

Ahora viene lo más importante. Vosotros pensáis que estoy loco. Los locos no saben nada de nada. Pero me tendríais que haber visto. Tendríais que haber visto con qué sabiduría procedí, con cuánta cautela, con cuánta precaución, con qué disimulo llevé a cabo mi obra. Nunca me mostré más amable con el viejo que durante toda la semana que precedió a mi crimen, y cada noche, hacia las doce, giraba el picaporte de su puerta y la abría, ¡cuán suavemente!. Y entonces, cuando la había abierto lo suficiente para que cupiera mi cabeza, introducía una linterna sorda, totalmente cerrada, de manera que no se filtrara ninguna luz, y entonces asomaba la cabeza. ¡Os hubierais reído al ver la habilidad con que lo hacía! La movía lentamente —muy, muy lentamente—, para no perturbar el sueño del viejo. Tardaba hasta una hora en introducir toda mi cabeza por la rendija, de manera que pudiera verlo tendido en su cama. ¿Hubiera un loco actuado con mayor sensatez? Y entonces, con mi cabeza ya dentro de la habitación, abría mi linterna con cuidado —con sumo cuidado—, cuidado porque los goznes chirriaban. La abría solo lo justo para que un único y delgado rayo de luz se proyectase sobre el ojo de buitre. Eso lo estuve haciendo durante siete largas noches —siempre a media noche— pero siempre encontraba cerrado el ojo y me resultaba imposible llevar a cabo mi propósito, porque lo que me molestaba no era el viejo, sino su ojo maldito[36]. Y cada mañana, al amanecer, entraba con naturalidad en su cuarto y me ponía a hablarle animosamente llamándolo por su nombre, en un tono cordial, y preguntándole cómo había pasado la noche. No me negaréis que tendría que haber sido un viejo extraordinariamente perspicaz para sospechar que todas las noches, justo a las doce, yo me ponía a observarlo mientras dormía.

La octava noche fui más cuidadoso que de costumbre al abrir la puerta. El minutero de un reloj se mueve más deprisa de lo que se movía mi mano. Nunca hasta aquella noche había sentido el alcance de mis facultades, de mi sagacidad. Apenas podía contener mi sensación de triunfo. ¡Pensar que yo estaba allí, abriendo la puerta, poco a poco, y que él era completamente ajeno a mis actos y a mis propósitos! La idea hizo que se me escapara una risita, y puede que se oyera, porque, de repente, se removió en su cama, sobresaltado. Tal vez penséis que entonces me eché atrás. Nada de eso. Su habitación estaba tan negra como la pez,

[36] **Ojo maldito:** *evil eye*, en inglés, indica una creencia supersticiosa, según la cual la mirada de ciertas personas puede provocar efectos perniciosos, intencionadamente o no.

inmersa en las tinieblas —pues las contraventanas estaban completamente cerradas por miedo a los ladrones—, así que yo sabía que él no podía ver cómo abría la puerta y seguí empujándola cada vez un poco más, un poquito más...

Ya tenía la cabeza dentro y me disponía a abrir la linterna cuando mi dedo pulgar resbaló sobre el cierre y el viejo se incorporó de un salto en su lecho, gritando: «¿Quién anda ahí?».

Me quedé completamente inmóvil y callado. Durante una hora no moví un solo músculo ni en todo ese tiempo le oí que volviera a acostarse. Seguía sentado en la cama, al acecho, exactamente como había hecho yo noche tras noche, escuchando los compases de la muerte.

De pronto oí un débil gemido y supe que era un gemido de terror mortal, no un gemido de dolor ni de pesar —oh, no—, sino el sonido sordo y ahogado que se escapa de un alma abrumada por el espanto. Yo conocía muy bien ese sonido. Muchas noches, precisamente a las doce, mientras todo el mundo dormía, irrumpía en mi propio pecho acentuando con su horrísono eco el terror que me embargaba. Sabía muy bien qué era aquello, os lo repito. Sabía lo que sentía el viejo y le compadecía, aunque en el fondo de mi corazón me estuviera riendo. Sabía que seguía allí, acostado pero despierto, desde que oyó el primer ruido que le hizo revolverse en la cama. Desde entonces, el miedo le atenazaba por momentos. Había intentado convencerse de que todo eran imaginaciones suyas, pero sin resultado. Se decía a sí mismo: «No es más que el viento que sopla por la chimenea», «es solo un ratón correteando por el suelo» o «seguramente un grillo que canta». Sí, procuraba calmarse con esas explicaciones, pero era en vano. *Completamente en vano,* porque la muerte, cada vez más cercana, acechaba a su víctima envolviéndola con su negra sombra. Y era la siniestra influencia de aquella sombra invisible lo que hacía que sintiera —sin verla ni oírla—, que sintiera, digo, la presencia de mi cabeza en su habitación.

Después de haber esperado largo rato, con toda paciencia, sin que le oyera volver a costarse, me decidí a abrir una pequeña, una pequeñísima, ranura en la linterna. Así lo hice. Ya podéis imaginar con cuánto, con cuantísimo cuidado, hasta que al fin un rayo, un único y pálido rayo, semejante a una telaraña, salió por la ranura y fue a caer justo sobre el ojo de buitre.

El ojo estaba abierto, completamente abierto, y conforme lo miraba, me iba enfureciendo más y más. Podía verlo con entera nitidez, todo él de un azul turbio, cubierto por aquella asquerosa nube que me helaba los huesos hasta la médula; pero no podía ver ni la cara ni el cuerpo del viejo, pues, como por instinto, dirigía el rayo justamente hacia aquel maldito punto.

¿No os he dicho que sin razón alguna juzgáis locura lo que no es sino una mayor agudeza de los sentidos? Entonces, como os digo, llegó hasta mis oídos un rumor grave, sordo, acelerado, como el de un reloj envuelto en algodón. Ese sonido tampoco me era desconocido. Era el latido del corazón del viejo. Eso incrementó mi ira como el redoble del tambor enardece al soldado.

Pero incluso entonces me dominé y permanecí quieto. Apenas respiraba. Sujeté la linterna sin moverla un ápice. Intenté mantener el rayo de luz sobre el ojo. Al mismo tiempo, aumentaba el infernal tamborileo del corazón. Se hacía cada vez más y más rápido, más y más fuerte. El terror del viejo debía ser excepcional. Ese latido se hacía cada vez más fuerte, repito ¡cada vez más fuerte! ¿Os dais cuenta? Ya os he dicho que soy nervioso; y es la verdad. Pues bien, en aquella hora mortal de la noche, en medio del pavoroso silencio de aquel vetusto caserón, ese ruido tan singular provocó en mí un terror incontrolable. Durante algunos minutos me contuve y permanecí inmóvil. ¡Pero el latido era cada vez más y más fuerte! Creí que el corazón le iba a estallar. Y entonces, una nueva inquietud se apoderó de mí. ¡Los vecinos iban a oír aquel ruido! ¡La hora del viejo había llegado! Dando un gran alarido, abrí del todo la linterna e irrumpí en la habitación. El viejo lanzó un grito, solo uno. En un instante, lo tiré al suelo y le eché encima la pesada cama. Sonreí alegremente al ver al fin completada mi obra. Pero durante algunos minutos su corazón siguió latiendo con un sonido ahogado.

... en medio del pavoroso silencio de aquel vetusto caserón,
ese ruido singular provocó en mí un terror incontrolable...

No obstante, eso no me inquietó porque el ruido no podía oírse a través de las paredes. Por fin cesó. El viejo estaba muerto. Levanté la cama y examiné el cadáver. Sí, estaba muerto y bien muerto. Puse mi mano sobre su corazón y la mantuve así por unos minutos. No latía. Estaba bien muerto: su ojo ya no volvería a atormentarme.

Si seguís creyendo que estoy loco, dejaréis de hacerlo en cuanto os cuente las sabias precauciones que tomé para esconder el cadáver. Avanzaba la noche y trabajé con rapidez, pero en silencio. Para empezar, despedacé el cadáver. Le corté la cabeza, los brazos y las piernas.

Luego, arranqué tres tablas del piso y escondí todo bajo el entarimado. Volví a colocar las tablas con tanta habilidad, con tanta destreza, que ningún ojo humano —ni siquiera el *suyo*— hubiera sido capaz de percibir nada anormal. Nada había que lavar, ninguna mancha, ningún rastro de sangre ni nada de nada. En esto puse el mayor cuidado. Un cubo fue suficiente. ¡Ja, ja, ja!

Cuando hube concluido estos menesteres eran las cuatro y todo seguía tan oscuro como a medianoche. Mientras sonaban las cuatro campanadas llamaron a la puerta de la calle. Bajé a abrir con el ánimo tranquilo. ¿Qué podía temer ahora? Entraron tres hombres que se presentaron cortésmente como agentes de policía. Un vecino había oído un grito durante la noche, lo que le hizo sospechar que se había cometido algún acto de violencia. Se informó a la comisaría y ellos (los agentes) tenían orden de practicar un registro.

Sonreí, ¿qué podía temer? Recibí amablemente a aquellos caballeros. El grito —les dije— lo había lanzado yo en sueños. El viejo —añadí— estaba fuera, de viaje. Acompañé a mis visitantes por toda la casa. Les insté a que buscaran, a que buscaran *bien*. Por último, les conduje a su alcoba. Les mostré sus pertenencias, seguras, intactas. Llevado de mi entusiasta confianza, coloqué unas sillas en la habitación y les rogué que descansaran *allí* de sus deberes, mientras yo, con la desbordada audacia de mi triunfo absoluto, colocaba mi propia silla sobre el punto exacto bajo el que yacía el cadáver de la víctima.

Los agentes estaban satisfechos. Mi *actitud* les había convencido. Yo me encontraba especialmente a gusto. Se sentaron y hablaron de cosas corrientes, a las que yo respondía jovialmente. Pero, al poco rato, me di cuenta de que me estaba poniendo pálido y empecé a desear que se marcharan. Me dolía la cabeza y tenía la impresión de que me zumbaban los oídos; pero ellos continuaban sentados y hablando. El zumbido se hizo más perceptible; hablé muy deprisa para librarme de aquella sensación, pero el zumbido persistía y se hacía cada vez más nítido, hasta que al fin me di cuenta de que aquel ruido no venía de mis oídos.

Sin duda, me puse entonces *muy* pálido; pero seguí hablando con mayor fluidez y en un tono más alto. No obstante, el ruido no dejaba de aumentar. ¿Qué podía hacer yo? *Era un sonido grave, sordo, acelerado, parecido al de un reloj envuelto en algodón*. Yo respiraba con dificultad y, sin embargo, los policías no oyeron nada. Hablé más deprisa, con más vehemencia, pero el ruido aumentaba sin cesar. Me puse en pie y hablé de cosas sin importancia, en voz alta y gesticulando violentamente, pero el ruido aumentaba sin cesar. ¿Por qué no se querían marchar? Deambulé de un lado a otro, pisando fuertemente el suelo, como si sus comentarios me irritaran, pero el ruido aumentaba sin cesar. ¡Oh Dios! ¿Qué podía hacer yo? ¡Rabié, maldije, juré! Movía la silla en la que estaba sentado, raspando con ella el entarimado, pero el ruido lo dominaba todo y aumentaba sin cesar. ¡Cada vez sonaba más fuerte, más fuerte, *más fuerte*! Y aquellos hombres seguían hablando y sonriendo amablemente. ¿Cómo era posible que no lo oyeran? ¡Oh Dios todopoderoso! ¡No, no! ¡Lo oían! ¡Sospechaba! ¡Lo *sabían*! ¡Se estaban divirtiendo con mi terror! Eso es lo que yo creía y sigo creyendo. ¡Pero cualquier cosa era mejor que aquella agonía! ¡Cualquier cosa era más tolerable que aquel escarnio! No podía soportar por más tiempo sus hipócritas sonrisas. Sentí que tenía que gritar o morir y entonces, ¡otra vez!, ¡escuchad!, ¡más fuerte!, ¡más fuerte!, ¡más fuerte!

—¡Miserables! —exclamé—, ¡no disimuléis más! ¡Confieso mi crimen! ¡Aquí, aquí, levantad las tablas! ¡Aquí, aquí! ¡Es el latido de su asqueroso corazón!

ERNST THEODOR AMADEUS HOFFMANN

EL HOMBRE DE ARENA

Nataniel a Lotario

Sin duda estaréis inquietos porque hace mucho tiempo que no os escribo. Mamá estará enfadada y Clara pensará que vivo en tal torbellino de alegría que he olvidado por completo su dulce imagen angelical tan profundamente grabada en mi corazón y en mi alma. Pero no es así; cada día, cada hora, pienso en vosotros y el rostro encantador de Clara vuelve una y otra vez en mis sueños; sus ojos transparentes me miran con dulzura, y su boca me sonríe como antaño, cuando volvía junto a vosotros. ¡Ay de mí! ¿Cómo podría haberos escrito con la violencia que anidaba en mi espíritu y que hasta ahora ha turbado todos mis pensamientos? ¡Algo espantoso se ha introducido en mi vida! Sombríos presentimientos de un destino cruel y amenazador se ciernen sobre mí, como nubes negras, impenetrables por los alegres rayos del sol. Debo decirte lo que me ha sucedido. Debo hacerlo, es preciso, pero solo con pensarlo oigo a mi alrededor risas burlonas. ¡Ay, querido Lotario, cómo hacer para intentar solamente que comprendas que lo que me sucedió hace unos días ha podido turbar mi vida de una forma terrible! Si estuvieras aquí, lo podrías ver con tus propios ojos; pero ciertamente piensas ahora en mí como en un visionario absurdo. En pocas palabras, la horrible visión que tuve, y cuya mortal influencia intento evitar, consiste simplemente en que, hace unos días, concretamente el 30 de octubre, a mediodía, un vendedor de barómetros[37] entró en mi casa y me ofreció su mercancía. No compré nada y lo amenacé con precipitarle escaleras abajo, pero él se marchó al instante.

Sospechas sin duda que circunstancias concretas, que han marcado profundamente mi vida, conceden relevancia a este insignificante acontecimiento, y así es, en efecto. Reúno todas mis fuerzas para contarte con tranquilidad y paciencia algunas cosas de mi infancia que aportarán luz y claridad a tu espíritu. En el momento de comenzar te veo reír y oigo a Clara que dice: «¡Son auténticas chiquilladas!». ¡Reíos! ¡Reíos de todo corazón, os lo suplico! Pero, ¡Dios del cielo!, mis cabellos se erizan, y me parece que os conjuro a burlaros de mí en el delirio de la desesperación, como Franz Moor[38] conjuraba a Daniel[39]. Vamos al hecho en cuestión.

Salvo en las horas de las comidas, mis hermanos y yo veíamos a mi padre bastante poco. Estaba muy ocupado en su trabajo. Después de la cena, que, conforme a las antiguas costumbres, se servía a las siete, íbamos todos, junto con nuestra madre, al despacho de nuestro padre, y nos sentábamos alrededor de una mesa redonda. Mi padre fumaba su pipa y bebía un gran vaso de cerveza. Con frecuencia nos contaba historias maravillosas, y sus relatos le apasionaban tanto que dejaba que su pipa se apagase; yo estaba encargado de encendérsela de nuevo con una astilla prendida, lo cual me producía un indescriptible placer. También a menudo nos daba libros con láminas, y permanecía silencioso e inmóvil en su sillón apartando espesas nubes de humo que nos envolvían a todos como la niebla. En este tiempo de veladas, mi madre estaba muy triste y, apenas oía sonar las nueve, exclamaba: «Vamos, niños, a la cama... ¡El Hombre de Arena está al

[37] **Barómetro:** aparato para la medición de la presión atmosférica.

[38] **Franz Moor:** uno de los dos hermanos protagonistas de *Los bandidos* de Schiller, dramaturgo y poeta alemán (1759-1805).

[39] **Daniel:** personaje de *Los bandidos*.

llegar...!, ¡ya lo oigo!». Y, en efecto, se oían entonces retumbar en las escaleras graves pasos; debía de ser el Hombre de Arena. En cierta ocasión, aquel ruido me produjo más escalofríos que de costumbre y pregunté a mi madre mientras nos acompañaba:

—¡Oye mamá! ¿Quién es ese malvado Hombre de Arena que nos aleja siempre del lado de papá? ¿Qué aspecto tiene?

—No existe tal Hombre de Arena, cariño —me respondió mi madre—. Cuando digo: viene el Hombre de Arena, quiero decir que tenéis que ir a la cama y que vuestros párpados se cerrarán involuntariamente como si alguien os hubiera tirado arena a los ojos.

La respuesta de mi madre no me satisfizo y mi infantil imaginación adivinaba que ella había negado la existencia del Hombre de Arena para no asustarnos. Pero yo le oía siempre subir las escaleras.

Lleno de curiosidad, impaciente por asegurarme de la existencia de este hombre, pregunté a una vieja criada que cuidaba de la más pequeña de mis hermanas quién era aquel personaje.

—¡Ah, mi pequeño Nataniel! —me contestó—, ¿no lo sabes? Es un hombre malo que viene a buscar a los niños cuando no quieren irse a la cama y les arroja un puñado de arena a los ojos haciéndoles llorar sangre. Luego, los mete en un saco y se los lleva a la luna creciente para divertir a sus hijos, que esperan en el nido y tienen picos encorvados como las lechuzas para comerles los ojos a picotazos.

Desde entonces, la imagen del Hombre de Arena se grabó en mi espíritu de forma terrible; y, por la noche, en el instante en que las escaleras retumbaban con el ruido de sus pasos, temblaba de ansiedad y de horror; mi madre solo podía entonces arrancarme estas palabras ahogadas por mis lágrimas: «¡El Hombre de Arena! ¡El Hombre de Arena!». Corría al dormitorio y aquella terrible aparición me atormentaba durante toda la noche.

Yo tenía ya la edad suficiente como para pensar que la historia del Hombre de Arena y sus hijos en el nido de la luna creciente, según contaba la vieja criada, no era del todo exacta, sin embargo, el

Hombre de Arena siguió siendo para mí un espectro amenazador. El terror se apoderaba de mí cuando le oía subir al despacho de mi padre. Algunas veces duraba su ausencia largo tiempo; luego, sus visitas volvían a ser frecuentes; aquello duró varios años. No podía acostumbrarme a tan extraña aparición, y la sombría figura de aquel desconocido no palidecía en mi pensamiento. Su relación con mi padre ocupaba cada vez más mi imaginación, la idea de preguntarle a él me sumía en un insuperable temor, y el deseo de indagar el misterio, de ver al legendario Hombre de Arena, aumentaba en mí con los años. El Hombre de Arena me había deslizado en el mundo de lo fantástico, donde el espíritu infantil se introduce tan fácilmente. Nada me complacía tanto como leer o escuchar horribles historias de genios, brujas y duendes; pero, por encima de todas las escalofriantes apariciones, prefería la del Hombre de Arena que dibujaba con tiza y carbón en las mesas, en los armarios y en las paredes bajo las formas más espantosas. Cuando cumplí diez años, mi madre me asignó una habitación para mí solo, en el corredor, no lejos de la de mi padre. Como siempre, al sonar las nueve, el desconocido se hacía oír, y había que retirarse. Desde mi habitación, le oía entrar en el despacho de mi padre, y poco después, me parecía que un imperceptible vapor se extendía por toda la casa. La curiosidad por ver al Hombre de Arena de la forma que fuese crecía en mí cada vez más. Alguna vez abrí mi puerta, cuando mi padre ya se había ido, y me deslizaba en el corredor; pero nunca pude oír nada, pues siempre habían cerrado ya la puerta cuando alcanzaba la posición adecuada para poder verlo. Finalmente, empujado por un deseo irresistible, decidí esconderme en el gabinete de mi padre, y esperar allí mismo al Hombre de Arena.

Por el semblante taciturno de mi padre y por la tristeza de mi madre supe una noche que vendría el Hombre de Arena. Pretexté un enorme cansancio y, abandonando la sala antes de las nueve, fui a esconderme detrás de la puerta. Los goznes de la puerta de la calle crujieron y lentos pasos, tardíos y amenazadores, retumbaron desde el vestíbulo hasta las escaleras. Mi madre y los niños pasaron apresuradamente ante mí. Abrí despacio, muy despacio, la puerta del gabinete de mi padre. Estaba sentado, como de costumbre en silencio, y de espaldas a la puerta. No me vio, y corrí a esconderme detrás de una cortina que tapaba un armario en el que estaban colgados sus trajes. Después los pasos se oyeron cada vez más cerca, alguien tosía, resoplaba y murmuraba de forma singular. El corazón me latía de miedo y expectación. Muy cerca de la puerta, un paso sonoro, un golpe violento en el picaporte, los goznes giraron ruidosamente. Adelanté a mi pesar la cabeza con precaución, el Hombre de Arena está en medio de la habitación, ¡el resplandor de las velas iluminaba su rostro! ¡El Hombre de Arena era el viejo abogado Coppelius que a veces se sentaba a nuestra mesa! Pero, el más horrible de los rostros no me hubiera causado más espanto que el de aquel Coppelius. Imagínate un hombre de anchos hombros con una enorme cabeza deforme, una tez mate, cejas grises y espesas bajo las que brillan dos ojos verdes como los de los gatos y una nariz gigantesca que desciende bruscamente sobre sus gruesos labios. Su boca torcida se encorva aún más con su burlona sonrisa; en sus mejillas dos manchas rojas y unos acentos a la vez sordos y silbantes se escapan de entre sus dientes irregulares. Coppelius aparecía siempre con un traje color ceniza, de una hechura pasada de moda, chaqueta y pantalones del mismo color, medias negras y zapatos con hebillas de estrás. Su corta peluca, que apenas cubría el cuello, terminaba en dos bucles pegados que soportaban sus grandes orejas, de un rojo vivo, e iba a perderse en un amplio tafetán negro que se desplegaba aquí y allá en su espalda y dejaba ver el broche de plata que sujetaba su lazo. Aquella cara ofrecía un aspecto horrible y repugnante, pero lo que más nos chocaba a nosotros, niños, eran aquellas grandes manos velludas y huesudas; cuando él las dirigía hacia algún objeto, nos guardábamos de tocarlo. Él se había dado cuenta de esto y se complacía en tocar los pasteles o las frutas confitadas que nuestra madre había puesto sigilosamente en nuestros platos; entonces él gozaba viendo nuestros ojos llenos de lágrimas al no poder ya saborear por asco y repulsión las golosinas que él había rozado. Lo mismo hacía los días de fiesta, cuando nuestro padre nos servía un vasito de vino dulce. Entonces se apresuraba a coger el vaso y lo acercaba a sus labios azulados, y reía diabólicamente viendo cómo solo podíamos exteriorizar nuestra rabia con leves sollozos. Acostumbraba a llamarnos «los animalitos»; en presencia suya no nos estaba permitido decir una sola palabra y maldecíamos con toda nuestra alma a aquel personaje odioso, a aquel enemigo que envenenaba deliberadamente nuestra más pequeña alegría. Mi madre parecía odiar tanto como nosotros al repugnante Coppelius, pues, desde el instante en que aparecía, su dulce alegría y su despreocupada forma de ser se tornaban en una triste y sombría gravedad. Nuestro padre se comportaba con Coppelius como si este perteneciera a un rango superior y hubiera que soportar sus desaires con buen ánimo. Nunca dejaba de ofrecerle sus platos favoritos y descorchaba en su honor vinos de reserva.

Al ver entonces a Coppelius me di cuenta de que ningún otro podía haber sido el Hombre de Arena; pero el Hombre de Arena ya no era para mí aquel ogro del cuento de la niñera que se lleva a los niños a la luna, al nido de sus hijos con pico de lechuza. No. Era una odiosa y fantasmagórica criatura que dondequiera que se presentase traía tormento y necesidad, causando un mal durable, eterno.

Yo estaba como embrujado, con la cabeza entre las cortinas, a riesgo de ser descubierto y cruelmente castigado. Mi padre recibió alegremente a Coppelius.

—¡Vamos!, ¡al trabajo! —exclamó el otro con voz sorda quitándose la levita.

Mi padre, con aire sombrío, se quitó su bata y los dos se pusieron unas túnicas negras. Mi padre abrió la puerta de un armario empotrado que ocultaba un profundo nicho donde había un horno. Coppelius se acercó, y del hogar se elevó una llama azul. Una gran cantidad de extrañas herramientas se iluminó con aquella claridad. Pero, ¡Dios mío, qué extraña metamorfosis se había operado en los rasgos de mi anciano padre!

Un dolor violento y terrible parecía haber cambiado la expresión honesta y leal de su fisonomía, que se había contraído de forma satánica. ¡Se parecía a Coppelius! Este manejaba unas pinzas incandescentes y atizaba los carbones ardientes del hogar. Creí ver a su alrededor figuras humanas, pero sin ojos. En su lugar había cavidades negras, profundas, horribles.

—¡Ojos, ojos! —gritaba Coppelius con voz sorda, amenazadora.

Grité y caí al suelo violentamente abatido por el miedo. Entonces Coppelius me cogió.

—¡Pequeña bestia! ¡Pequeña bestia! —dijo haciendo crujir los dientes de un modo espantoso.

Diciendo esto, me arrojó al horno, cuya llama prendía ya mis cabellos.

—Ahora —exclamó— ya tenemos ojos, ¡ojos!, ¡un hermoso par de ojos de niño!

Y con sus manos cogió del hogar un puñado de carbones ardientes que se disponía a arrojar a mis ojos, cuando mi padre, con las manos juntas le imploró:

—¡Maestro! ¡Maestro! ¡Deja los ojos a mi Nataniel! ¡Déjaselos!

Coppelius se echó a reír de forma estrepitosa.

—Que el niño conserve sus ojos para que estos realicen su trabajo en el mundo; pero, puesto que está aquí, observemos atentamente el mecanismo de sus pies y de sus manos.

Sus dedos apretaron todas las articulaciones de mis miembros, que crujieron, y me retorció las manos y los pies de una forma y de otra.

—¡Esto no está del todo bien! ¡Tan bien como estaba! ¡El viejo lo ha entendido perfectamente!

Coppelius murmuraba esto mientras me retorcía; pero pronto, todo se volvió oscuro y confuso a mi alrededor; un dolor nervioso agitó todo mi ser; no sentí nada más. Un vapor dulce y cálido se derramó sobre mi rostro; desperté como del sueño de la muerte. Mi madre estaba inclinada sobre mí.

—¿Está aquí el Hombre de Arena? —balbucí.

—No, mi niño, está muy lejos; se fue hace mucho, no te hará daño.

Así decía mi madre, y me besaba estrechando contra su corazón al niño querido que le era devuelto.

¿Para qué cansarte por más tiempo con estas historias, querido Lotario? Fui descubierto y cruelmente maltratado por Coppelius. La ansiedad y el miedo me causaron una ardiente fiebre que padecí durante algunas semanas. «¿Está aún aquí el Hombre de Arena?» Estas fueron las primeras palabras de mi salvación y el primer signo de mi curación. Solo me queda contarte el instante más horrible de mi infancia; después te habrás convencido de que no hay que acusar a mis ojos de que todo me parezca sin color en la vida; pues un sombrío destino ha levantado una densa nube ante todos los objetos, y solo mi muerte podrá disiparla.

Coppelius no volvió a aparecer, se dijo que había abandonado la ciudad.

Había transcurrido un año y, cierta noche, según la antigua e invariable costumbre, estábamos sentados a la mesa redonda. Nuestro padre estaba muy alegre y nos contaba historias divertidas que le habían sucedido en los viajes de su juventud. En el momento en que el reloj daba las nueve oímos sonar los goznes de la puerta de la casa, y unos graves pasos retumbaron desde el vestíbulo hasta las escaleras.

—¡Es Coppelius! —dijo mi madre palideciendo.

—Sí, es Coppelius —repitió mi padre con voz entrecortada.

Las lágrimas asomaron a los ojos de mi madre:

—¡Padre!, ¿es preciso?

—Por última vez —respondió—. Viene por última vez, te lo juro. Ve con los niños. Buenas noches.

Yo estaba petrificado. Me faltaba el aire. Mi madre, viéndome inmóvil, me cogió del brazo.

—Ven, Nataniel —me dijo. Me dejé llevar a mi habitación—. Estate tranquilo y acuéstate. ¡Duerme! —exclamó al irse.

Pero un terror invencible me agitaba y no pude cerrar los ojos. El horrible, el odioso Coppelius estaba ante mí, con sus ojos destellantes, sonriéndome hipócrita, y yo intentaba alejar su imagen. Era cerca de media noche cuando se oyó un golpe violento, como la detonación de un arma de fuego. La casa entera se tambaleó, alguien pasó corriendo por delante de mi cuarto y la puerta de la calle se cerró estrepitosamente de un portazo.

—¡Es Coppelius! —grité fuera de mí, y salté de la cama.

Oí gemidos; corrí a la habitación de mi padre, la puerta estaba abierta, se respiraba un humo asfixiante, y una criada gritaba:

—¡El señor! ¡El señor!

Delante del horno encendido, en el suelo, yacía mi padre, muerto, con la cara destrozada. Mis hermanas, de rodillas a su alrededor, clamaban y gemían. Mi madre había caído inmóvil junto a su marido.

—¡Coppelius, monstruo infame! ¡Has asesinado a mi padre! —grité. Y caí sin sentido.

Dos días más tarde, cuando colocaron su cuerpo en el ataúd, sus rasgos había vuelto a ser serenos y dulces, como lo fueron durante toda su vida. Aquella imagen mitigó mi dolor, pensé que su alianza con el infernal Coppelius no lo había llevado a la condenación eterna.

La explosión había despertado a los vecinos, el suceso causó sensación, y las autoridades, que tuvieron conocimiento del mismo, requirieron la presencia de Coppelius. Pero había desaparecido de la ciudad sin dejar rastro.

Si te dijera, querido amigo, que el vendedor de barómetros no era otro sino el miserable Coppelius, comprenderías el horror que me produjo tan desgraciada y enemiga aparición. Llevaba otro traje, pero los rasgos de Coppelius están profundamente marcados en mi alma como para poder equivocarme. Además, Coppelius ni siquiera ha cambiado de nombre. Se hace pasar aquí —según tengo oído— por un mecánico piamontés llamado Giuseppe Coppola.

Estoy decidido a vengar la muerte de mi padre, pase lo que pase. No digas nada a mi madre de este encuentro cruel.

Saluda a la encantadora Clara; le escribiré con una mayor presencia de ánimo. Queda con Dios, etcétera.

Clara a Nataniel

Es cierto que hace mucho que no me has escrito, pero creo, sin embargo, que me llevas en tu alma y en tus pensamientos; pues pensabas vivamente en mí cuando queriendo enviar tu última carta a mi hermano Lotario la suscribiste a mi nombre. La abrí con alegría y solo me di cuenta de mi error al ver estas palabras: «¡Ay, mi querido Lotario!». Sin duda no debería haber seguido leyendo y debí entregar la carta a mi hermano. Alguna vez me has reprochado entre risas que yo tuviera un espíritu tan apacible y tranquilo que si la casa se derrumbaba, antes de huir, colocaría en su sitio una cortina mal puesta; pero apenas podía respirar y todo daba vueltas ante mis ojos, mi querido Nataniel, al saber la infortunada causa que ha turbado tu vida. Separación eterna, no verte nunca más, este presentimiento me atravesaba como un puñal ardiente. Leí y volví a leer. Tu descripción del repugnante Coppelius es horrible. Así he sabido la forma cruel en que murió tu anciano y venerable padre. Mi hermano, a quien remití lo que le pertenecía, intentó tranquilizarme, sin conseguirlo. El fatal vendedor de barómetros Giuseppe Coppola me perseguía, y casi me avergüenza confesar que ha turbado, con terribles imágenes, mi sueño hasta este momento profundo y tranquilo. Pero de pronto, desde la mañana siguiente, todo me parece distinto. No estés enfadado conmigo, amor mío, si Lotario te dice que a pesar de tus funestos presentimientos sobre Coppelius, no se altera mi serenidad en absoluto. Te diré sinceramente lo que pienso. Las cosas terribles de que hablas tienen su origen dentro de ti mismo, el mundo exterior y real tiene poco que ver. El viejo Coppelius sin duda era repelente, pero, como odiaba a los niños, esto producía en vosotros, niños, verdadero horror hacia él.

El Hombre de Arena de la niñera se asoció en tu imaginación infantil al viejo Coppelius quien, sin que te dieras cuenta, permaneció en ti como un fantasma de tus primeros años. Sus entrevistas nocturnas con tu padre no tenían otro objeto que realizar experimentos de alquimia, cosa que afligía a tu madre pues posiblemente costaría mucho dinero; y aquella ocupación, además de llenar a su esposo de una engañosa esperanza de sabiduría, lo apartaba del cuidado de su familia. Tu padre, sin duda, causó su muerte por imprudencia suya, y Coppelius no es culpable. ¿Creerías que ayer pregunté a un viejo vecino boticario si los experimentos químicos podían causar explosiones mortales? Asintió describiéndome largamente, a su manera, cómo se hacían tales cosas, citándome gran número de palabras extrañas que no he podido retener en mi memoria. Ahora vas a enfadarte con tu Clara; dices: «En su frío espíritu no entra ni un solo rayo misterioso de los que tantas veces abrazan al hombre con sus alas invisibles; ella percibe tan solo la superficie coloreada del mundo y se alegra como un niño a la vista de frutas cuya dorada cáscara esconde un mortal veneno».

¡Ah, mi bienamado Nataniel! ¿Acaso no piensas que el sentimiento de un poder enemigo que se agita de manera funesta sobre nuestro ser no puede penetrar en las almas sonrientes y serenas? Perdóname, si yo, una simple jovencita, intento expresar lo que siento ante la idea de una lucha semejante. Quizá no encuentro las palabras adecuadas y tú te ríes, no de mis pensamientos, sino de mi torpeza para expresarlos. Si realmente existe un poder oculto que con tanta traición hunde sus garras en nuestro interior para cogernos y arrastrarnos a un camino peligroso que habríamos evitado; si tal fuerza existe, debe doblegarse ante nosotros mismos, pues solo así ganará nuestra confianza y un lugar en nuestro corazón, lugar que necesita para realizar su obra. Si tenemos la suficiente firmeza, el valor necesario para reconocer el camino hacia el que deben conducirnos nuestra vocación y nuestras inclinaciones, para caminar con paso tranquilo, nuestro enemigo interior perecerá en los vanos esfuerzos que haga por ilusionarnos. También, es cierto, añade Lotario, que la tenebrosa presencia a la que nos entregamos crea con frecuencia en nosotros imágenes tan atrayentes que nosotros mismos producimos el engaño que nos consume. Es el fantasma de nuestro propio Yo, cuya influencia mueve nuestra alma y nos sumerge en el Infierno o nos conduce al cielo. ¡Te das cuenta, querido Nataniel! Mi hermano y yo hemos hablado de oscuras fuerzas y poderes que a mí, después de haber escrito, no sin esfuerzo, lo más importante, se me aparecen sosegadas, profundas. Las últimas palabras de Lotario no las entiendo del todo bien, solo intuyo lo que piensa, y sin embargo, me parece rigurosamente cierto. Te lo suplico, aparta de tu pensamiento al odioso abogado Coppelius y al vendedor de barómetros Coppola. Convéncete de que esas extrañas figuras no tienen influencia sobre ti. Solo la creencia en su poder enemigo las vuelve enemigas. Si cada línea de tu carta no expresara la profunda exaltación de tu espíritu, si el estado de tu alma no afligiera mi corazón, podría bromear sobre tu Hombre de Arena y tu abogado alquimista. ¡Alégrate! Me he prometido estar a tu lado como un ángel guardián y arrojar al odioso Coppola de una loca carcajada si viniera a turbar tu sueño. No lo temo en absoluto, ni a él ni a sus horribles manos que no podrían estropearme las golosinas ni arrojarme arena a los ojos.

Hasta siempre, mi bienamado Nataniel, etcétera.

Nataniel a Lotario

Me resulta muy penoso que Clara, por un error que causó mi negligencia, haya roto el sello de mi carta y la haya leído. Me ha escrito una epístola llena de una profunda filosofía, según la cual me demuestra explícitamente que Coppelius y Coppola solo existen en mi interior y que se trata de fantasmas de mi Yo que se verán reducidos a polvo en cuanto los reconozca como tales. Uno jamás podría imaginar que el espíritu que brilla en sus claros y estremecedores ojos, como un delicado sueño, sea tan inteligente y pueda razonar de una forma tan metódica. Se apoya en tu autoridad. ¡Habéis hablado de mí los dos juntos! Le has dado un curso de lógica para que pueda ver las cosas con claridad y razonadamente. ¡Déjalo! Además, es cierto que el vendedor de barómetros Coppola no es el viejo abogado Coppelius. Asisto a las clases de un profesor de física de origen italiano que acaba de llegar a la ciudad, un célebre naturalista llamado Spalanzani[40]. Conoce a Coppola desde hace muchos años, y por otra parte, es fácil observar su acento piamontés. Coppelius era alemán, pero no un alemán honesto. Aún así, no estoy del todo tranquilo. Tú y Clara podéis seguir considerándome un sombrío soñador, pero no puedo apartar de mí la impresión que Coppola y su espantoso rostro causaron en mí. Estoy contento de que haya abandonado la ciudad, según dice Spalanzani. Este profesor es un personaje singular, un hombre rechoncho, de pómulos salientes, nariz puntiaguda y ojos pequeños y penetrantes. Te lo podrías imaginar mejor que con mi descripción mirando el retrato de Cagliostro[41] realizado por Chodowiecki[42] y que aparece en cualquier calendario berlinés; así es Spalanzani. Hace unos días, subiendo a su apartamento, observé que una cortina, que habitualmente cubre una puerta de cristal, estaba un poco separada. Ignoro yo mismo cómo me encontré mirando a través del cristal. Una mujer, alta, muy delgada, de armoniosa silueta, magníficamente vestida, estaba sentada con sus manos apoyadas en una mesa pequeña. Estaba situada frente a la puerta, y de este modo pude contemplar su rostro arrebatador. Pareció no darse cuenta de que la miraba, y sus ojos estaban fijos, parecían no ver; era como si durmiera con los ojos abiertos. Me sentí tan mal que corrí a meterme en el salón de actos que está justo al lado. Más tarde supe que la persona que había visto era la hija de Spalanzani, llamada Olimpia, a la que este guarda con celo, de forma que nadie puede

[40] **Spalanzani:** recuerda el apellido de un científico y biólogo italiano Lázaro Spallanzani (1729-1799).

[41] **Cagliostro:** (1743-1795), Alessandro, aventurero y falso conde, llamado Giuseppe Balsamo.

[42] **Chodowiecki:** (1726-1806), pintor, ilustrador de bellas ediciones y grabador en cobre, destacó como ilustrador.

acercarse a ella. Esta medida debe ocultar algún misterio, y Olimpia tiene sin duda alguna tara. Pero, ¿por qué te escribo estas cosas? Podría contártelas personalmente. Debes saber que dentro de dos semanas estaré con vosotros. Tengo que ver a mi ángel, a mi Clara. Entonces podrá borrarse la impresión que se apoderó de mí (lo confieso) al leer su carta tan fatal y razonable. Por eso no le escribo hoy.

Mil abrazos, etcétera.

Nadie podría imaginar algo tan extraño y maravilloso como lo que le sucedió a mi pobre amigo, el joven estudiante Nataniel, y que voy a referirte, lector. ¿Acaso no has sentido alguna vez tu interior lleno de extraños pensamientos? ¿Quién no ha sentido latir su sangre en las venas y un rojo ardiente en las mejillas? Las miradas parecen buscar entonces imágenes fantásticas e invisibles en el espacio y las palabras se exhalan entrecortadas. En vano los amigos te rodean y te preguntan qué te sucede. Y tú querrías pintar con sus brillantes colores, sus sombras y sus luces, destellantes las vaporosas figuras que percibes, y te esfuerzas inútilmente en encontrar palabras para expresar tu pensamiento. Querrías reproducir con una sola palabra todo cuanto estas apariciones tienen de maravilloso, de magnífico, de sombrío horror y de alegría inaudita, para sacudir a los amigos como con una descarga eléctrica, pero toda palabra, cada frase, te parece descolorida, glacial, sin vida. Buscas y rebuscas, y balbuceas y murmuras, y las tímidas preguntas de tus amigos vienen a golpear, como un soplo de viento, tu ardiente imaginación hasta acabar apagándola. Pero si tú, como un hábil pintor, trazas un rápido esbozo de tales imágenes interiores, del mismo modo puedes también animar con poco esfuerzo los colores y hacerlos cada vez más brillantes, y las diversas figuras fascinan a los amigos que te ven en medio del mundo que tu alma ha creado. Debo confesar que, a mí, querido lector, nadie me ha preguntado por la historia del joven Nataniel; pero tú sabes que yo pertenezco a esa clase de autores que cuando se encuentra en el estado de ánimo que acabo de describir se imagina que cuantos le rodean, e incluso el mundo entero, le preguntan: «¿Qué te pasa?, ¡cuéntanos!». Así, una fuerza poderosa me obliga a hablarte del fatal destino de Nataniel. Su vida singular me impresionaba, y por esta razón me atormentaba la idea de comenzar su historia de una manera significativa, original. «Érase una vez...», bonito principio, para aburrir a todo el mundo. «En la pequeña ciudad de S..., vivía...», algo mejor, si se tiene en cuenta que prepara ya el desenlace. O bien entrar *in medias res*[43]: «¡Váyase al diablo!, exclamó colérico con los ojos llenos de furia y de espanto el estudiante Nataniel cuando el vendedor de barómetros Giuseppe Coppola...». Así había empezado ya a escribir cuando creí ver algo de burla en la enfurecida mirada de Nataniel, aunque la historia no es en absoluto divertida. No me vino a la mente ninguna frase que reflejara el estallido de colores de la imagen que brillaba en mi interior. Decidí entonces no empezar. Toma, querido lector, las tres cartas que mi amigo Lotario me invitó a compartir como el esbozo del cuadro que me esforzaré, en el curso de la narración, en animar cada vez con más colorido, lo mejor que pueda. Quizá consiga, como un buen retratista, dar a algún personaje un toque expresivo de manera que al verlo lo encuentres parecido al original, aun sin conocerlo, y te parecerá verlo en persona. Quizá creerás, lector, que no hay nada tan maravilloso y fantástico como la vida real, y que el poeta se limita a recoger un pálido brillo, como en un espejo sin pulir.

Para que desde el principio quede claro lo que es necesario saber, hay que añadir como aclaración a las cartas que, inmediatamente después de la muerte del padre de Nataniel, Clara y Lotario, hijos de un pariente lejano también recientemente fallecido, fueron recogidos por la madre de aquel. Clara y Nataniel sintieron una fuerte inclinación mutua, contra la que nadie tuvo nada que oponer. Estaban, pues, prometidos cuando Nataniel abandonó la ciudad para proseguir sus estudios en G. Aquí se

[43] ***In medias res:*** acción narrativa que se inicia en un punto intermedio, por lo que el relato debe retroceder para recuperar el inicio.

encuentra mientras escribe su última carta y asiste al curso del célebre profesor de física Spalanzani.

Ahora podría continuar mi relato tranquilamente, pero la imagen de Clara se presenta ante mis ojos tan llena de vida que no puedo apartarla de mí, como me pasaba siempre que me miraba dulcemente.

No podía decirse que Clara fuese bella, esto pensaban al menos los entendidos en belleza. Sin embargo, los arquitectos elogiaban la pureza de las líneas de su talle; los pintores decían que su nuca, sus hombros y su seno eran tal vez demasiado castos, pero todos amaban su maravillosa cabellera que recordaba a la de la Magdalena y coincidían en que el color de su tez era digno de un Battoni[44]. Uno de ellos, un auténtico extravagante, comparaba sus ojos con un lago de Ruisdael[45], donde se reflejan el azul del cielo, el colorido del bosque y las flores del campo, la vida apacible. Poetas y virtuosos iban más lejos y decían:

—¡Cómo habláis de lagos y de espejos! No podemos contemplar a esta muchacha sin que su mirada haga brotar de nuestra alma cantos y armonías celestes que nos sobrecogen y nos animan. ¿Acaso no cantamos nosotros también, y alguna vez hasta creemos leer en la sonrisa de Clara, que es como un cántico, no obstante algunos tonos disonantes?

Así era, Clara poseía la imaginación alegre y vivaz de un niño inocente, un alma de mujer tierna y delicada, y una inteligencia penetrante y lúcida. Los espíritus ligeros y presuntuosos no tenían nada que hacer a su lado, pues ella, sin muchas palabras, conforme a su temperamento silencioso, parecía decirles con su mirada transparente y su sonrisa irónica: «Queridos amigos, ¿pretendéis que mire vuestras tristes sombras como auténticas figuras animadas y con vida?». Por esta razón Clara fue acusada por muchos de ser fría, prosaica e insensible. Pero otros, que veían la vida con más claridad, amaban fervorosamente a esta joven y

[44] **Battoni:** (1708-1787), Pompeo Girolamo Batoni (alias Battoni), pintor neoclásico italiano.

[45] **Ruisdael:** (1628–1682), Jacob Van Ruysdael, pintor barroco, considerado el más grande paisajista holandés.

encantadora muchacha; pero nadie tanto como Nataniel, quien se dedicaba a las ciencias y a las artes con pasión. Clara le correspondía con toda su alma. Las primeras nubes de tristeza pasaron por su vida cuando se separó de ella. ¡Con cuánta alegría se arrojó en sus brazos cuando él, al volver a su ciudad natal, entró en casa de su madre, como había anunciado en su última carta a Lotario! Sucedió entonces lo que Nataniel había imaginado; en el momento en que volvió a ver a Clara, desapareció la imagen del abogado Coppelius y la fatal y razonable carta de Clara, que tanto le había contrariado.

Sin embargo, Nataniel tenía razón cuando escribía a su amigo Lotario que su encuentro con el repugnante vendedor de barómetros había ejercido una funesta influencia en su vida. Todos sintieron desde los primeros días de su estancia que Nataniel había cambiado su forma de ser. Se hundía en sombrías ensoñaciones y se comportaba de un modo extraño, no habitual en él. La vida era solo sueños y presentimientos; hablaba siempre de cómo los hombres, creyéndose libres, son solo juguete de oscuros poderes, y humildemente deben conformarse con lo que el destino les depara. Aún iba más lejos, y afirmaba que era una locura creer que el arte y las ciencias pueden ser creados a nuestro antojo, puesto que la exaltación necesaria para crear no proviene de nuestro interior sino de una fuerza exterior de la que no somos dueños.

Clara no estaba de acuerdo con esos delirios místicos pero era inútil refutarlos. Solo cuando Nataniel afirmaba que Coppelius era el principio maligno que se había apoderado de él en el momento en que se escondió tras la cortina para observarlo, y que aquel demonio enemigo turbaría su dichoso amor, Clara decía seriamente:

—Sí, Nataniel, tienes razón, Coppelius es un principio maligno y enemigo, puede actuar de forma espantosa, como una fuerza diabólica que se introduce visiblemente en tu vida, pero solo si no lo destierras de tu pensamiento y de tu alma. Mientras tú creas en él, existirá; su poder está en tu credulidad.

Nataniel, irritado al ver que Clara solo admitía la existencia del demonio en su interior, quiso probársela por medio de doctrinas místicas de demonios y fuerzas oscuras, pero Clara interrumpió la discusión con una frase indiferente, con gran disgusto de Nataniel. Pensó entonces que las almas frías encerraban estos profundos misterios sin saberlo, y que Clara pertenecía a esa naturaleza secundaria, por lo cual decidió hacer todo lo posible por iniciarla en tales secretos. Al día siguiente, mientras Clara preparaba el desayuno, fue a su lado y empezó a leer diversos pasajes de libros místicos, hasta que Clara dijo:

—Pero, mi querido Nataniel, ¿y si yo te considerase a ti como el principio diabólico que actúa contra mi café? Porque, si me pasara el día escuchándote mientras lees y mirándote a los ojos como tú quieres, el café herviría en el fuego y no desayunaríais ninguno.

Nataniel cerró el libro de golpe y se dirigió malhumorado a su habitación.

En otro tiempo había escrito cuentos agradables y animados que Clara escuchaba con indescriptible placer, pero ahora, sus composiciones eran sombrías, incomprensibles, vagas, y podía sentir en el indulgente silencio de Clara que no eran de su gusto. Nada era peor para Clara que el aburrimiento; su mirada y sus palabras dejaban ver que el sueño se apoderaba de ella. Las obras de Nataniel eran de hecho muy aburridas. Su disgusto por el frío y prosaico carácter de Clara fue en aumento, y Clara no podía vencer el mal humor que le producía el sombrío y aburrido misticismo de Nataniel; y así, sus almas se fueron alejando una de otra, sin que se dieran cuenta. La imagen del odioso Coppelius, como el mismo Nataniel podía reconocer, cada vez era más pálida en su fantasía, y hasta le costaba a menudo un esfuerzo darle vida y color en sus poemas, donde aparecía como un horrible espantajo del destino. Finalmente, el atormentado presentimiento de que Coppelius destruiría su amor, le inspiró el tema de una de sus composiciones. Se describía a él mismo y a Clara unidos por un amor fiel, pero, de vez en cuando, una mano amenazadora aparecía en su vida y les arrebataba su alegría. Cuando por fin se encontraban ante el altar aparecía el horrible Coppelius que tocaba los maravillosos ojos de Clara; estos saltaban al pecho de Nataniel como chispas sangrientas encendidas y ardientes, luego Coppelius se apoderaba de él, lo arrojaba a un círculo de fuego que giraba con la velocidad de la tormenta y lo arrastraba en medio de sordos bramidos. Es un rugido, como cuando el huracán azota la espuma de las olas en el mar, y estas se alzan, como negros gigantes de cabeza blanca, en furiosa lucha. En medio de aquel salvaje bramido oye la voz de Clara: «¿No puedes mirarme? Coppelius te ha engañado, no eran mis ojos los que ardían en tu pecho, eran ardientes gotas de sangre de tu propio corazón..., yo tengo mis ojos, ¡mírame!». Nataniel pensaba: «Es Clara, y yo soy eternamente suyo». Era como si dominase el círculo de fuego donde se encontraba, y el sordo estruendo desapareciera en un negro abismo. Nataniel miraba los ojos de Clara, pero era la muerte la que lo contemplaba amigablemente con los ojos de Clara.

Mientras Nataniel escribía el poema, estaba muy tranquilo y reflexivo, limaba y perfeccionaba cada línea y, volcado por completo en la rima, no descansaba hasta conseguir que todo fuera puro y armonioso. Cuando terminó y leyó el poema en voz alta, el horror se apoderó de él y exclamó espantado:

—¿De quién es esa horrible voz?

Enseguida le pareció, sin embargo, que había escrito un poema excelente, y que podría inflamar el frío ánimo de Clara, sin darse cuenta de que así conseguiría sobresaltarla con terribles imágenes presagiando un destino fatal que destruiría su amor.

Nataniel y Clara se hallaban sentados en el pequeño jardín de su madre. Clara estaba muy alegre, porque Nataniel, desde hacía tres días, durante los cuales había trabajado en el poema, no la había atormentado con sus sueños y presentimientos. También Nataniel hablaba con entusiasmo y alegría de cosas divertidas, de modo que Clara dijo:

—Ahora vuelvo a tenerte, ¿ves cómo hemos desterrado al odioso Coppelius?

Nataniel entonces se acordó de que llevaba el poema en el bolsillo, y de que deseaba leérselo, sacó las hojas y comenzó su lectura. Clara, esperando algo aburrido como de costumbre, y resignándose, empezó a hacer punto. Pero, del mismo modo que se van levantando los negros y cada vez más sombríos nubarrones, dejó caer su labor y miró fijamente a Nataniel a los ojos. Este continuó su lectura fascinado, con las mejillas encendidas y los ojos llenos de lágrimas. Cuando terminó suspiró profundamente abatido, cogió la mano de Clara y sollozando exclamó desconsolado:

—¡Ah, Clara, Clara!

Clara le estrechó contra su pecho y le dijo dulcemente pero seria:

—Nataniel, querido Nataniel, ¡arroja al fuego esa loca y absurda historia!

Nataniel se levantó indignado y exclamó apartándose de Clara:

—Eres una autómata inanimada y maldita.

Y se alejó corriendo.

Clara se echó a llorar amargamente, y decía entre sollozos:

—Nunca me ha amado, pues no me comprende.

Lotario apareció en el cenador y Clara tuvo que contarle lo que había sucedido; como amaba a su hermana con toda su alma, cada una de sus quejas caía como una chispa en su interior de tal modo que el disgusto que llevaba en su corazón desde hacía tiempo contra el visionario Nataniel se transformó en una cólera terrible. Corrió tras él y le reprochó con tan duras palabras su loca conducta con su querida hermana que el fogoso Nataniel contestó de igual manera. Los insultos de fatuo, insensato y loco, fueron contestados por los de desgraciado y vulgar. El duelo era inevitable. Decidieron batirse a la mañana siguiente detrás del jardín y, conforme a las reglas académicas, con afilados floretes. Se separaron sombríos y silenciosos. Clara había oído la violenta discusión, y al ver que el padrino traía los floretes al atardecer, presintió lo que iba a ocurrir.

Llegados al lugar del desafío se quitaron las levitas en medio de un hondo silencio, e iban a abalanzarse uno sobre otro con los ojos relampagueantes de ardor sangriento cuando apareció Clara en la puerta del jardín. Separándolos, exclamó entre sollozos:

—¡Locos, salvajes, tendréis que matarme a mí antes de que uno de vosotros caiga!, porque, ¿cómo podría seguir viviendo en este mundo si mi amado matara a mi hermano o mi hermano a mi amado?

Lotario dejó caer el arma y bajó los ojos en silencio; pero Nataniel sintió renacer dentro de sí toda la fuerza de su amor hacia Clara de la misma manera que lo había sentido en los hermosos días de la juventud. El arma homicida cayó de sus manos y se arrojó a los pies de Clara diciendo:

—¿Podrás perdonarme alguna vez, mi querida Clara, mi único amor? ¿Podrás perdonarme, querido hermano Lotario?

Lotario se conmovió al ver el profundo dolor de su amigo y derramando abundantes lágrimas se abrazaron los tres y se juraron permanecer unidos por el amor y la fidelidad.

A Nataniel le pareció haberse librado de una pesada carga que le oprimía, como si se hubiera liberado de un oscuro poder que amenazaba todo su ser. Permaneció aún durante tres felices días junto a sus bienamados hasta que regresó a G., donde debía permanecer un año más antes de volver para siempre a su ciudad natal.

A la madre de Nataniel se le ocultó todo lo referente a Coppelius, pues sabían que no podía pensar sin horror en aquel hombre a quien, al igual que Nataniel, culpaba de la muerte de su esposo.

¡Cuál no sería la sorpresa de Nataniel cuando al llegar a su casa vio que esta había ardido entera, y que solo quedaban de ella los muros y un montón de escombros! El fuego había comenzado en el laboratorio del químico, situado en el piso bajo; varios amigos, que vivían cerca de la casa incendiada, habían conseguido entrar valientemente en la habitación de Nataniel, situada en el último piso, y salvar sus libros, manuscritos e instrumentos que trasladaron a otra casa donde alquilaron una habitación en la que Nataniel se instaló. No se dio cuenta al principio de que el profesor Spalanzani vivía enfrente, y no llamó especialmente su atención observar que desde su ventana podía ver el interior de la habitación donde Olimpia estaba sentada a solas. Podía reconocer su silueta claramente, aunque los rasgos de su cara continuaban borrosos. Pero acabó por extrañarse de que Olimpia permaneciera en la misma posición, igual que la había descubierto la primera vez a través de la puerta de cristal, sin ninguna ocupación, sentada junto a la mesita, con la mirada fija, invariablemente dirigida hacia él. Tuvo que confesarse que no había visto nunca una belleza como la suya, pero la imagen de Clara seguía instalada en su corazón, y la inmóvil Olimpia le fue indiferente; solo de vez en cuando dirigía una mirada furtiva por encima de su libro hacia la hermosa estatua, eso era todo. Un día estaba escribiendo a Clara cuando llamaron suavemente a la puerta. Al abrirla, vio el repugnante rostro de Coppola. Nataniel se estremeció; pero, recordando lo que Spalanzani le había dicho de su compatriota Coppola y lo que le había prometido a su amada en relación con el Hombre de Arena, se avergonzó de su miedo infantil y reunió todas sus fuerzas para decir con la mayor tranquilidad posible:

—No compro barómetros, amigo, así que ¡váyase!

Pero Coppola, entrando en la habitación, le dijo con voz ronca, mientras su boca se contraía en una odiosa sonrisa y sus pequeños ojos brillaban bajo unas largas pestañas grises:

—¡Eh, no barómetros, no barómetros! ¡También tengo bellos ojos..., bellos ojos!

Nataniel espantado exclamó:

—¡Maldito loco! ¿Cómo puedes tú tener ojos? ¡Ojos!... ¡Ojos!...

Al instante puso Coppola a un lado los barómetros y empezó a sacar del inmenso bolsillo de su levita lentes y gafas que iba dejando sobre la mesa.

—Gafas para poner sobre la nariz. Esos son mis ojos, ¡bellos ojos!

Y mientras hablaba, seguía sacando más y más gafas, tantas que empezaron a brillar y a lanzar destellos sobre la mesa. Miles de ojos centelleaban y miraban fijamente a Nataniel, pero él no podía apartar su mirada de la mesa, y Coppola continuaba sacando cada vez más gafas y cada vez eran más terribles las encendidas miradas que disparaban sus rayos sangrientos en el pecho de Nataniel.

Este, sobrecogido de terror, gritó:

—¡Detente, hombre maldito! —cogiéndole el brazo en el momento en que Coppola hundía de nuevo su mano en el bolsillo para sacar más lentes, por más que la mesa estuviera ya cubierta de ellas.

Coppola se separó de él suavemente con una sonrisa forzada, diciendo:

—¡Ah, no son para usted, pero aquí tengo bellos prismáticos! —y, recogiendo las lentes, empezó a sacar del inmenso bolsillo prismáticos de todos los tamaños.

En cuanto todas las gafas estuvieron guardadas, Nataniel se tranquilizó, y acordándose de Clara, se dio cuenta de que el horrible fantasma solo estaba en su interior, ya que Coppola era un gran mecánico y óptico, y en modo alguno el doble del maldito Coppelius. Por otra parte, las lentes que Coppola había extendido sobre la mesa no tenían nada de particular, y menos de fantasmagórico, por lo que Nataniel decidió, para reparar su extraño comportamiento, comprarle alguna cosa. Escogió unos pequeños prismáticos muy bien trabajados y, para probarlos, miró a través de la ventana. Nunca en su vida había utilizado unos prismáticos con los que pudieran verse los objetos con tanta claridad y pureza. Involuntariamente miró hacia la estancia de Spalanzani. Olimpia estaba sentada, como de costumbre, ante la mesita, con los brazos apoyados y las manos cruzadas. Por primera vez podía Nataniel contemplar la belleza de su rostro. Solo los ojos le parecieron algo fijos, muertos. Sin embargo, a medida que miraba más y más a través de los prismáticos, le parecía que los ojos de Olimpia irradiaban húmedos rayos de luna.

Creyó que ella veía por primera vez y que su mirada era cada vez más viva y brillante. Nataniel permanecía como hechizado junto a la ventana, absorto en la contemplación de la belleza celestial de Olimpia...

Un ligero carraspeo lo despertó como de un profundo sueño. Coppola estaba detrás de él:

—*Tre Zechini*. Tres ducados.

Nataniel, que había olvidado al óptico por completo, se apresuró a pagarle:

—¿No es verdad? ¡Buenos prismáticos, buenos prismáticos! —decía Coppola con su repugnante voz y su odiosa sonrisa.

—Sí, sí —respondió Nataniel contrariado—. Adiós, querido amigo.

Coppola abandonó la habitación, no sin antes lanzar una mirada de reojo sobre Nataniel, que le oyó reír a carcajadas al bajar la escalera.

«Sin duda», pensó Nataniel, «se ríe de mí porque he pagado los prismáticos más caros de lo que valen, más caros de lo que valen».

Mientras decía estas palabras en voz baja, le pareció oír en la habitación un profundo suspiro que le hizo contener la respiración sobrecogido de espanto. Se dio cuenta de que era él mismo quien había suspirado así. «Clara tenía razón», se dijo a sí mismo, «al considerarme un visionario; pero lo absurdo, más que absurdo, es que la idea de haber pagado a Coppola los prismáticos más caros de lo que valen me produzca tal terror, y no encuentro cuál puede ser el motivo».

Se sentó de nuevo para terminar la carta a Clara, pero una mirada hacia la ventana le hizo ver que Olimpia seguía allí sentada, y al instante, empujado por una fuerza irresistible, cogió los prismáticos de Coppola y ya no pudo apartarse de la seductora mirada de Olimpia hasta que vino a buscarlo su amigo Segismundo para asistir a la clase del profesor Spalanzani.

A partir de aquel día, la cortina de la puerta de cristal estuvo totalmente echada, por lo que no pudo ver a Olimpia, y los dos días siguientes tampoco la encontró en la habitación, si bien apenas se apartó de la ventana mirando a través de los prismáticos. Al tercer día estaba la ventana cerrada. Lleno de desesperación y poseído de delirio y ardiente deseo, salió de la ciudad. La imagen de Olimpia flotaba ante él en el aire, aparecía en cada arbusto y lo miraba con ojos radiantes desde el claro riachuelo. El recuerdo de Clara se había borrado, solo pensaba en Olimpia y gemía y sollozaba:

—Estrella de mi amor, ¿por qué te has alzado para desaparecer súbitamente y dejarme en una noche oscura y desesperada?

Cuando Nataniel volvió a su casa observó una gran agitación en la de Spalanzani. Las puertas estaban abiertas, y unos hombres metían muebles; las ventanas del primer piso estaban abiertas también, y unas atareadas criadas iban y venían mientras carpinteros y tapiceros daban golpes y martilleaban por toda la casa.

Nataniel, asombrado, se detuvo en mitad de la calle. Segismundo se le acercó sonriente y le dijo:

—¿Qué me dices de nuestro viejo amigo Spalanzani?

Nataniel aseguró que no podía decir nada, puesto que nada sabía él, y que le sorprendía bastante que aquella casa silenciosa y sombría se viera envuelta en tan gran tumulto y actividad. Segismundo le dijo entonces que al día siguiente daba Spalanzani una gran fiesta con concierto y baile a la que estaba invitada media universidad. Se rumoreaba que Spalanzani iba a presentar por primera vez a su hija Olimpia, que hasta entonces había mantenido oculta, con extremo cuidado, a las miradas de todos.

Nataniel encontró una invitación, y, con el corazón palpitante, se encaminó a la hora fijada a casa del profesor cuando empezaban a llegar los carruajes y resplandecían las luces de los adornados salones. La reunión era numerosa y brillante. Olimpia apareció ricamente vestida, con un gusto exquisito. Todos admiraron la perfección de su rostro y de su talle. La ligera inclinación de sus hombros parecía estar causada por la oprimida esbeltez de su cintura de avispa. Su forma de andar tenía algo de medido y de rígido que causó mala impresión a muchos, y que fue atribuido a la turbación que le causaba tanta gente.

El concierto empezó. Olimpia tocaba el piano con una habilidad extrema, e interpretó un aria con voz tan clara y penetrante que parecía el sonido de una campana de cristal. Nataniel estaba fascinado; se encontraba en una de las últimas filas y el resplandor de los candelabros le impedía apreciar los rasgos de Olimpia. Sin ser visto, sacó los lentes de Coppola y miró a la hermosa Olimpia. ¡Ah!..., entonces sintió las miradas anhelantes que ella le dirigía, y que a cada nota le acompañaba una mirada de amor que le atravesaba ardientemente. Las brillantes notas le parecían a Nataniel el lamento celestial de un corazón enamorado, y cuando finalmente la cadencia del largo trino resonó en la sala, le pareció que un brazo ardiente lo ceñía y, extasiado, no pudo contenerse y exclamó en voz alta:

—¡Olimpia!

Todos los ojos se volvieron hacia él, algunos rieron. El organista de la catedral adoptó un aire sombrío y dijo simplemente:

—Bueno, bueno.

El concierto había terminado y el baile comenzó. «¡Bailar con ella..., bailar con ella!», era entonces su máximo deseo, su máxima aspiración, pero, ¿cómo tener el valor de invitarla a ella, la reina de la fiesta?

Sin saber ni él mismo cómo, se encontró junto a Olimpia, a quien nadie había sacado aún; cuando comenzaba el baile, y después de intentar balbucir algunas palabras, tomó su mano. La mano de Olimpia estaba helada, y él se sintió atravesado por un frío mortal, miró a Olimpia fijamente a los ojos, que irradiaban amor y deseo y, al instante, le pareció que el pulso empezaba a latir en su fría mano y que una sangre ardiente corría por sus venas. También Nataniel sentía en su interior una ardorosa voluptuosidad, rodeó la cintura de la hermosa Olimpia y cruzó con ella la multitud de invitados.

Creía haber bailado acompasadamente, pero la rítmica regularidad con que Olimpia bailaba y que algunas veces le obligaba a detenerse, le hizo observar enseguida que no seguía los compases. No quiso bailar con ninguna otra mujer, y hubiera matado a cualquiera que se hubiese acercado a Olimpia para solicitar un baile. Si Nataniel hubiera sido capaz de ver algo más que a Olimpia, no habría podido evitar pelea alguna, pues murmullos burlones y risas apenas sofocadas se escapaban de entre los grupos de jóvenes, cuyas curiosas miradas se dirigían a Olimpia, sin que se pudiera saber por qué.

Excitado por la danza y por el vino, había perdido su natural timidez. Sentado junto a Olimpia y con su mano entre las suyas, le hablaba de su amor exaltado e inspirado con palabras que nadie, ni él ni Olimpia, habrían podido comprender. O quizás Olimpia sí, pues lo miraba fijamente a los ojos, y de vez en cuando suspiraba:

—¡Ah..., ah..., ah...!

A lo que Nataniel respondía:

—¡Oh, mujer celestial, divina criatura, luz que se nos promete en la otra vida, alma profunda donde todo mi ser se mira...! —y cosas parecidas.

Pero Olimpia suspiraba y contestaba solo:

—¡Ah..., ah...!

El profesor Spalanzani pasó varias veces junto a los felices enamorados y les sonrió con satisfacción.

Aunque Nataniel se encontraba en un mundo distinto, le pareció como si de pronto oscureciera en casa del profesor Spalanzani. Miró a su alrededor y observó espantado que las dos últimas velas se consumían y estaban a punto de apagarse. Hacía tiempo que el baile y la música habían cesado.

—¡Separadnos, separadnos! —exclamó furioso y desesperado Nataniel, besó la mano de Olimpia y se inclinó sobre su boca; sus labios ardientes se encontraron con los suyos helados. Se estremeció como cuando tocó por primera vez la fría mano de Olimpia, y la leyenda de la novia muerta le vino de pronto a la memoria; pero al abrazar y besar a Olimpia sus labios parecieron cobrar el calor de la vida.

El profesor Spalanzani atravesó lentamente la sala vacía, sus pasos resonaban huecos y su figura, rodeada de sombras vacilantes, ofrecía un aspecto fantasmagórico.

—¿Me amas? ¿Me amas, Olimpia? ¡Solo una palabra! —murmuraba Nataniel.

Pero Olimpia, levantándose, suspiró solo:

—¡Ah..., ah...!

—¡Sí, amada estrella de mi amor! —dijo Nataniel—, tú eres la luz que alumbrará mi alma para siempre!

—¡Ah..., ah...! —suspiró Olimpia alejándose.

Nataniel la siguió, y se detuvieron delante del profesor.

—Ya veo que lo ha pasado muy bien con mi hija —dijo este sonriendo—: así que, si le complace conversar con esta tímida muchacha, su visita será bien recibida.

Nataniel se marchó llevando el cielo en el corazón.

Al día siguiente, la fiesta de Spalanzani fue el centro de las conversaciones. A pesar de que el profesor había hecho todo lo posible para que la reunión resultara espléndida, hubo numerosas críticas, y se dirigieron especialmente contra la muda y rígida Olimpia, a la que, a pesar de su belleza, consideraron completamente estúpida; se pensó que esta era la causa por la que Spalanzani la había mantenido tanto tiempo oculta. Nataniel escuchaba estas cosas con rabia, pero callaba; pues pensaba que aquellos miserables no merecían que se les demostrara que era su propia estupidez la que les impedía conocer la belleza del alma de Olimpia.

—Dime, por favor, amigo —le dijo un día Segismundo—, dime, ¿cómo es posible que una persona sensata como tú se haya enamorado del rostro de cera de una muñeca?

Nataniel iba a responder encolerizado, pero se tranquilizó y contestó:

—Dime, Segismundo, ¿cómo es posible que los encantos celestiales de Olimpia hayan pasado inadvertidos a tus clarividentes ojos? Pero agradezco al destino el no tenerte como rival, pues uno de los dos habría tenido que morir a manos del otro.

Segismundo se dio cuenta del estado de su amigo y desvió la conversación diciendo que en amor era muy difícil juzgar, para luego añadir:

—Es muy extraño que la mayoría de nosotros haya juzgado a Olimpia del mismo modo. Nos ha parecido, no te enfades amigo, algo rígida y sin alma. Su talle es proporcionado, al igual que su rostro, es cierto. Podría parecer bella si su mirada no careciera de rayos de vida, quiero decir, de visión. Su paso es extrañamente rítmico, y cada uno de sus movimientos parece provocado por un mecanismo. Su canto, su interpretación musical tiene ese ritmo regular e incómodo que recuerda el funcionamiento de una máquina, y pasa lo mismo cuando baila. Olimpia nos resulta muy inquietante, no queremos tener nada que ver con ella, porque nos parece que se comporta como un ser viviente pero pertenece a otra naturaleza distinta.

Nataniel no quiso abandonarse a la amargura que provocaron en él las palabras de Segismundo, hizo un esfuerzo para contenerse y respondió simplemente muy serio:

—Para vosotros, almas prosaicas y frías, Olimpia resulta inquietante. Solo al espíritu de un poeta se le revela una personalidad que le es semejante. Solo a mí se han dirigido su mirada de amor y sus pensamientos, solo en el amor de Olimpia he vuelto a encontrarme a mí mismo. A vosotros no os parece bien que Olimpia no participe en conversaciones vulgares, como hacen las gentes superficiales. Habla poco, es verdad, pero esas pocas palabras son para mí como jeroglíficos de un mundo interior lleno de amor y de conocimientos de la vida espiritual en la contemplación de la eternidad. Ya sé que esto para vosotros no tiene ningún sentido, y es en vano hablar de ello.

—¡Que Dios te proteja, hermano! —dijo Segismundo dulcemente, de un modo casi doloroso—, pero pienso que vas por mal camino. Puedes contar conmigo si todo..., no, no quiero decir nada más.

Nataniel comprendió de pronto que el frío y prosaico Segismundo acababa de demostrarle su lealtad y estrechó de corazón la mano que le tendía.

Había olvidado por completo que existía una Clara en el mundo a la que él había amado; su madre, Lotario, todos habían desaparecido de su memoria, vivía solamente para Olimpia, junto a quien permanecía, cada día, largas horas hablándole de su amor, de la simpatía de las almas y de las afinidades psíquicas, todo lo cual Olimpia escuchaba con gran atención.

Nataniel sacó de los lugares más recónditos de su escritorio todo lo que había escrito, poesías, fantasías, visiones, novelas, cuentos, y todo esto se vio aumentado con toda clase de disparatados sonetos, estrofas, canciones que leía a Olimpia durante horas sin cansarse. Jamás había tenido una oyente tan admirable. No cosía, ni tricotaba, no miraba por la ventana, no daba de comer a ningún pájaro, ni jugaba con ningún perrito, ni con su gato favorito, ni recortaba papeles o cosas parecidas, ni tenía que ocultar un bostezo con una tos forzada; en una palabra, permanecía horas enteras con los ojos fijos en él, inmóvil, y su mirada era cada vez más brillante y animada. Solo cuando Nataniel, al terminar, cogía su mano para besarla decía:

—¡Ah!, ¡ah! —y luego—, buenas noches mi amor.

—¡Alma sensible y profunda! —exclamaba Nataniel en su habitación—: ¡solo tú me comprendes!

Se estremecía de felicidad al pensar en las afinidades intelectuales que existían entre ellos y que aumentaban cada día; le parecía oír la voz de Olimpia en su interior y que ella hablaba en sus obras. Debía de ser así, pues Olimpia nunca pronunció otras palabras que las ya citadas. Pero cuando Nataniel se acordaba, en los momentos de lucidez —por ejemplo, cuando se levantaba por las mañanas y en ayunas—, de la pasividad y del mutismo de Olimpia, se decía:

—¿Qué son las palabras? ¡Palabras! La mirada celestial de sus ojos dice más que todas las lenguas. ¿Puede acaso una criatura del cielo encerrarse en el círculo estrecho de nuestra forma de expresarnos?

El profesor Spalanzani parecía mirar con mucho agrado las relaciones de su hija con Nataniel, prodigándole a este todo tipo de atenciones, de modo que cuando se atrevió a insinuar un matrimonio con Olimpia, el profesor, con una gran sonrisa, dijo que dejaría a su hija elegir libremente.

Animado por estas palabras y con el corazón ardiente de deseos, Nataniel decidió pedirle a Olimpia al día siguiente que le dijera con palabras lo que sus miradas le daban a entender desde hacía tiempo, que sería suya para siempre. Buscó el anillo que su madre le diera al despedirse, para ofrecérselo a Olimpia, como símbolo de unión eterna. Las cartas de Clara y de Lotario cayeron en sus manos; las apartó con indiferencia, encontró el anillo y, poniéndoselo en el dedo, corrió de nuevo junto a Olimpia. Al subir las escaleras, y cuando se encontraba ya en el vestíbulo, oyó un gran estrépito que parecía venir del estudio de Spalanzani. Pasos, crujidos, golpes contra la puerta, mezclados con maldiciones y juramentos:

—¡Suelta! ¡Suelta de una vez!

—¡Infame!

—¡Miserable!

—¿Para esto he sacrificado mi vida? ¡Este no era el trato!

—¡Yo hice los ojos!

—¡Y yo los engranajes!

—¡Maldito perro relojero!

—¡Largo de aquí, Satanás!

—¡Fuera de aquí, bestia infernal!

Eran las voces de Spalanzani y del horrible Coppelius que se mezclaban y retumbaban juntas. Nataniel, sobrecogido de espanto, se precipitó en la habitación. El profesor sujetaba un cuerpo de mujer por los hombros, y el italiano Coppola tiraba de los pies, luchando con furia para apoderarse de él. Nataniel retrocedió horrorizado al reconocer el rostro de Olimpia; lleno de cólera quiso arrancar a su amada de aquellos salvajes, pero al instante, Coppola, con la fuerza de un gigante, consiguió hacerse con ella descargando al mismo tiempo un tremendo golpe sobre el profesor, que fue a caer sobre una mesa llena de frascos, cilindros y alambiques, que se rompieron en mil pedazos. Coppola se echó el cuerpo a la espalda y bajó rápidamente las escaleras profiriendo una horrible carcajada; los pies de Olimpia golpeaban con un sonido de madera en los escalones.

Nataniel permaneció inmóvil; había visto que el pálido rostro de cera de Olimpia no tenía ojos, y que en su lugar había unas negras cavidades: ¡era una muñeca sin vida!

Spalanzani yacía en el suelo, en medio de cristales rotos que le habían herido en la cabeza, en el pecho y en un brazo, y sangraba abundantemente. Reuniendo fuerzas dijo:

—¡Corre tras él! ¡Corre! ¿A qué esperas? ¡Coppelius me ha robado mi mejor autómata! ¡Veinte años de trabajo! ¡He sacrificado mi vida! Los engranajes, la voz, el paso, eran míos; los ojos, te he robado los ojos, maldito, ¡corre tras él! ¡Devuélveme a mi Olimpia! ¡Aquí tienes los ojos!

Entonces vio Nataniel en el suelo un par de ojos sangrientos que lo miraban fijamente. Spalanzani los recogió y se los lanzó al pecho. El delirio se apoderó de él y, confundidos sus sentidos y su pensamiento, dijo:

—¡Huy... Huy...! ¡Círculo de fuego! ¡Círculo de fuego! ¡Gira, círculo de fuego! ¡Linda muñequita de madera, gira! ¡Qué divertido...!

Y precipitándose sobre el profesor lo agarró del cuello. Le hubiera estrangulado, pero el ruido atrajo a algunas personas que derribaron y luego ataron al colérico Nataniel, salvando así al profesor. Segismundo, aunque era muy fuerte, apenas podía sujetar a su amigo, que seguía gritando con voz terrible:

—Gira, muñequita de madera —pegando puñetazos a su alrededor.

Finalmente consiguieron dominarlo entre varios. Sus palabras seguían oyéndose como un rugido salvaje, y así, en su delirio, fue conducido al manicomio.

Antes de continuar, ¡oh amable lector!, con la historia del desdichado Nataniel, puedo decirte, ya que te interesará saber el destino del mecánico y fabricante de autómatas Spalanzani, que se restableció completamente de sus heridas. Se vio obligado a abandonar la Universidad, porque la historia de Nataniel había producido una gran sensación y en todas partes se consideró intolerable el hecho de haber presentado en los círculos de té —donde había tenido cierto éxito— a una muñeca de madera. Los juristas encontraban el engaño tanto más punible cuanto que se había dirigido contra el público y con tanta astucia que nadie (salvo algunos estudiantes muy inteligentes) había sospechado nada, aunque todos decían haber concebido sospechas al respecto. Para algunos, entre ellos un elegante asiduo a las tertulias de té, resultaba sospechoso el que Olimpia estornudase con más frecuencia que bostezaba, lo cual iba contra todas las reglas. Aquello era debido, según este, al que el mecanismo interior que crujía de una manera distinta, etcétera. El profesor de poesía y elocuencia tomó un poco de rapé y dijo alegremente:

—Honorables damas y caballeros, no se dan cuenta de cuál es el quid del asunto. Todo ha sido una alegoría, una metáfora continuada. ¿Comprenden? ¡*Sapienti sat*[46]!

Pero muchas personas honorables no se contentaron con aquella explicación; la historia del autómata les había impresionado profundamente y se extendió entre ellos una terrible desconfianza hacia las figuras humanas. Muchos enamorados, para convencerse de que su amada no era una muñeca de madera, obligaban a esta a bailar y a cantar sin seguir los compases, a tricotar o a coser mientras les escuchaban la lectura, a jugar con el perrito..., etcétera, y, sobre todo, a no limitarse a escuchar, sino que también debían hablar, de modo que se apreciase su sensibilidad y su pensamiento. En algunos casos, los lazos amorosos se estrecharon más, en otros, esto fue causa de numerosas rupturas.

—Así no podemos seguir —decían todos.

Ahora en los tés se bostezaba de forma increíble y no se estornudaba nunca para evitar sospechas.

Como ya hemos dicho, Spalanzani tuvo que huir para evitar una investigación criminal por haber engañado a la sociedad con un autómata. Coppola también desapareció.

[46] ***Sapienti sat:*** al sabio le basta una palabra, en latín *verbum sapienti (sat est)*, es decir, 'basta saber'.

Nataniel se despertó un día como de un sueño penoso y profundo, abrió los ojos, y un sentimiento de infinito bienestar y de calor celestial le invadió. Se hallaba acostado en su habitación, en la casa paterna, Clara estaba inclinada sobre él y, a su lado, su madre y Lotario.

—¡Por fin, por fin, querido Nataniel! ¡Te has curado de una grave enfermedad! ¡Otra vez eres mío!

Así hablaba Clara, llena de ternura, abrazando a Nataniel que murmuró entre lágrimas:

—¡Clara, mi Clara!

Segismundo, que no había abandonado a su amigo, entró en la habitación. Nataniel le estrechó la mano:

—Hermano, no me has abandonado.

Todo rastro de locura había desaparecido, y muy pronto los cuidados de su madre, de su amada y de los amigos le devolvieron las fuerzas. La felicidad volvió a aquella casa, pues un viejo tío, de quien nadie se acordaba, acababa de morir y había dejado a la madre en herencia una extensa propiedad cerca de la ciudad. Toda la familia se proponía ir allí, la madre, Nataniel y Clara, quienes iban a contraer matrimonio, y Lotario.

Nataniel estaba más amable que nunca, había recobrado la ingenuidad de su niñez y apreciaba el alma pura y celestial de Clara. Nadie le recordaba el pasado ni en el más mínimo detalle. Solo cuando Segismundo fue a despedirse de él le dijo:

—Bien sabe Dios, hermano, que estaba en el mal camino, pero un ángel me ha conducido a tiempo al sendero de la luz. Ese ángel ha sido Clara.

Segismundo no le permitió seguir hablando temiendo que se hundiera en dolorosos pensamientos.

Llegó el momento en que los cuatro, felices, iban a dirigirse hacia su casa de campo. Durante el día hicieron compras en el centro de la ciudad. La alta torre del ayuntamiento proyectaba su sombra gigantesca sobre el mercado.

—¡Vamos a subir a la torre para contemplar las montañas! —dijo Clara.

Dicho y hecho; Nataniel y Clara subieron a la torre, la madre volvió a casa con la criada y Lotario, que no tenía ganas de subir tantos escalones, prefirió esperar abajo. Enseguida se encontraron los dos enamorados, cogidos del brazo, en la más alta galería de la torre contemplando la espesura de los bosques, detrás de los cuales se elevaba la cordillera azul, como una ciudad de gigantes.

—¿Ves aquellos arbustos que parecen venir hacia nosotros? —preguntó Clara.

Nataniel buscó instintivamente en su bolsillo y sacó los prismáticos de Coppola. Al llevárselos a los ojos vio la imagen de Clara ante él. Su pulso empezó a latir con violencia en sus venas; pálido como la muerte, miró fijamente a Clara, sus ojos lanzaban chispas y empezó a rugir como un animal salvaje; luego empezó a dar saltos mientras decía riéndose a carcajadas:

—¡Gira muñequita de madera, gira!

Y, cogiendo a Clara, quiso precipitarla desde la galería; pero, en su desesperación, Clara se agarró a la barandilla. Lotario oyó la risa furiosa del loco y los gritos de espanto de Clara; un terrible presentimiento se apoderó de él y corrió escaleras arriba. La puerta de la segunda escalera estaba cerrada. Los gritos de Clara aumentaban y, ciego de rabia y de terror, empujó la puerta hasta que cedió. La voz de Clara se iba debilitando:

—¡Socorro, salvadme, salvadme! —su voz moría en el aire.

—¡Ese loco va a matarla! —exclamó Lotario.

También la puerta de la galería estaba cerrada. La desesperación le dio fuerzas y la hizo saltar de sus goznes. ¡Dios del cielo! Nataniel sostenía en el aire a Clara que aún se agarraba con una mano a la barandilla. Lotario se apoderó de su hermana con la rapidez de un rayo, y golpeó en el rostro a Nataniel obligándole a soltar la presa. Luego bajó la escalera con su hermana desmayada en los brazos. Estaba salvada.

Nataniel corría y saltaba alrededor de la galería gritando:

—¡Círculo de fuego, gira, círculo de fuego!

La multitud acudió al oír los salvajes gritos, y entre ellos destacaba por su altura el abogado Coppelius, que acababa de llegar a la ciudad y se encontraba en el mercado. Cuando alguien propuso subir a la torre para dominar al insensato, Coppelius dijo riendo:

—Solo hay que esperar, ya bajará solo —y siguió mirando hacia arriba como los demás.

Nataniel se detuvo de pronto y miró fijamente hacia abajo, y distinguiendo a Coppelius gritó con voz estridente:

—¡Ah, hermosos ojos, hermosos ojos! —y se lanzó al vacío.

Cuando Nataniel quedó tendido y con la cabeza rota sobre las losas de la calle, Coppelius desapareció.

Alguien asegura haber visto años después a Clara, en una región apartada, junto a su dichoso marido ante una linda casa de campo. Junto a ellos jugaban dos niños encantadores. Se podría concluir diciendo que Clara encontró por fin la felicidad tranquila y doméstica que correspondía a su dulce y alegre carácter y que nunca habría disfrutado junto al fogoso y exaltado Nataniel.

NATHANIEL HAWTHORNE

EL JOVEN GOODMAN BROWN

Caía la tarde sobre el pueblo de Salem[47] cuando el joven Goodman[48] Brown salió a la calle; pero, una vez cruzado el zaguán, volvió la cabeza para intercambiar con su joven esposa un beso de despedida. Y Fe, pues este era su nombre —por cierto que muy adecuado—, asomó su linda cabeza a la calle, dejando que el viento jugara con las cintas color rosa de su gorrito mientras llamaba a Goodman Brown.

—Corazón mío —murmuró ella con dulzura no exenta de tristeza, cuando sus labios hubieron rozado sus oídos—, te suplico que aplaces tu viaje hasta el amanecer y que duermas esta noche en tu cama. Una mujer sola se ve asaltada por tales sueños y pensamientos que a veces siente miedo de sí misma. Te ruego, querido esposo, que te quedes conmigo esta noche, tan solo esta entre todas las del año.

—Mi amor, mi Fe —replico el joven Goodman Brown—, de todas las noches del año, esta es la única que debo separarme de ti. Mi viaje, como tú lo llamas, es decir, la ida y la vuelta, debo realizarlo entre estos momentos y el amanecer. ¿Cómo dudas de

[47] **Salem:** pequeña localidad del estado de Massachussets, situada unos treinta kilómetros al noreste de Boston. Conocida por los juicios de brujería celebrados en 1692, que culminaron con el ahorcamiento de diecinueve personas, la mayoría de ellas mujeres.

[48] **Goodman:** término inglés arcaico. Se usaba como título de cortesía antes del apellido de un hombre de nacimiento plebeyo; se aplicaba también al hombre casado.

mí, mi dulce y bella esposa, si apenas hace tres meses que nos hemos casado?

—Entonces, que Dios te bendiga —dijo Fe, con sus rosadas cintas al aire—. Y ojalá que encuentres todo bien a tu regreso.

—¡Amén! —exclamó Goodman Brown—. Reza tus oraciones, querida Fe, y acuéstate al anochecer, que nadie te hará daño alguno.

Se separaron entonces; y el joven Goodman Brown prosiguió su camino hasta que, al ir a doblar la esquina a la altura de la iglesia, miró hacia atrás y se dio cuenta de que Fe le estaba siguiendo con la mirada; a pesar de sus cintas rosas, su aspecto era ciertamente melancólico.

«Pobrecita Fe», pensó él con el corazón afligido. «¡Cuán despreciable soy abandonándola para semejante cometido! Me ha hablado de sus sueños y, al hacerlo, me ha parecido que la amargura se pintaba en su rostro, como si un sueño la hubiera avisado de lo que va a acontecer esta noche. Pero no, no es posible, solo el pensarlo la mataría. Bien, ella es un ángel bendito venido a este mundo y, después de esta noche, me pegaré a sus faldas y no dejaré de seguirla hasta llegar al cielo».

Con tan inmejorables propósitos para el futuro, Goodman Brown se sintió justificado para acelerar el paso a su infame objetivo de la hora presente. Había tomado un camino sórdido, ensombrecido por los árboles más tenebrosos del bosque que, apenas apartados para poder pasar, ya se habían cerrado tras él de inmediato. El paraje no podía ser más solitario. Hay algo muy peculiar en esta soledad, y es que el viajero ignora lo que pueden ocultar los innumerables troncos y el espeso follaje que se alza ante él; así que en su solitario caminar puede ir acompañado de una multitud invisible.

—Puede haber un indio endemoniado detrás de cada árbol —se dijo Goodman Brown; y, mirando temerosamente hacia atrás, añadió—: ¿y si estuviera a un paso del mismísimo diablo?

Al llegar a una curva del camino volvió la vista atrás, y cuando miró nuevamente al frente, se topó con la silueta de un hombre, severa y pulcramente ataviado, sentado al pie de un viejo árbol. Al acercarse Goodman Brown a él, se levantó y echó a andar, codo con codo, a su lado.

—Llegas tarde Goodman Brown —dijo—. Cuando pasé por Boston[49], el reloj de Old South[50] estaba dando las campanadas y de eso hace un buen cuarto de hora.

—Fe me entretuvo un rato —replicó el joven, con la voz temblorosa a causa de la repentina, aunque no del todo inesperada, aparición de su compañero.

Era ya noche cerrada en el bosque; sobre todo, en la zona que atravesaban nuestros dos personajes. Por lo poco que podía apreciarse, el segundo viajero tenía unos cincuenta años y parecía pertenecer a la misma clase social que Goodman Brown, con el que guardaba un notable parecido, aunque tal vez más por la expresión que por los rasgos. No obstante, podrían fácilmente pasar por padre e hijo. Y, sin embargo, aunque el traje y los modales del de mayor edad eran igual de sencillos que los del más joven, el primero tenía ese aire indescriptible de alguien que conoce el mundo, y que no se sentirá avergonzado en la mesa del gobernador ni en la del rey Guillermo[51], si sus asuntos lo llevaran hasta allí. Pero lo único que llamaba la atención en él era su bastón, que tenía el aspecto de una gran serpiente negra, tan ingeniosamente labrada que se curvaba y contorsionaba como una serpiente de verdad. Naturalmente, esto bien podía ser una ilusión óptica a la que contribuía la escasa luz reinante.

—Vamos, Goodman Brown —exclamó su compañero de viaje—. Este es un paso muy cansino para estar al principio de la caminata. Ya que tan pronto te fatigas, coge mi bastón.

—Amigo —dijo el otro trocando su lento caminar por una detención absoluta—, hemos convenido en encontrarnos aquí, mas ahora es mi propósito regresar por donde he venido, pues siento escrúpulos respecto al asunto que nos concierne.

[49] **Boston:** capital del estado de Massachussets, Estados Unidos.

[50] **Old South:** tercera iglesia puritana de Boston, fundada en 1669. Allí fue bautizado en 1706, Benjamín Franklin.

[51] **Rey Guillermo:** Guillermo III de Inglaterra, reinó entre 1689 y 1702.

—¿Con esas vienes? —replicó el de la serpiente, disimulando una sonrisa—. Sigamos, empero, hablando mientras caminamos; y si te convenzo no has de volver atrás. Apenas nos hemos internado un poco en el bosque.

—Para mí es ya demasiado, ¡demasiado lejos! —exclamó el buen hombre, echando a andar de nuevo sin darse cuenta—. Mi padre jamás se aventuró en el bosque en una correría de esta clase, ni tampoco el padre de mi padre. Desde los tiempos de los mártires hemos sido una casta de hombres honestos y buenos cristianos; y sería yo el primero de los Brown que tomase este camino y lo siguiera...

—«...con semejante compañía», ibas a decir —observó el de mayor edad interpretando su pausa—. ¡Muy bien dicho, Goodman Brown!, he sido tan amigo de tu familia como de muchos otros puritanos[52], lo cual no es decir poco. Ayudé a tu abuelo, el policía, cuando azotaba tan cruelmente a aquella cuáquera[53] por las calles de Salem; y fui yo quien alcanzó a tu padre la tea de pino encendida en mi propio hogar con la que pegó fuego al poblado indio durante la guerra contra el rey Felipe[54]. Ambos eran buenos amigos míos; han sido muchos los animados paseos que hemos dado juntos por este camino, tantos como nuestros alegres regresos pasada la medianoche. Será para mí un placer que, en memoria suya, tú y yo seamos amigos.

—Si fuera como dices —replicó Goodman Brown—, mucho me asombra que nunca me hablasen de tales asuntos; o, a decir verdad, no me sorprende, pues el menor rumor de ese género los habría llevado a ser expulsados de Nueva Inglaterra[55]. Somos gente de oración y buenas obras, además, y no nos dedicamos a semejantes infamias.

[52] **Puritanos:** miembros de un grupo reformista religioso nacido en Inglaterra a mediados del siglo XVI, con la intención de purificar la Iglesia de Inglaterra y librarla de las adherencias del catolicismo.

[53] **Cuáquera:** integrante de un grupo de protestantes ingleses quienes, entre los siglos XVI y XVII, defendieron una disciplina religiosa estricta y la simplificación de la liturgia de la Iglesia de Inglaterra.

[54] **Rey Felipe:** denominado así por los colonos británicos, se trata de Metaconet, cacique indígena del pueblo Wampanoag. Sostuvo una guerra con los colonos británicos en el verano de 1675, que acabó con su muerte y descuartizamiento. Su cabeza fue exhibida públicamente.

[55] **Nueva Inglaterra:** conjunto de colonias fundadas por los ingleses en el siglo XVII en el territorio de los actuales estados de New Hampshire, Massachussets, Rhode Island, Conneticut, Vermont y Maine.

—Infamias o no —dijo el viajero del bastón retorcido—, tengo muchas amistades aquí en Nueva Inglaterra, los diáconos de muchas iglesias han bebido conmigo el vino de la comunión; los notables de varias ciudades me han hecho su presidente; y casi todos los miembros del Gran Consejo General[56] son firmes defensores de mis intereses. El gobernador y yo también..., pero esto son secretos de Estado.

—¿Cómo puede ser eso? —exclamó Goodman Brown, mirando con asombro a su inmutable compañero—. Sin embargo, nada tengo que ver con el gobernador ni con el Consejo; ellos tienen sus propias costumbres, que no pueden valer para un simple aldeano como yo. Pero, si os acompañara, ¿cómo podría después mirar a la cara a ese venerable anciano, nuestro pastor del pueblo de Salem?, ¡oh!, su voz me haría temblar los domingos y los días de sermón.

Hasta entonces, el viajero de más edad había escuchado con la debida seriedad, pero ahora rompió en irreprimibles carcajadas, agitándose con tanta violencia que su serpenteante bastón parecía contorsionarse al unísono, como por contagio.

—¡Ja, ja, ja! —reía una y otra vez. Luego, tranquilizándose, dijo—: ea, continúa, Goodman Brown, continúa; pero te lo ruego, no me mates de risa.

—Bien, entonces, para acabar con este asunto —dijo Goodman Brown, considerablemente irritado—, está Fe, mi mujer. Le destrozaría su querido corazoncito; y antes que eso me arrancaría el mío.

—Nada, si es así —respondió el otro—, sigue tu camino. Ni por veinte ancianas como la que renquea ante nosotros quisiera yo que Fe sufriera daño alguno.

Diciendo esto señaló con su bastón hacia una silueta femenina que avanzaba por el sendero, en la que Goodman Brown reconoció a una dama piadosísima y ejemplar, que le había enseñado el catecismo en su juventud y que todavía seguía siendo

[56] **Gran Consejo General:** parlamento de la colonia de la bahía de Massachusetts. Tenía funciones legislativas.

su consejera moral y espiritual, junto con el pastor y el diácono Gookin.

—Es realmente increíble que Goody[57] Cloyse[58] se interne tanto en la espesura a la caída de la noche —dijo—. Pero con vuestra venia, amigo, daré un rodeo a través de la arboleda hasta que hayamos dejado atrás a esta cristiana mujer. Como no la conocéis podría preguntarme quién me acompaña y adónde me dirijo.

—Sea como dices —dijo su compañero de viaje—. Ve tú entre los árboles y deja que yo siga mi camino.

Así pues, el joven se apartó, pero teniendo cuidado de no perder de vista a su compañero, que avanzó lentamente por el camino hasta que hubo dado alcance a la anciana dama. Mientras tanto, esta corría a toda prisa, con una presteza bien singular en una mujer tan entrada en años, musitando al tiempo que caminaba palabras ininteligibles, sin duda una plegaria. El viajero alzó su bastón y tocó su marchita nuca con lo que parecía la cola de la serpiente.

—¡El diablo! —gritó la piadosa anciana.

—¿Así que Goody Cloyse reconoce a su viejo amigo? —observó el viajero, encarándosele mientras se apoyaba en su serpenteante bastón.

—¡Ah!, desde luego. ¿Así que es Vuesa Merced en persona? —exclamó la buena señora—. Ah, sí que lo es, con la misma imagen de mi viejo compadre, Goodman Brown, el abuelo del idiota de ahora. Pero, ¿querrá creerlo Vuesa Merced?, mi escoba ha desaparecido sorprendentemente, robada, sospecho, por Goody Coory[59], esa bruja a la que todavía no han colgado, y precisamente, cuando estaba yo bien untada con el bálsamo[60] de ojo de apio silvestre, cincoenrama y acónito...

[57] **Goody**: arcaísmo utilizado antes del apellido de una mujer plebeya casada.

[58] **Cloyse**: Martha Cloyce o Cloyse, acusada del delito de brujería en los juicios de Salem, Massachussets, el 3 de abril de1692.

[59] **Coory**: Martha Corey o Coory, condenada por el delito de brujería el 9 de septiembre de 1692 y ahorcada el día 22 de dicho mes.

[60] **Bálsamo**: ungüento que, según la tradición popular europea, utilizaban las brujas para elevarse por los aires. Los ingredientes que cita el texto, se mencionan en la obra de Giambattista della Porta, *De miraculis rerum naturalium*, Libro II, capítulo 26, de 1558.

—Mezclado con harina de trigo y la grasa de un niño recién nacido —dijo el doble del viejo Goodman Brown.

—Ah, Vuesa Merced conoce la receta —exclamó la anciana, lanzando una estruendosa carcajada—. Así pues, como iba diciendo, preparada ya para la reunión y sin montura me hice a la idea de ir caminando, pues me han dicho que esta noche comulga un guapo joven. Pero ahora Vuesa Merced me dará su brazo y estaremos allí en un abrir y cerrar de ojos.

—Eso no es posible —respondió su amigo—. No puedo darle mi brazo, Goody Cloyse; pero aquí está mi bastón, si lo desea.

Diciendo esto, lo arrojó a sus pies, donde cobró vida propia, pues era una de aquellas varas prestadas hace mucho tiempo a los magos egipcios. Sin embargo, Goodman Brown no pudo percatarse de esto último. Había elevado sus ojos al cielo lleno de asombro y al volver a bajarlos no vio a Goody Cloyse ni el bastón serpenteante, sino a su compañero de viaje, que le esperaba solitario y tan tranquilo como si nada hubiera ocurrido.

—Esa anciana fue la que me enseñó el catecismo —dijo el joven; y en tan escueto comentario latía todo un mundo de significaciones.

Prosiguieron su marcha, mientras el viajero de más edad exhortaba a su compañero a apresurarse y a continuar la expedición, discurriendo tan acertadamente que se diría que sus argumentos brotaban directamente del pecho de su interlocutor en vez de sugerirlos él mismo. Mientras caminaban, cogió una rama de arce para utilizarla como bastón y comenzó a arrancarle los brotes y retoños que estaban húmedos del rocío. Nada más tocarlo con sus dedos se marchitaban inexplicablemente, como si hubieran estado toda una semana secándose al sol. Caminó así la pareja durante un rato hasta que, de repente, al llegar a un siniestro recodo del camino, Goodman Brown se sentó en el tocón de un árbol y se negó a seguir adelante.

—Amigo —dijo en tono obstinado—, estoy decidido. No daré un paso más en esta expedición. ¿Qué me importa a mí que una despreciable vieja haya optado por entregarse al diablo, cuando yo creía que iba derecha al cielo? ¿Es esa una razón para que yo abandone a mi querida Fe y me vaya tras ella?

—Será mejor que lo pienses dos veces —dijo su acompañante sosegadamente—. Siéntate aquí y descansa un rato; y cuando decidas volver a ponerte en marcha, aquí está mi bastón para que te apoyes en él.

Sin más palabras arrojó a su compañero el bastón de arce, poniéndose acto seguido fuera del alcance de su vista, con tal celeridad que parecía que se hubiera desvanecido en la creciente penumbra. El joven permaneció sentado durante algunos momentos al borde del camino, felicitándose a sí mismo y pensando que cuando se cruzase con el pastor durante su paseo matinal tendría la conciencia bien limpia y no se avergonzaría ante la mirada del diácono Gookin. ¡Y qué tranquilo sería su sueño esta misma noche que iba a haber estado dedicada a cosas tan culpables, pero que ahora iba a ser tan pura, tan dulce en los brazos de Fe! En medio de tan placenteras y loables meditaciones, Goodman Brown oyó un trote de caballos por el camino y consideró aconsejable ocultarse entre el follaje, consciente del culpable propósito que le había llevado hasta allí, aunque ahora lo hubiera felizmente abandonado.

Ya se aproximaban el ruido de los cascos y los jinetes, dos voces graves, dos personas de edad, que conversaban sosegadamente. Estos sonidos entremezclados parecían producirse en el camino, a pocos metros del escondite del joven; pero, debido sin duda a la considerable oscuridad reinante en aquel paraje, ni los caballeros ni los caballos eran visibles. Aunque sus siluetas rozaron al pasar las frágiles ramitas del camino, no se pudo ver que interceptaran ni por un momento el débil resplandor que todavía iluminaba el cielo bajo el que debieron pasar. A veces agachado, a veces de puntillas, apartando el ramaje y estirando la cabeza todo lo que podía, Goodman Brown no llegó a distinguir más que vagas sombras. Ello le irritó sobremanera, pues hubiera jurado, caso de ser eso posible, haber reconocido las voces del pastor y del diácono Gookin, cabalgando tranquilamente, como solían hacerlo cuando se dirigían a una ordenación o a algún consejo eclesiástico. Todavía se les oía cuando uno de los jinetes se detuvo para coger una varita.

—Si tuviera que elegir entre las dos cosas, reverendo —dijo la que parecía la voz del diácono—, antes hubiera preferido perderme una cena de ordenación que la reunión de esta noche. Me han dicho que vendrán algunos miembros de nuestra comunidad de Falmouth[61], y aún de más lejos, otros de Connecticut[62] y Rhode Island[63], además de varios hechiceros indios, quienes, a su manera, son tan entendidos en las cosas del diablo como los más aventajados de entre nosotros. Por si fuera poco, se administrará la comunión a una hermosa muchacha.

—Completamente de acuerdo, diácono Gookin —replicó el solemne y familiar tono de voz del pastor—. Apresurémonos o vamos a llegar tarde. Como bien sabéis, nada puede hacerse hasta que llegue yo.

Se volvió a oír el repiqueteo de los cascos; y las voces, que tan misteriosamente hablaron en el vacío, se perdieron en aquel bosque donde jamás se congregó iglesia alguna ni nunca rezó un solo cristiano.

¿Adónde, pues, podrían dirigirse aquellos santos varones que se adentraban en la pagan espesura? El joven Goodman Brown se agarró a un árbol para sujetarse, pues estaba a punto de desmayarse, desfallecido y abrumado por el peso que acababa de caer en su corazón. Miró hacia el cielo, dudando de si realmente habría uno sobre su cabeza. Y efectivamente allí estaba la bóveda azul en la que brillaban las estrellas.

—¡Con el cielo arriba y Fe abajo me mantendré firme ante el diablo! —gritó Goodman Brown.

Todavía tenía la mirada clavada en la elevada bóveda del firmamento y acababa de enlazar sus manos en oración, cuando una

[61] **Falmouth:** localidad situada al sureste del estado de Massachussets, en la península de Cape Cod.

[62] **Connecticut:** estado más austral de Nueva Inglaterra, que limita con los estados de Massachussets y Rhode Island.

[63] **Rhode Island:** estado más pequeño de Nueva Inglaterra.

nube, pese a no correr ningún viento, irrumpió en el cénit y ocultó las resplandecientes estrellas. El cielo azul era todavía visible, excepto en el espacio que le cubría la cabeza, donde esa negra masa de nubes se deslizaba velozmente hacia el norte. De las alturas, se diría que de las profundidades de la nube, vino un confuso e incierto rumor de voces. Al principio, el que escuchaba creyó distinguir el habla de las gentes de la aldea, de sus paisanos y paisanas, los piadosos y los impíos: con muchos había compartido la comunión, mientras que a otros los había visto entregándose al vicio en la taberna. Algo más tarde, los sonidos se hicieron tan confusos que dudó si habría oído algo que no fuera el murmullo de la vetusta arboleda, aunque no hubiera viento alguno. Luego, aquellos timbres familiares de voz, oídos diariamente al amanecer en el pueblo de Salem, pero nunca hasta entonces viniendo de una nube en plena noche, irrumpieron con mayor fuerza. Se oyó la voz de una muchacha prorrumpiendo en lamentaciones, si bien su pesar era un tanto ambiguo, que suplicaba algún tipo de favor cuya obtención tal vez le deparara nuevas aflicciones; y toda aquella invisible multitud, tanto justos como pecadores, parecía animarla a seguir adelante.

—¡Fe! —gritó Goodman Brown, con voz de angustia y desesperación; y el eco del bosque se burlaba repitiendo: «¡Fe! ¡Fe!», como si fuesen muchos los desgraciados que la buscaban, perdidos en medio de la espesura.

Todavía traspasaba la noche aquel grito de dolor, ira y terror, y el desventurado marido contenía el aliento esperando una respuesta, cuando se oyó un agudo chillido, ahogado inmediatamente por el rumor de voces más fuertes, que se desvaneció después en lejanas carcajadas, mientras se evaporaba la sombría nube. Sobre Goodman Brown brillaba un cielo despejado y silencioso. Pero algo bajó revoloteando levemente, algo que al final se quedó prendido en la rama de un árbol. El joven lo tomó y vio que se trataba de una cinta rosa.

—¡Mi Fe se ha ido! —gritó tras un momento de estupefacción—. No existe el bien sobre la tierra; y el pecado no es más que una palabra; ven, diablo; tuyo es este mundo.

Y, prorrumpiendo en grandes y ruidosas carcajadas, enloquecido de desesperación, Goodman Brown agarró su bastón y se puso de nuevo en marcha, a tal velocidad que en vez de andar o correr se diría que volaba por el camino del bosque. El sendero se hizo más agreste y sombrío, de contornos más indefinidos, que acabaron por desvanecerse completamente dejando al joven en el centro de aquella siniestra soledad, corriendo todavía hacia delante con el instinto que guía a los mortales hacia el mal. Todo el bosque estaba poblado de sonidos aterradores: el crujido de los árboles, el aullido de las bestias salvajes, los gritos de los indios. A veces, el viento sonaba como el tañido de la campana de una lejana iglesia, mientras que otras rugía poderosamente en torno al viajero, como si la naturaleza se estuviese mofando de él. Pero el mayor horror de esta escena era él mismo, y en absoluto retrocedió ante los demás horrores.

—¡Ja, ja, ja! —rugía Goodman Brown mientras el viento le hacía burla—. Veremos quién ríe el último. ¡No creas que vas a asustarme con tus satánicas argucias! ¡Venid brujos, venid brujas, venid hechiceros indios, y que venga el diablo en persona! ¡Aquí llega Goodman Brown! ¡Podéis temerlo tanto como él os teme a vosotros!

En verdad, nada había en aquel bosque embrujado que inspirase más terror que la estampa de Goodman Brown. Volaba entre los negros pinos, blandiendo su bastón con gesto frenético, ora dando rienda suelta a horribles blasfemias, ora prorrumpiendo en tales carcajadas que se diría que a su alrededor todos los ecos del bosque rieran como diablos. El demonio, cuando adopta su propia forma, no es tan horrible como cuando desencadena su furia en el pecho del hombre. De este modo prosiguió el endemoniado su vertiginosa carrera hasta que divisó ante sí, oscilando entre los árboles, un resplandor rojizo, como si alguien hubiera prendido fuego a troncos y ramas caídas que proyectasen su diabólico fulgor sobre el cielo de la medianoche. Cuando la tempestad que lo arrastraba bosque adentro amainó, se detuvo; y entonces llegó hasta él la algarada de lo que parecía ser un himno que resonase solemnemente en la distancia, con el clamor de mil voces. Conocía la melodía; la cantaban habitualmente en el coro del templo de su pueblo. La estrofa se extinguió roncamente, prolongada por un coro, no de voces humanas, sino de todos los ruidos que la sonora maleza tañía en horrísona armonía. Goodman Brown gritó, pero su grito le resultó inaudible al confundirse con el fragor de la agreste naturaleza.

En el intervalo de silencio que siguió, Goodman Brown avanzó sigilosamente hasta que el resplandor le dio de lleno en los ojos. En un extremo de un claro cercado por la oscura muralla del bosque, se alzaba una roca que guardaba alguna semejanza ruda y natural con un altar o púlpito, rodeada por cuatro refulgentes pinos, cual cirios de una misa nocturna, las copas en llamas e incólumes los troncos. El follaje que coronaba la cumbre de la roca ardía por los cuatro costados, encendiendo con fuerza la noche e iluminando intermitentemente todo su entorno. Las ramas y los festones de hojas arrojadas al fuego lanzaban chispas. Al compás de aquella luz carmesí, una numerosa congregación resplandecía y desaparecía alternativamente entre las sombras para refulgir nuevamente como si, emergiendo de las tinieblas, poblase de un fogonazo las entrañas de aquellos solitarios bosques.

«He aquí una asamblea tan circunspecta como sombría en su indumentaria», articuló para sus adentros Goodman Brown.

Y en verdad lo era. Entre ellos, oscilando una y otra vez entre la luz y las tinieblas, se veían rostros que serían vistos al día siguiente en el consejo de gobierno de la provincia y otros que, domingo tras domingo, miraban devotamente al cielo y con benevolencia a los bancos de los fieles, desde los más venerables púlpitos de la comarca. Hay quien afirma que estaba allí la esposa del gobernador, pero lo cierto es que había allí encumbradas damas que ella conocía bien y esposas y maridos respetables y muchas viudas y solteronas, todas ellas de excelente reputación, y encantadoras muchachas que temblaban de miedo de que sus madres pudieran verlas. Goodman Brown, a no ser que los súbitos fulgores que resplandecían sobre la oscuridad del campo lo hubieran deslumbrado, creyó reconocer a una veintena de miembros de la Iglesia de Salem conocidos por su especial santidad. Gookin, el anciano y bondadoso diácono, había ya llegado y esperaba pegado a las faldas de su reverenciado pastor, aquel santo venerable. Pero, impíamente mezclados con tan sesudos, reputados y píos personajes, esos patriarcas de la Iglesia, aquellas castas damas y vírgenes puras, había hombres de vida disoluta y mujeres de dudosa reputación, granujas abocados a todos los vicios mezquinos y despreciables, e incluso sospechosos de horribles crímenes. Era extraño comprobar cómo los virtuosos no se amedrentaban ante los malvados ni los pecadores sentían vergüenza alguna entre los santos. Diseminados entre los rostros pálidos, sus enemigos, estaban los sacerdotes indios, hechiceros, quienes no pocas veces habían sobresaltado sus bosques nativos con encantamientos mucho más abominables que cualesquiera otros conocidos por la brujería inglesa.

—¿Pero dónde está Fe? —se preguntó Goodamn Brown, y se estremeció al tiempo que la esperanza empezaba a infiltrarse en su corazón.

Se oyó otra estrofa del himno, un compás lento y lastimero, de esos que tanto gustan a las personas piadosas, pero sus palabras expresaban todo lo que nuestra naturaleza pueda concebir de pecaminoso y, misteriosamente, insinuaban algo peor. Insondables son para los simples mortales los arcanos del maligno. Una tras otra resonaban las estrofas, y el selvático coro seguía aumentando en los intervalos como el tono más grave de un potentísimo órgano. Y el acorde final de aquella infame antífona coincidió con un clamor tal que se diría que el rugido del viento, el fragor de las corrientes, el aullido de las bestias y todas las demás voces de la caótica maleza, se mezclaban y armonizaban con la voz del hombre culpable, en homenaje al príncipe de todos ellos. Los cuatro pinos encendidos elevaron sus poderosísimas llamas mostrando tétricamente rostros y siluetas horripilantes entre las volutas de humo que se alzaban sobre la impía asamblea. En ese preciso instante, el fuego que circundaba la roca arrojaba llamas aún más altas, formando un arco de fuego sobre su base, en la que se hizo visible una figura. Dicho sea con todo respeto, la tal figura no guardaba la menor semejanza, ni en su porte ni por sus modales, con ninguno de los austeros doctores de las iglesias de Nueva Inglaterra.

—Traed a los conversos —gritó una voz que repercutió en el campo y se perdió en la maleza.

Al oír estas palabras, Goodman Brown salió de entre las sombras de los árboles y se acercó a la congregación, con la que se sentía repugnantemente hermanado por todo cuanto de perverso había en su corazón. Hubiera jurado que no era sino su propio padre aquella figura que lo observaba desde una voluta de humo haciéndole señas para que avanzara, mientras que una mujer, con difusos rasgos de desesperación, levantaba la mano para detenerlo. ¿Sería su madre? Pero no tuvo fuerzas para dar un solo paso atrás, ni para resistirse tan siquiera con la mente, cuando el pastor y aquel bondadoso anciano, el diácono Gookin, lo cogieron por los brazos y lo condujeron a la roca en llamas. Hacia el mismo lugar se dirigía la esbelta figura de una mujer, cubierta por un velo y flanqueada por Goodoy Closey, aquella piadosa catequista, y Martha Carrier[64], a quien el diablo había prometido ser reina del Infierno. Ella sí que era una verdadera bruja. Así fueron llevados los dos prosélitos bajo el dosel de fuego.

—Bienvenidos, hijos míos —dijo la tenebrosa figura—, a la comunión de los de vuestra estirpe. Os habéis encontrado muy jóvenes con vuestra naturaleza y vuestro destino. ¡Hijos míos, mirad a vuestra espalda!

Se dieron la vuelta y, como proyectados, por así decirlo, en una sábana de fuego, vieron a los adoradores del diablo. Todos los rostros se iluminaron con una siniestra sonrisa de bienvenida.

—Aquí —prosiguió la negra silueta—, están todos aquellos a quienes habéis respetado desde que erais niños. Los creíais

[64] **Martha Carrier**: condenada en Salem a morir ahorcada, el 9 de agosto de 1692; fue ejecutada diez días más tarde, el día 19.

más virtuosos que vosotros mismos y os avergonzabais de vuestros pecados cuando os comparabais con sus vidas rectas y entregadas a la oración y a la búsqueda del Cielo. Sin embargo, aquí están todos, en mi asamblea de adoradores. Esta noche podréis conocer sus actos secretos. Sabréis cómo los venerables sacerdotes de la Iglesia, de blancas barbas, susurraban palabras lascivas a las jóvenes doncellas que servían en sus casas; cómo muchas mujeres, ansiando vestir las galas del luto, han dado a sus maridos, antes de acostarse, la pócima que entre sus brazos les conduciría a su último sueño; cómo algunos jóvenes imberbes se han apresurado a heredar antes de tiempo las riquezas de sus padres. Y cómo hermosas damiselas, no os ruboricéis, dulces criaturas, han cavado diminutas tumbas en su jardín, y solo a mí han invitado al funeral de ese niño recién nacido. Gracias a la afinidad de vuestros humanos corazones con el pecado, olfatearéis todos los lugares, ya sea en la iglesia, en la alcoba, en la calle, en los campos, en el bosque, en donde se haya cometido un crimen y os regocijaréis al comprobar que la tierra entera no es sino una mancha de pecado, un inmenso charco de sangre. Pero aún hay más. Podréis penetrar en cada pecho el profundo enigma del pecado, la fuente de todas las artes perversas que inagotablemente proporciona más impulsos malignos que los que ningún poder humano, ni siquiera el mío en todo su apogeo, puede llevar a la práctica. Y ahora, hijos míos, miraos el uno al otro.

Así lo hicieron; y, al resplandor de las antorchas encendidas con el fuego del Infierno, el infeliz marido contempló a su Fe, y la esposa al marido temblando ante el sacrílego altar.

—Aquí estáis, hijos míos —dijo la figura en tono grave y solemne, casi triste, en su horrenda desesperación, como si su anterior naturaleza angélica todavía pudiera afligirse por nuestra desdichada especie—. Confiabais mutuamente en vuestros corazones, abrigabais aún la esperanza de que la virtud fuera algo más que un sueño. Ahora ya estáis desengañados. El mal es la verdadera naturaleza del hombre. Solo en el mal encontraréis la felicidad. Una vez más, bienvenidos hijos míos a la comunión de los de vuestra estirpe.

—Bienvenidos —repitieron los adoradores del diablo, con un grito de triunfo y desesperación.

Y ambos continuaban en pie: la única pareja que, al parecer, todavía vacilaba al borde de la depravación en este mundo tenebroso. En la roca había un pozo natural. ¿Contenía agua, enrojecida por aquel fuego horrible?, ¿o acaso era sangre, o fuego líquido? En ella hundió su mano la Forma del Mal, disponiéndose a estampar la impronta del bautismo sobre sus frentes, para hacerles partícipes del misterio del pecado, para que a partir de entonces fueran más conscientes de las culpas secretas de los demás —de pensamiento y de obra— que de las suyas propias. El marido clavó sus ojos en su pálida esposa, y Fe los suyos en él. ¡Qué inmunda carroña contemplarían la próxima vez que se mirasen, temblando al unísono ante lo que les sería dado tanto descubrir como contemplar!

—¡Fe!, ¡Fe! —gritó el marido—, ¡mira arriba, hacia el cielo, y resiste al Maligno!

Si Fe lo obedeció o no es cosa que nunca llegó a saber. Apenas había hablado cuando se encontró en medio de la tranquila y solitaria noche, escuchando el rugir del viento que se adentraba en la floresta. Se agarró tambaleándose a la roca, sintiéndola fría y húmeda, mientras que una rama, hace unos instantes en llamas, le salpicaba ahora las mejillas con su gélido rocío.

A la mañana siguiente, el joven Goodman Brown avanzó lentamente por las calles del pueblo de Salem, mirando a su alrededor, presa del mayor desconcierto. El viejo y buen pastor estaba dando su acostumbrado paseo por el cementerio para abrir el apetito y meditar sobre su próximo sermón; a su paso, bendijo a Goodman Brown. Este huyó del venerable santo como de un anatema. El anciano diácono Gookin estaba rezando en familia, y las sagradas palabras se oían a través de la ventana abierta. «¿A qué dios estará rezando este brujo?», se preguntó Goodman Brown. Goody Closey, aquella vieja y excelente cristiana, apoyada en su celosía, catequizaba al sol de la mañana a una niña que le había traído una pinta de leche recién ordeñada. Goodman Brown le arrebató violentamente a la niña, como si la arrancara de las garras del diablo. Al doblar la esquina de la iglesia, divisó la cabeza de Fe, con sus cintas rosas mirando ansiosamente en torno suyo y le dio tanta alegría verle que corrió por toda la calle dando saltos, y poco faltó para que besara a su marido delante de todo el pueblo. Pero Goodman Brown la miró fría y amargamente y pasó de largo sin saludarla.

¿Se habría dormido en el bosque y solo fue una pesadilla aquel aquelarre?

Así es, si así os parece. Pero, ¡ay!, fue un sueño de ominosos presagios para el joven Goodman Bown. Desde la noche de aquel terrible sueño se convirtió en un hombre duro, meditabundo, receloso, por no decir desesperado. El domingo, cuando la congregación entonaba los sagrados salmos, no podía escucharlos, pues un pecaminoso motete le aturdía los oídos, ahogando los beatíficos compases. Cuando el pastor, con su mano sobre la Biblia abierta, hablaba desde el púlpito con energía y febril elocuencia de las sagradas verdades de nuestra religión, de vidas santificadas y muertes gloriosas y de las indescriptibles alegrías o sufrimientos futuros, entonces Goodman Brown palidecía, temeroso de que el techo se derrumbara sobre el encanecido blasfemo y sus oyentes. A menudo, despertándose súbitamente a media noche, se apartaba del regazo de Fe; y por la mañana o a la caída de la tarde, cuando la familia se arrodillaba para rezar, fruncía el ceño y mascullaba para sus adentros, miraba severamente a su mujer y les daba la espalda. Y, tras una larga vida, cuando llevaron a la tumba su marchito cuerpo, seguido de Fe, ya anciana, y de una nutrida procesión de hijos y nietos, aparte de no pocos vecinos, no fue esperanzador el epitafio que grabaron sobre su lápida porque tampoco murió con esperanza.

HONORÉ DE BALZAC

EL ELIXIR DE LARGA VIDA

Al lector: al comienzo de su carrera literaria recibió el autor, de manos de un amigo muerto hacía tiempo, el tema de esta obra, que más tarde encontró en una antología a principios de este siglo; y, según sus conjeturas, se trata de una fantasía creada por Hoffman de Berlín, publicada en algún almanaque alemán y olvidada por sus editores. *La comédie humaine*[65] es lo suficientemente original para que el autor pueda confesar una copia inocente; como La Fontaine[66], ha tratado a su manera, y sin saberlo, un hecho ya contado. Esto no ha sido una broma como estaba de moda en 1830, época en la que todo autor escribía cosas atroces para complacer a las jovencitas. Cuando el lector llegue al elegante parricidio de don Juan, intente adivinar cuál sería la conducta, en situaciones más o menos semejantes, de gentes honestas que en el siglo XIX toman dinero de rentas vitalicias con la excusa de un catarro, o que alquilan una casa a una anciana por el resto de sus días. ¿Resucitarían a sus arrendatarios? Desearía que «pesadores-jurados» examinasen concienzudamente qué grado de similitud puede existir entre don Juan y los padres que casan a sus hijos por interés. La sociedad humana, que según algunos

[65] ***La Comédie Humaine:*** obra de Balzac que reúne más de cien cuentos y novelas, que publicó agrupadas bajo dicho título.

[66] **La Fontaine**: (1621-1695), poeta y fabulista francés, quien se inspiró en otros fabulistas del pasado para componer sus *Fábulas*.

filósofos avanza por una vía de progreso, ¿considera como un paso hacia el bien el arte de esperar pasar a mejor vida? Esta ciencia ha creado oficios honestos, por medio de los cuales se vive de la muerte. Algunas personas tienen como ocupación la de esperar un fallecimiento, la abrigan, se acurrucan cada mañana sobre el cadáver, lo convierten en almohada por la noche: se trata de los coadjutores, cardenales supernumerarios, tontineros, etc. Hay que añadir gente elegante presurosa por comprar una propiedad cuyo precio sobrepasa sus posibilidades, pero que consideran lógica y fríamente el tiempo de vida que les queda a sus padres o a sus suegras, octogenarias o septuagenarias, diciendo: «Antes de tres años heredaré seguramente, y entonces...». Un asesino nos desagrada menos que un espía. El asesino lo es quizá por un arrebato de locura, puede arrepentirse, ennoblecer. Pero el espía es siempre un espía; es espía en la cama, en la mesa, andando, de noche, de día; es vil a cada momento, ¿qué es, pues, ser un asesino, cuando un espía es vil? Pues bien, ¿no acabamos de reconocer que hay en la sociedad unos seres que llevados por nuestras leyes, por nuestras costumbres y nuestros hábitos piensan sin cesar en la muerte de los suyos y la codician? Sopesan lo que vale un ataúd mientras compran cachemira para sus mujeres, subiendo la escalera del teatro, queriendo ir a la Comedia[67] o deseando un coche. Asesinan en el momento en que los seres queridos, llenos de inocencia, les dan a besar por la noche frentes infantiles, mientras dicen:

—Buenas noches, padre.

A todas horas ven los ojos que quisieran cerrar, y que cada mañana se abren a la luz como el de Belvídero en esta obra. ¡Solo Dios sabe el número de parricidios que se cometen con el pensamiento! Imaginemos a un hombre que tiene que pagar mil escudos de renta vitalicia a una anciana, y que ambos viven en el campo, separados por un riachuelo, pero tan extraños uno a otro como para poderse odiar cordialmente, sin faltar a las

[67] **Comedia:** teatro creado por el rey Luis XIV en París, el 21 de octubre de 1680.

humanas convivencias que colocan una máscara sobre el rostro de dos hermanos, de los cuales uno obtendrá el mayorazgo y otro una legitimación. Toda la civilización europea reposa en la herencia como sobre un eje, sería una locura suprimirla; pero, ¿no se podría hacer como con las máquinas que son el orgullo de nuestra época, es decir, perfeccionar el engranaje principal?

Si el autor ha conservado la vieja fórmula AL LECTOR en una obra en la que se trata de representar todas las formas literarias, es para incluir una observación relativa a algunos trabajos, y sobre todo a este. Cada una de sus composiciones está basada en ideas más o menos nuevas cuya expresión le parece útil, puede haber considerado la prioridad de ciertas fórmulas, de ciertos pensamientos que, más tarde, han pasado al campo literario, y una vez allí quizá se han vulgarizado. Las fechas de la publicación primitiva de cada obra no deben, pues, ser indiferentes a aquellos lectores que quieran hacerles justicia.

La lectura proporciona amigos desconocidos y, ¡qué amigo, el lector! Tenemos amigos conocidos que no leen nada nuestro. El autor espera haber pagado su deuda dedicando esta obra DIIS IGNOTIS.

En un suntuoso palacio de Ferrara[68], agasajaba don Juan Belvídero una noche de invierno a un príncipe de la casa de Este[69]. En aquella época, una fiesta era un maravilloso espectáculo de riquezas reales de las que solo un gran señor podía disponer. Sentadas en torno a una mesa iluminada con velas perfumadas conversaban suavemente siete alegres mujeres, en medio de obras de arte cuyos blancos mármoles destacaban en las paredes de estuco rojo y contrastaban con las ricas alfombras de Turquía. Vestidas de satén, resplandecientes de oro y cargadas de piedras preciosas que brillaban menos que sus ojos, todas contaban pasiones enérgicas, pero tan diferentes unas de otras como lo

[68] **Ferrara:** cuidad italiana de Emilia Romaña, importante centro artístico y cultural.

[69] **Casa de Este:** familia ducal de Ferrara, en 1598 fue desposeída del gobierno de la ciudad de Ferrara por carecer de herederos legítimos.

eran sus bellezas. No diferían ni en las palabras, ni en las ideas; el aire, una mirada, algún gesto, el tono, servían a sus palabras como comentarios libertinos, lascivos, melancólicos o burlones.

Una parecía decir:

—Mi belleza sabe reanimar el corazón helado de un hombre viejo.

Otra:

—Adoro estar recostada sobre los almohadones pensando con embriaguez en aquellos que me adoran.

Una tercera, debutante en aquel tipo de fiestas, parecía ruborizarse:

—En el fondo de mi corazón siento remordimientos —decía—. Soy católica, y temo el Infierno. Pero os amo tanto, ¡tanto!, que podría sacrificaros la eternidad...

La cuarta, apurando una copa de vino de Quío[70], exclamaba:

—¡Viva la alegría! Con cada aurora tomo una nueva existencia. Olvidada del pasado, ebria aún del encuentro de la víspera, agoto todas las noches una vida de felicidad, una vida llena de amor.

La mujer sentada junto a Belvídero lo miraba con los ojos llameantes. Guardaba silencio.

—¡No me confiaría a unos espadachines para matar a mi amante, si me abandonara! —después había reído; pero su mano convulsa hacía añicos una bombonera de oro milagrosamente esculpida.

—¿Cuándo serás Gran Duque[71]? —preguntó la sexta al príncipe, con una expresión de alegría asesina en los dientes y de delirio báquico en los ojos.

—¡Ah, no me habléis de ello! —exclamó el joven y hermoso don Juan Belvídero—. ¡Solo hay un padre eterno en el mundo, y la desgracia ha querido que sea yo quien lo tenga!

[70] **Vino de Quío:** citado también por Walter Scout en su novela *Ivanhoe*, de 1817. Quío es una isla del mar Egeo.

[71] **Gran Duque:** título de la casa ducal de la familia Este.

Las siete cortesanas de Ferrara, los amigos de don Juan y el mismo príncipe lanzaron un grito de horror. Doscientos años más tarde y bajo Luis XV[72], las gentes de buen gusto hubieran reído ante esta ocurrencia. Pero, tal vez al comienzo de una orgía, las almas tienen aún demasiada lucidez. A pesar de la luz de las velas, las voces de las pasiones, los vasos de oro y plata, el vapor de los vinos, a pesar de la contemplación de las mujeres más arrebatadoras, quizás hay aún, en el fondo de los corazones, un poco de vergüenza ante las cosas humanas y divinas, que lucha hasta que la orgía la ahoga en las últimas ondas de un vino espumoso. Sin embargo, los corazones estaban ya marchitos, torpes los ojos, y la embriaguez llegaba, según la expresión de Rabelais[73], hasta las sandalias. En aquel momento de silencio se abrió una puerta, y, como en el festín de Baltasar, Dios hizo acto de presencia y apareció bajo la forma de un viejo sirviente de pelo blanco, andar vacilante y de ceño contraído. Entró con una expresión triste; con una mirada marchitó las coronas, las copas bermejas, las torres de fruta, el brillo de la fiesta, el púrpura de los rostros sorprendidos, y los colores de los cojines arrugados por el blanco brazo de las mujeres; finalmente, puso un crespón de luto a toda aquella locura, diciendo con voz cavernosa estas sombrías palabras:

—Señor, vuestro padre se está muriendo.

Don Juan se levantó haciendo a sus invitados un gesto que bien podría traducirse por un: «Lo siento, esto no pasa todos los días».

¿Acaso la muerte de un padre no sorprende a menudo a los jóvenes en medio de los esplendores de la vida, en el seno de las locas ideas de una orgía? La muerte es tan repentina en sus caprichos como una cortesana en sus desdenes; pero más fiel, pues nunca engañó a nadie.

[72] **Luis XV**: rey de Francia (1710-1744). Esta referencia permite situar el relato en Ferrara, en el siglo XVI.

[73] **Rabeláis Francois**: (1494-1553), escritor, fraile y médico francés, autor de *Gargantúa y Pantagruel*, obra de corte satírico sobre diversos asuntos de la sociedad de su tiempo: el lenguaje como cultura y saber institucional, las autoridades académicas de la Universidad de la Sorbona, los católicos, los clérigos, la institución eclesial.

Cuando don Juan cerró la puerta de la sala y enfiló una larga galería tan fría como oscura, se esforzó por adoptar una actitud teatral pues, al pensar en su papel de hijo, había arrojado su alegría junto con su servilleta. La noche era negra. El silencioso sirviente que conducía al joven hacia la cámara mortuoria alumbraba bastante mal a su amo, de modo que la Muerte, apoyada por el frío, el silencio, la oscuridad, y quizá por la embriaguez, pudo deslizar algunas reflexiones en el alma de este hombre disipado; examinó su vida y se quedó pensativo, como un procesado que se dirige al tribunal.

Bartolomé Belvídero, padre de don Juan, era un anciano nonagenario que había pasado la mayor parte de su vida dedicado al comercio. Como había atravesado con frecuencia las talismánicas regiones de Oriente, había adquirido inmensas riquezas y una sabiduría más valiosa, decía, que el oro y los diamantes, que ahora ya no le preocupaban lo más mínimo.

—Prefiero un diente a un rubí, y el saber al poder —exclamaba a veces sonriendo.

Aquel padre bondadoso gustaba de oír contar a don Juan alguna locura de su juventud y decía en tono jovial, prodigándole el oro:

—Querido hijo, haz sólo tonterías que te diviertan.

Era el único anciano que se complacía en ver a un hombre joven, el amor paterno engañaba a su avanzada edad en la contemplación de una vida tan brillante. A la edad de sesenta años Belvídero se había enamorado de un ángel de paz y de belleza. Don Juan había sido fruto de este amor tardío y pasajero. Desde hacía quince años, este hombre lamentaba la pérdida de su amada Juana. Sus numerosos sirvientes y también su hijo atribuyeron a este dolor de anciano las extrañas costumbres que adoptó. Confinado en el ala más incómoda de su palacio, salía raramente, y ni el mismo don Juan podía entrar en las habitaciones de su padre sin haber obtenido permiso. Si aquel anacoreta voluntario iba y venía por el palacio, o por las calles de Ferrara, parecía buscar alguna cosa que le faltase; caminaba soñador, indeciso, preocupado como un hombre en conflicto con una idea o un recuerdo. Mientras el joven daba fiestas suntuosas y el palacio retumbaba con el estallido de su alegría, los caballos resoplaban en el patio y los pajes discutían jugando a los dados en las gradas, Bartolomé comía siete onzas[74] de pan al día y bebía agua. Si tomaba algo de carne, era para darle los huesos a un perro de aguas, su fiel compañero. Jamás se quejaba del ruido. Durante su enfermedad, si el sonido del cuerno de caza y los ladridos de los perros le sorprendían, se limitaba a decir: «¡Ah, es don Juan que vuelve!». Nunca hubo en la tierra un padre tan indulgente. Por otra parte, el joven Belvídero, acostumbrado a tratarlo sin ceremonias, tenía todos los defectos de un niño mimado. Vivía con Bartolomé como vive una cortesana caprichosa con un viejo amante, disculpando sus impertinencias con una sonrisa, vendiendo su buen humor, y dejándose querer. Reconstruyendo con un solo pensamiento el cuadro de sus años jóvenes, don Juan se dio cuenta de que le sería difícil no echar en falta la bondad de su padre. Y sintiendo nacer remordimientos en el fondo de su corazón mientras atravesaba la galería, estuvo próximo a perdonar a Belvídero por haber vivido tanto tiempo. Le venían sentimientos de piedad filial del mismo modo que un ladrón se convierte en un hombre honrado ante el posible goce de un millón bien robado. Cruzó pronto las altas y frías salas que constituían los aposentos de su padre. Tras haber sentido los efectos de una atmósfera húmeda, respirado el aire denso, el rancio olor que exhalaban viejas tapicerías y armarios cubiertos de polvo, se encontró en la antigua habitación del anciano, ante un lecho nauseabundo junto a una chimenea casi apagada. Una lámpara, situada sobre una mesa de forma gótica, arrojaba sobre el lecho, en intervalos desiguales, capas de luz más o menos intensas, mostrando de este modo el rostro del anciano siempre bajo un aspecto diferente. Silbaba el frío a través de las ventanas mal cerradas; y la nieve, azotando las vidrieras, producía un ruido

[74] **Onza:** unidad de medida de peso, introducida ya por los romanos.

sordo. Aquella escena contrastaba de tal modo con la que don Juan acababa de abandonar, que no pudo evitar un estremecimiento. Después tuvo frío, cuando al acercarse al lecho un violento resplandor empujado por un golpe de viento iluminó la cabeza de su padre: sus rasgos estaban descompuestos, la piel pegada a los huesos tenía tintes verdosos que la blancura de la almohada sobre la que reposaba el anciano hacían aún más horribles. Contraída por el dolor, la boca entreabierta y desprovista de dientes dejaba pasar algunos suspiros cuya lúgubre energía era sostenida por los aullidos de la tempestad. A pesar de tales signos de destrucción, brillaba en aquella cabeza un increíble carácter de poder. Un espíritu superior que combatía a la muerte. Los ojos hundidos por la enfermedad guardaban una singular fijeza. Parecía que Bartolomé buscaba con su mirada moribunda a un enemigo sentado al pie de su cama para matarlo. Aquella mirada, fija y fría, era más escalofriante puesto que la cabeza permanecía en una inmovilidad semejante a la de los cráneos situados sobre la mesa de los médicos. Su cuerpo, dibujado por completo bajo las sábanas del lecho, permitía ver que los miembros del anciano guardaban la misma rigidez. Todo estaba muerto menos los ojos. Los sonidos que salían de su boca tenían también algo de mecánico.

Don Juan sintió cierta vergüenza al llegar junto al lecho de su padre moribundo conservando un ramillete de cortesana en el pecho, llevando el perfume de la fiesta y el olor del vino.

—¡Te divertías! —exclamó el anciano cuando vio a su hijo.

En el mismo momento, la voz fina y ligera de una cantante que hechizaba a los invitados, reforzada por los acordes de la viola que la acompañaba, dominó el bramido del huracán y resonó en la cámara fúnebre. Don Juan no quiso oír aquel salvaje asentimiento.

Bartolomé dijo:

—No te quiero aquí, hijo mío.

Aquella frase llena de dulzura lastimó a don Juan, que no perdonó a su padre semejante puñalada de bondad.

—¡Qué remordimientos, padre! —dijo hipócritamente.

—¡Pobre Juanito! —continuó el moribundo con voz sorda—, ¿tan bueno he sido para ti que no deseas mi muerte?

—¡Oh! —exclamó don Juan—, ¡si fuera posible devolverte a la vida dándote parte de la mía! («cosas así pueden decirse siempre —pensaba el vividor—, ¡es como si ofreciera el mundo a mi amante!»).

Apenas concluyó este pensamiento cuando ladró el viejo perro de aguas[75]. Aquella voz inteligente hizo que don Juan se estremeciera, pues creyó haber sido comprendido por el perro.

—Ya sabía, hijo mío, que podía contar contigo —exclamó el moribundo—, viviré. Podrás estar contento. Viviré, pero sin quitarte un solo día que te pertenezca.

«Delira», se dijo a sí mismo don Juan. Luego añadió en voz alta:

—Sí, padre querido, viviréis ciertamente, porque vuestra imagen permanecerá en mi corazón.

—No se trata de esa vida —dijo el noble anciano, reuniendo todas sus fuerzas para incorporarse, porque le sobrecogió una de esas sospechas que solo nacen en la cabecera de los moribundos—. Escúchame, hijo —continuó con la voz debilitada por este último esfuerzo—, no tengo yo más ganas de morirme que tú de prescindir de amantes, vino, caballos, halcones, perros y oro.

«Estoy seguro de ello», pensó el hijo arrodillándose a la cabecera de la cama y besando una de las manos cadavéricas de Bartolomé.

—Pero —continuó en voz alta—, padre, padre querido, hay que someterse a la voluntad de Dios.

—Dios soy yo —replicó el anciano refunfuñando.

—No blasfeméis —dijo el joven viendo el aire amenazador que tomaban los rasgos de su padre —. Guardaos de hacerlo, habéis recibido la extremaunción[76], y no podría hallar consuelo viéndoos morir en pecado.

[75] **Perro de aguas:** unida a la vida de Bartolomé, parece una criatura demoníaca, y procede de *Fausto*, de Goethe. En esta última, Mefistófeles adopta diversas formas, entre ellas la de un perro negro.

[76] **Extremaunción:** sacramento especialmente destinado a reconfortar a los atribulados por la enfermedad: la unción de los enfermos.

—¿Quieres escucharme? —exclamó el moribundo, cuya boca crujió.

Don Juan cedió. Reinó un horrible silencio. Entre los grandes silbidos de la nieve llegaron aún los acordes de la viola y la deliciosa voz, débiles como un día naciente. El moribundo sonrió.

—Te agradezco el haber invitado a cantantes, haber traído música. ¡Una fiesta!, mujeres jóvenes y bellas, blancas y de negros cabellos. Todos los placeres de la vida, haz que se queden. Voy a renacer.

—Es el colmo del delirio —dijo don Juan.

—He descubierto el medio de resucitar. Mira, busca en el cajón de la mesa; podrás abrirlo apretando el resorte que está escondido por el Grifo[77].

—Ya está, padre.

—Bien, coge un pequeño frasco de cristal de roca.

—Aquí está.

—He empleado veinte años en... —en aquel instante, el anciano sintió próximo el final y reunió toda su energía para decir—: tan pronto como haya exhalado el último suspiro, me frotarás todo el cuerpo con esta agua, y renaceré.

—Pues hay bastante poco —replicó el joven.

Si bien Bartolomé ya no podía hablar, tenía aún la facultad de oír y ver, y al oír esto, su cabeza se volvió hacia don Juan con un movimiento de escalofriante brusquedad, su cuello se quedó torcido como el de una estatua de mármol a quien el pensamiento del escultor ha condenado a mirar de lado, sus ojos, más grandes, adoptaron una espantosa inmovilidad. Estaba muerto, muerto perdiendo su única, su última ilusión. Buscando asilo en el corazón de su hijo, encontró una tumba más honda que las que los hombres cavan habitualmente a sus muertos. Sus cabellos se habían erizado también por el horror, y su mirada convulsa hablaba aún.

[77] **Grifo**: aquí, elemento ornamental que reproduce una criatura legendaria híbrida, con cabeza y alas de águila y cuerpo de león. Para Dante es símbolo de Jesucristo en quien se fusionan lo divino y lo humano.

... ¡Una fiesta!, mujeres jóvenes y bellas, blancas y de negros cabellos. Todos los placeres de la vida, haz que se queden. Voy a renacer...

Era un padre saliendo con rabia de un sepulcro para pedir venganza a Dios.

—¡Vaya!, se acabó el buen hombre —exclamó don Juan.

Presuroso por acercar el misterioso cristal a la luz de la lámpara como un bebedor examina su botella al final de la comida, no había visto blanquear el ojo de su padre. El perro contemplaba con la boca abierta alternativamente a su amo muerto y el elixir, del mismo modo que don Juan miraba, ora a su padre, ora al frasco. La lámpara arrojaba ráfagas ondulantes. El silencio era profundo, la viola había enmudecido. Belvídero se estremeció creyendo ver moverse a su padre. Intimidado por la expresión rígida de sus ojos acusadores los cerró del mismo modo que hubiera bajado una persiana abatida por el viento en una noche de otoño. Permaneció de pie, inmóvil, perdido en un mundo de pensamientos. De repente, un ruido agrio, semejante al grito de un resorte oxidado, rompió el silencio. Don Juan, sorprendido, estuvo a punto de dejar caer el frasco. De sus poros brotó un sudor más frío que el acero de un puñal. Un gallo de madera pintada surgió de lo alto de un reloj de pared, y cantó tres veces. Era una de esas máquinas ingeniosas, con las cuales se hacían despertar para sus trabajos, a una hora fija, los sabios de la época. El alba enrojecía ya las ventanas. Don Juan había pasado diez horas reflexionando. El viejo reloj de pared era más fiel a su servicio que él en el cumplimiento de sus deberes hacia Bartolomé. Aquel mecanismo estaba hecho de madera, poleas, cuerdas y engranajes, mientras que don Juan poseía uno particular al hombre, llamado corazón. Para no arriesgarse a perder el misterioso licor, el escéptico don Juan volvió a colocarlo en el cajón de la mesita gótica. En tan solemne momento oyó un tumulto sordo en la galería: eran voces confusas, risas ahogadas, pasos ligeros, el roce de las sedas, el ruido en fin de un alegre grupo que se recoge. La puerta se abrió y el príncipe, los amigos de Juan, las siete cortesanas y las cantantes aparecieron en el extraño desorden en que se encuentran las bailarinas sorprendidas por la luz de la mañana, cuando el sol lucha con el fuego palideciente de las velas. Todos iban a darle al joven heredero el pésame de costumbre.

—¡Oh, oh!, ¿se habrá tomado el pobre don Juan esta muerte en serio? —dijo el príncipe al oído de la Brambilla.

—Su padre era un buen hombre —le respondió ella.

Sin embargo, las meditaciones nocturnas de don Juan habían impreso a sus rasgos una expresión tan extraña que impuso silencio a semejante grupo. Los hombres permanecieron inmóviles. Las mujeres, que tenían los labios secos por el vino y las mejillas cárdenas por los besos, se arrodillaron y comenzaron a rezar. Don Juan no pudo evitar estremecerse viendo cómo el esplendor, las alegrías, las risas, los cantos, la juventud, la belleza, el poder, todo lo que es vida, se postraba así ante la muerte. Pero, en aquella adorable Italia la vida disoluta y la religión se acoplaban por entonces tan bien, que la religión era un exceso, y los excesos una religión. El príncipe estrechó afectuosamente la mano de don Juan, y después, todos los rostros adoptaron simultáneamente el mismo gesto, mitad de tristeza mitad de indiferencia, y aquella fantasmagoría desapareció, dejando la sala vacía. Ciertamente era una imagen de la vida. Mientras bajaban las escaleras le dijo el príncipe a Rivabarella:

—Y bien, ¿quién habría creído a don Juan un fanfarrón impío? ¡Ama a su padre!

—¿Os habéis fijado en el perro negro? —preguntó la Brambilla.

—Ya es inmensamente rico —dijo suspirando Blanca Cavatolino.

—¡Y eso qué importa! —exclamó el duque—. ¡Con sus escudos él es tan príncipe como yo!

Don Juan, en un principio, asediado por mil pensamientos, dudaba ante varias decisiones. Después de haber examinado el tesoro amasado por su padre, volvió a la cámara mortuoria con el alma llena de un tremendo egoísmo. Encontró allí a toda la servidumbre ocupada en adornar el lecho fúnebre en el cual iba a ser expuesto al día siguiente el difunto señor, en medio de una soberbia capilla ardiente, curioso espectáculo que toda Ferrara iría a admirar. Don Juan hizo un gesto y todas sus gentes se detuvieron, sobrecogidos, temblorosos.

—Dejadme solo aquí —dijo con voz alterada— y no entréis hasta que yo salga.

Cuando los pasos del anciano sirviente, que salió el último, solo resonaron débilmente en las losas, cerró don Juan precipitadamente la puerta, y seguro de su soledad exclamó:

—¡Veamos!

El cuerpo de Bartolomé estaba acostado en una larga mesa. Con el fin de evitar a los ojos de todos el horrible espectáculo de un cadáver al que una decrepitud extrema y la debilidad asemejaban a un esqueleto, los embalsamadores habían colocado una sábana sobre el cuerpo, envolviéndole todo menos la cabeza. Aquella especie de momia yacía en el centro de la habitación, y la sábana, amplia, dibujaba vagamente las formas, aun así duras, rígidas y heladas. El rostro tenía ya grandes marcas violetas que mostraban la necesidad de terminar el embalsamamiento. A pesar del escepticismo que le acompañaba, don Juan tembló al destapar el mágico frasco de cristal. Cuando se acercó a la cabecera, un temblor estuvo a punto de obligarle a detenerse. Pero aquel joven había sido sabiamente corrompido, desde muy pronto, por las costumbres de una corte disoluta; un pensamiento digno del duque de Urbino le otorgó el valor que aguijoneaba su viva curiosidad; pareció como si el diablo le hubiera susurrado estas palabras que resonaron en su corazón: «¡Impregna un ojo!». Tomó un paño y, después de haberlo empapado con parsimonia en el precioso licor, lo pasó lentamente sobre el párpado derecho del cadáver. El ojo se abrió.

—¡Ah! ¡Ah! —gritó don Juan apretando el frasco en su mano como se agarra en sueños la rama de la que colgamos sobre un precipicio.

Veía un ojo lleno de vida, un ojo de niño en una cabeza de muerto, donde la luz temblaba en un joven fluido. Protegido por hermosas pestañas negras, brillaba como el único resplandor que el viajero percibe en un campo desierto en las noches de invierno. Aquel ojo resplandeciente parecía querer arrojarse sobre don Juan, pensaba, acusaba, condenaba, amenazaba, juzgaba, hablaba, gritaba, mordía. Todas las pasiones humanas se agitaban en él. Eran las más tiernas súplicas: la cólera de un rey, luego, el amor de una joven pidiendo gracia a sus verdugos; la mirada que lanza un hombre a los hombres al subir el último escalón del patíbulo. Tanta vida estallaba en aquel fragmento de vida, que don Juan retrocedió espantado, paseó por la habitación sin atreverse a mirar aquel ojo, que veía de nuevo en el suelo, en los tapices. La estancia estaba sembrada de puntos llenos de fuego, de vida, de inteligencia. Por todas partes brillaban ojos que ladraban a su alrededor.

—¡Bien podría haber vivido cien años! —exclamó sin querer cuando, llevado ante su padre por una fuerza diabólica, contempló aquella chispa luminosa.

De repente, aquel párpado inteligente se cerró y volvió a abrirse bruscamente, como el de una mujer que consiente. Si una voz hubiera gritado: «¡Sí!», don Juan no se hubiera asustado más.

«¿Qué debo hacer?», pensaba. Tuvo el valor de intentar cerrar aquel párpado blanco. Sus esfuerzos fueron vanos.

—¿Reventarlo? ¿Sería acaso un parricidio? —se preguntaba.

—Sí —dijo el ojo mediante un guiño con una sorprendente ironía.

—¡Ja! ¡Ja! ¡Aquí hay brujería! —exclamó don Juan, y se acercó al ojo para reventarlo. Una lágrima rodó por las mejillas hundidas del cadáver, y cayó en la mano de Belvídero—. ¡Está ardiendo! —gritó sentándose.

Aquella lucha le había fatigado como si hubiera combatido contra un ángel, como Jacob.

Finalmente, se levantó diciendo para sí: «¡Mientras no haya sangre...!». Luego, reuniendo todo el valor necesario para ser cobarde, reventó el ojo aplastándolo con un paño, pero sin mirar. Un gemido inesperado, pero terrible, se hizo oír. El pobre perro de aguas expiró aullando.

«¿Sabría el secreto?», se preguntó don Juan mirando al fiel animal.

Don Juan Belvídero pasó por un hijo piadoso. Levantó sobre la tumba de su padre un monumento y confió la realización de las figuras a los artistas más célebres de su tiempo. Solo estuvo completamente tranquilo el día en que la estatua paterna, arrodillada ante la religión, impuso su enorme peso sobre aquella fosa, en el fondo de la cual enterró el único remordimiento que hubiera rozado su corazón en los momentos de cansancio físico. Haciendo inventario de las inmensas riquezas amasadas por el viejo orientalista, don Juan se hizo avaro. ¿Acaso no tenía dos vidas humanas para proveer de dinero? Su mirada, profunda y escrutadora, penetró en el principio de la vida social y abrazó mejor al mundo, puesto que lo veía a través de una tumba. Analizó a los hombres y las cosas para terminar de una vez con el pasado, representado por la historia; con el presente, configurado por la Ley; con el futuro, desvelado por las religiones. Tomó el alma y la materia, las arrojó en un crisol, no encontró nada, y desde entonces se convirtió en Don Juan.

Dueño de las ilusiones de la vida, se lanzó, joven y hermoso, a la vida, despreciando el mundo, pero apoderándose del mundo. Su felicidad no podía ser una felicidad burguesa que se alimenta con un hervido diario, con un agradable calentador de cama en invierno, una lámpara de noche y unas pantuflas nuevas cada trimestre. No; se asió a la existencia como un mono que coge una nuez y, sin entretenerse largo tiempo, despoja sabiamente las envolturas del fruto, para degustar la sabrosa pulpa. La poesía y los sublimes arrebatos de la pasión humana no le interesaban. No cometió el error de otros hombres poderosos que, imaginando que las almas pequeñas creen en las grandes almas, se dedican a intercambiar los más altos pensamientos del futuro con la calderilla de nuestras ideas vitalicias. Bien podía, como ellos, caminar con los pies en la tierra y la cabeza en el cielo; pero prefería sentarse y secar bajo sus besos más de un labio de mujer joven, fresca y perfumada; porque, al igual que la Muerte, allí por donde pasaba devoraba todo sin pudor, queriendo un amor posesivo, un amor oriental de placeres largos y fáciles. Amando sólo a la mujer en las mujeres, hizo de la ironía el cariz natural de su alma. Cuando sus amantes se servían de un lecho para subir a los cielos donde iban a perderse en el seno de un éxtasis embriagador, don Juan las seguía, grave, expansivo, sincero, tanto como un estudiante alemán sabe serlo. Pero decía *yo* cuando su amante, loca, extasiada, decía *nosotros*. Sabía dejarse llevar por una mujer de forma admirable. Siempre era lo bastante fuerte como para hacerle creer que era un joven colegial que dice a su primera compañera de baile: «¿Te gusta bailar?»; también sabía enrojecer a propósito, y sacar su poderosa espada y derribar a los comendadores. Había burla en su simpleza y risa en sus lágrimas, pues siempre supo llorar como una mujer cuando le dice a su marido: «Dame un séquito o me moriré enferma del pecho».

Para los negociantes, el mundo es un fardo o una mesa de billetes en circulación; para la mayoría de los jóvenes, es una mujer; para algunas mujeres, es un hombre; para ciertos espíritus es un salón, una camarilla, un barrio, una ciudad; para don Juan, el Universo era él. Modelo de gracia y belleza, con un espíritu seductor, amarró su barca en todas las orillas; pero, haciéndose llevar, solo iba allí adonde quería ser llevado. Cuanto más vivió, más dudó. Examinando a los hombres, adivinó con frecuencia que el valor era temeridad; la prudencia, cobardía; la generosidad, finura; la justicia, un crimen; la delicadeza, una necedad; la honestidad, organización; y, gracias a una fatalidad singular, se dio cuenta de que las gentes honestas, delicadas, justas, generosas, prudentes y valerosas, no obtenían ninguna consideración entre los hombres. «¡Qué broma tan absurda!», se dijo, «no procede de un dios». Y entonces, renunciando a un mundo mejor, jamás se descubrió al oír pronunciar un nombre, y consideró a los santos de piedra de las iglesias como obras de arte. Pero, comprendiendo el mecanismo de las sociedades humanas, no contradecía en exceso los prejuicios, puesto que no era tan poderoso como el verdugo. En cambio pero la vuelta a las leyes sociales con la gracia y el ingenio tan bien expresados en su escena con el señor Dimanche. Fue, en efecto, el tipo de *Don Juan*[78] de Moliere, del *Fausto*[79] de Goethe, del *Manfred*[80] de Byron y del *Melmoth*[81] de Maturin. Grandes imágenes trazadas por los mayores genios de Europa, y a las que no faltarán quizá ni los acordes de Mozart[82], ni la lira de Rossini[83]. Terribles imágenes que el principio del mal, existente en el hombre, eterniza y del cual se encuentran copias cada siglo: bien porque este tipo entra en conversaciones humanas encarnándose en Mirabeau[84]; bien porque se conforma con actuar en silencio como Bonaparte[85]; o de comprimir el mundo en una ironía como el divino Rabelais; o, incluso, se ría de los seres en lugar de insultar a las cosas como el mariscal Richelieu[86]; o se burla a la vez de los hombres y de las cosas como el más célebre de nuestros embajadores.

Pero la profunda jovialidad de don Juan Belvídero precedió a todos ellos. Se rió de todo. Su vida era una burla que abarcaba hombres, cosas, instituciones e ideas. En lo que respecta a la eternidad, había conversado familiarmente media hora con el Papa Julio II, y al final de la charla le había dicho riendo:

—Si es absolutamente preciso elegir, prefiero creer en Dios a creer en el diablo; el poder unido a la bondad ofrece siempre más recursos que el genio del mal.

78 ***Don Juan:*** drama de Molière en el que se narra el destino de un hombre que, para conseguir a una mujer, vende su alma al diablo.

79 ***Fausto:*** drama de Goethe en que se debate la apuesta de Mefistófeles, que afirma poder rebajar a Fausto hasta el nivel de un bruto, y el Señor, que afirma que Fausto resistirá la tentación.

80 ***Manfred:*** poema dramático de 1817, del escritor inglés Byron (1788-1824).

81 ***Melmoth el Errabundo:*** obra del escritor y clérigo irlandés Charles Maturin (1782-1824). La obra narra el periplo de Melmoth durante dos siglos de inmoralidad y su pacto satánico; Balzac retomó el tema en *Piel de zapa.*

82 **Mozart, Wolfgang**: (1756-1791), compositor austríaco, a quien se cita porque compuso la ópera *Don Juan,* estrenada en 1787.

83 **Rossini, Giaccomo**: (1792-1868), compositor italiano.

84 **Mirabeau, Honoré**: (1749-1791), estadista revolucionario francés. Conocido no solo por su actividad política como diputado del Tercer Estado, sino por su vida disoluta, plagada de escándalos que lo llevaron muchas veces a prisión, y por su elocuencia.

85 **Bonaparte, Napoleón:** (1769–1821), militar de origen corso, emperador de Francia de 1804 a 1815. Se supone que el autor se refiere a su habilidad como estratega militar: en la planificación de las batallas, dejaba un alto porcentaje a la imaginación y a la improvisación de acuerdo con las circunstancias concretas y el escenario donde había de desarrollarse la acción. La sorpresa era una de las bazas que le gustaba jugar y para ello tenía que desplegar sus movimientos en secreto.

86 **Mariscal de Richelieu:** Louis-François Armand du Plessis, (1696-1788), político y militar francés.

—Sí, pero Dios quiere que se haga penitencia en este mundo.

—¿Siempre pensáis en vuestras indulgencias? —respondió Belvídero—. ¡Pues bien!, tengo reservada toda una existencia para arrepentirme de las faltas de mi primera vida.

—¡Ah!, si es así como entiendes la vejez —exclamó el Papa— corres el riesgo de ser canonizado.

—Después de vuestra ascensión al papado, puede creerse todo.

Fueron entonces a ver a los obreros que construían la inmensa basílica consagrada a San Pedro[87].

—San Pedro es el hombre de genio que dejó constituido nuestro doble poder —dijo el Papa a don Juan—, merece este monumento. Pero, a veces, por la noche, pienso que un silencio borrará todo esto y habrá que volver a empezar...

Don Juan y el Papa se echaron a reír, se habían entendido bien. Un necio habría ido a la mañana siguiente a divertirse con Julio II a casa de Rafael[88] o a la deliciosa Villa Madame, pero Belvídero acudió a verle oficiar pontificalmente para convencerse de todas sus dudas. En un momento libertino, la Rovera[89] hubiera podido desdecirse y comentar el *Apocalipsis*.

Sin embargo, esta leyenda no tiene por objeto proporcionar material a aquellos que deseen escribir sobre la vida de don Juan, sino que está destinada a probar a las gentes honestas que Belvídero no murió en un duelo con una piedra como algunos litógrafos quieren hacer creer.

Cuando don Juan Belvídero alcanzó la edad de sesenta años, se instaló en España. Allí, ya anciano, se casó con una joven y encantadora andaluza. Pero, tal y como lo había calculado, no fue ni buen padre ni buen esposo. Había observado que no somos

[87] **San Pedro:** basílica situada en Roma, cuya construcción, por decisión del Papa Julio II, se inició en 1506, según los planos de Bramante. Posteriormente intervinieron Sangallo, Miguel Ángel, Della Porta, Maderno y Bernini. Fue consagrada en 1626.

[88] **Rafael:** Rafael Sanzio (1483-1520), extraordinario pintor renacentista italiano. En 1508 Rafael se traslada a Roma, requerido por el papa Julio II, quien le encarga la decoración mural de cuatro pequeñas estancias en el Palacio del Vaticano.

[89] **La Rovera:** Julio II.

tan tiernamente amados como por las mujeres en las que nunca pensamos. Doña Elvira, educada santamente por una anciana tía en lo más profundo de Andalucía, en un castillo a pocas leguas de Sanlúcar, era toda gracia y devoción. Don Juan adivinó que aquella joven sería del tipo de mujer que combate largamente una pasión antes de ceder, y por ello pensó poder conservarla virtuosa hasta su muerte. Fue una broma seria, un jaque que se quiso reservar para jugarlo en sus días de vejez. Fortalecido con los errores cometidos por su padre Bartolomé, don Juan decidió utilizar los actos más insignificantes de su vejez para el éxito del drama que debía consumarse en su lecho de muerte. De este modo, la mayor parte de su riqueza permaneció oculta en los sótanos de su palacio de Ferrara, donde raramente iba. Con la otra mitad de su fortuna estableció una renta vitalicia que le produjera intereses durante su vida, la de su mujer y la de sus hijos, astucia que su padre debiera haber practicado. Pero semejante maquiavélica especulación no le fue muy necesaria. El joven Felipe Belvídero, su hijo, se convirtió en un español tan concienzudamente religioso como impío era su padre, quizás en virtud del proverbio: *a padre avaro, hijo pródigo.*

El abad de Sanlúcar fue elegido por don Juan para dirigir la conciencia de la duquesa de Belvídero y de Felipe. Aquel eclesiástico era un hombre santo, admirablemente bien proporcionado, alto, de bellos ojos negros y una cabeza al estilo de Tiberio[90], cansada por el ayuno, blanca por la mortificación y diariamente tentada como son tentados todos los solitarios. Quizás esperaba el anciano señor matar a algún monje antes de terminar su primer siglo de vida. Pero, bien porque el abad fuera tan fuerte como podía serlo el mismo don Juan, bien porque doña Elvira tuviera más prudencia o virtud de la que España le otorga a las mujeres, don Juan fue obligado a pasar sus últimos días como un viejo cura rural, sin escándalos en su

[90] **Tiberio:** Tiberio Claudio Nerón (42 a. C.-39 d. C.), segundo emperador romano, sucedió a Augusto.

casa. A veces, sentía placer si encontraba a su mujer o a su hijo faltando a sus deberes religiosos, y les exigía realizar todas las obligaciones impuestas a los fieles por el tribunal de Roma. En fin, nunca se sentía tan feliz como cuando oía al galante abad de Sanlúcar, a doña Elvira y a Felipe discutir sobre un caso de conciencia. Sin embargo, a pesar de los cuidados que don Juan Belvídero prodigaba a su persona, llegaron los días de decrepitud; con la edad del dolor llegaron los gritos de impotencia, gritos tanto más desgarradores cuanto más ricos eran los recuerdos de su ardiente juventud y de su voluptuosa madurez. Aquel hombre, cuyo grado más alto de burla era inducir a los otros a creer en las leyes y principios de los que él se mofaba, se dormía por las noches pensando en un quizás. Aquel modelo de elegancia, aquel duque, vigoroso en las orgías, soberbio en la corte, gentil para con las mujeres cuyos corazones había retorcido como un campesino retuerce una vara de mimbre, aquel hombre de ingenio, tenía una pituita pertinaz, una molesta ciática y una gota brutal. Veía cómo sus dientes le abandonaban, al igual que se van, una a una, las más blancas damas, las más engalanadas, dejando el salón desierto. Finalmente, sus atrevidas manos temblaron, sus esbeltas piernas se tambalearon, y una noche, la apoplejía le aprisionó sus manos corvas y heladas. Desde aquel fatal día se volvió taciturno y duro. Acusaba la dedicación de su mujer y de su hijo, pretendiendo en ocasiones que sus emotivos cuidados y delicadezas le eran así prodigados porque había puesto su fortuna en rentas vitalicias. Elvira y Felipe derramaban entonces lágrimas amargas y doblaban sus caricias al malicioso viejo, cuya voz cascada se volvía afectuosa para decirles: «Queridos míos, querida esposa, ¿me perdonáis, verdad? Os atormento un poco. ¡Ay, gran Dios!, ¿cómo te sirves de mí para poner a prueba a estas dos celestes criaturas? Yo, que debiera ser su alegría, soy su calamidad». De este modo les encadenó a la cabecera de su cama, haciéndoles olvidar meses enteros de impaciencia y crueldad por una hora en que les prodigaba los tesoros, siempre nuevos, de su gracia y de una falsa ternura. Paternal sistema que resultó infinitamente mejor que el que su padre había utilizado en otro tiempo con él.

Por fin llegó a un grado tal de enfermedad en que, para acostarlo, había que manejarlo como una falúa que entra en un canal peligroso. Luego, llegó el día de la muerte. Aquel brillante y escéptico personaje de quien solo el entendimiento sobrevivía a la más espantosa de las destrucciones, se vio entre un médico y un confesor, los dos seres que le eran más antipáticos. Pero estuvo jovial con ellos. ¿Acaso no había para él una luz brillante tras el velo del porvenir? Sobre aquella tela, para unos de plomo, diáfana para él, jugaban como sombras las arrebatadoras delicias de la juventud.

Era una hermosa tarde cuando don Juan sintió la proximidad de la muerte. El cielo de España era de una pureza admirable, los naranjos perfumaban el aire, las estrellas destilaban luces vivas y frescas, parecía que la naturaleza le daba pruebas ciertas de su resurrección, un hijo piadoso y obediente lo contemplaba con amor y respeto. Hacia las once, quiso quedarse solo con aquel cándido ser.

—Felipe —le dijo con una voz tan tierna y afectuosa que hizo estremecerse y llorar de felicidad al joven.

Nunca antes había pronunciado así «Felipe» aquel padre inflexible.

—Escúchame, hijo mío —continuó el moribundo—. Soy un gran pecador. Durante mi vida, también he pensado en mi muerte. En otro tiempo, fui amigo del gran papa Julio II[91]. El ilustre pontífice temió que la excesiva exaltación de mis sentidos me hiciese cometer algún pecado mortal entre el momento de expirar y de recibir los santos óleos; me regaló un frasco con el agua bendita que mana entre las rocas, en el desierto. He mantenido el secreto de este despilfarro del tesoro de la Iglesia, pero estoy autorizado a revelar el misterio a mi hijo, *in articulo mortis*[92]. Encontrarás el frasco en el cajón de esa mesa gótica que siempre ha

[91] **Julio II**: de nombre Juliano della Rovere (1443-1513), elegido Papa en 1503; fracasado como guía espiritual, como soberano temporal y protector de las artes fue un triunfador.

[92] ***In articulo mortis***: 'en el momento de la muerte'.

estado en la cabecera de mi cama... El precioso cristal podrá servirte aún, querido Felipe. Júrame por tu salvación eterna que ejecutarás puntualmente mis órdenes.

Felipe miró a su padre. Don Juan conocía demasiado la expresión de los sentimientos humanos como para no morir en paz bajo el testimonio de aquella mirada, igual que su padre había muerto en la desesperanza de la suya propia.

—Tú te merecías otro padre —continuó don Juan—. Me atrevo a confesarte, hijo mío, que en el momento en que el venerable abad de Sanlúcar me administraba el viático, pensaba en la incompatibilidad de los dos poderes, el del diablo y el de Dios.

—¡Oh, padre!

—Y me decía a mí mismo que, cuando Satán haga su paz, tendrá que acordar el perdón de sus partidarios, para no ser un gran miserable. Esta idea me persigue. Iré, pues, al Infierno, hijo mío, si no cumples mi voluntad.

—¡Oh, decídmela pronto, padre!

—Tan pronto como haya cerrado los ojos —continuó don Juan—, unos minutos después, cogerás mi cuerpo, aún caliente, y lo extenderás sobre una mesa, en medio de la habitación. Después apagarás la luz. El resplandor de las estrellas deberá ser suficiente. Me despojarás de mis ropas, rezarás padrenuestros y avemarías elevando tu alma a Dios y humedecerás cuidadosamente con esta agua santa mis ojos, mis labios, toda mi cabeza primero, y luego sucesivamente los miembros y el cuerpo; pero, hijo mío, el poder de Dios es tan grande, que no deberás asombrarte de nada.

Entonces, don Juan, que sintió llegar la muerte, añadió con voz terrible:

—Coge bien el frasco.

Y expiró dulcemente en los brazos de su hijo, cuyas abundantes lágrimas bañaron su rostro irónico y pálido.

Era cerca de medianoche cuando don Felipe Belvídero colocó el cadáver de su padre sobre la mesa. Después de haber besado su frente amenazadora y sus grises cabellos, apagó la lámpara. La suave luz producida por la claridad de la luna cuyos extraños reflejos iluminaban el campo, permitió al piadoso Felipe entrever indistintamente el cuerpo de su padre como algo blanco en medio de la sombra. El joven impregnó un paño en el licor que, sumido en la oración, ungió fielmente aquella cabeza sagrada en un profundo silencio. Oía estremecimientos indescriptibles, pero los atribuía a los juegos de la brisa en la cima de los árboles. Cuando humedeció el brazo derecho sintió que un brazo fuerte y vigoroso le cogía el cuello, ¡el brazo de su padre! Profirió un grito desgarrador y dejó caer el frasco, que se rompió. El licor se evaporó. Las gentes del castillo acudieron, provistos de candelabros, como si la trompeta del Juicio Final hubiera sacudido el Universo. En un instante, la habitación estuvo llena de gente. La multitud temblorosa vio a don Felipe desvanecido, pero retenido por el poderoso brazo de su padre, que le apretaba el cuello. Después, cosa sobrenatural, los asistentes contemplaron la cabeza de don Juan tan joven y tan bella como la de Antinoo[93]; una cabeza con cabellos negros, ojos brillantes, boca bermeja y que se agitaba de forma escalofriante, sin poder mover el esqueleto al que pertenecía. Un anciano servidor gritó:

—¡Milagro! —y todos los españoles repitieron—: ¡milagro!

Doña Elvira, demasiado piadosa como para admitir los misterios de la magia, mandó buscar al abad de Sanlúcar. Cuando el prior contempló con sus propios ojos el milagro, decidió aprovecharlo, como hombre inteligente y como abad, para aumentar sus ingresos. Declarando enseguida que don Juan sería canonizado sin ninguna duda, fijó la apoteósica ceremonia en su convento, que en lo sucesivo se llamaría, dijo, San Juan-de-Lúcar. Ante estas palabras, la cabeza hizo un gesto jocoso.

El gusto de los españoles por este tipo de solemnidades, es tan conocido que no resultan difíciles de creer las hechicerías religiosas con que el abad de Sanlúcar celebró el traslado

[93] **Antinoo**: joven bitinio, encarnación de la belleza, a quien el emperador romano Adriano (117 a 138 d. C.) conoció en un viaje a Hispania; convivió con el emperador hasta la muerte de Adriano.

del bienaventurado don Juan Belvídero a su iglesia. Días después de la muerte del ilustre noble, el milagro de su imperfecta resurrección era tan comentado de un pueblo a otro, en un radio de más de cincuenta leguas alrededor de Sanlúcar, que resultaba cómico ver a los curiosos en los caminos; vinieron de todas partes, engolosinados por un *Te Deum* con antorchas. La antigua mezquita del convento de Sanlúcar, una maravillosa edificación construida por los moros, cuyas bóvedas escuchaban desde hacía tres siglos el nombre de Jesucristo sustituyendo al de Alá, no pudo contener a la multitud que acudía a ver la ceremonia. Apretados como hormigas, los hidalgos con capas de terciopelo y armados con sus espadas estaban de pie alrededor de las columnas, sin encontrar sitio para doblar sus rodillas, que solo se doblaban allí. Encantadoras campesinas, cuyas basquiñas dibujaban las amorosas formas, daban su brazo a ancianos de cabellos blancos. Jóvenes con ojos de fuego, se encontraban junto a ancianas mujeres adornadas. Había, además, parejas estremecidas de placer, novias curiosas acompañadas por sus bienamados; recién casados; niños que se cogían de la mano, temerosos. Allí estaba aquella multitud, llena de colorido, brillante en sus contrastes, cargada de flores, formando un suave tumulto en el silencio de la noche. Las amplias puertas de la iglesia se abrieron. Aquellos que, retardados, se quedaron fuera, veían de lejos, por las tres puertas abiertas, una escena tan pavorosa de decoración a la que nuestras modernas óperas solo podrían aproximarse débilmente. Devotos y pecadores, presurosos por alcanzar la gracia del nuevo santo, encendieron en su honor millares de velas en aquella amplia iglesia, resplandores interesados que concedieron un mágico aspecto al monumento. Las negras arcadas, las columnas y sus capiteles, las capillas profundas y brillantes de oro y plata, las galerías, las figuras sarracenas recortadas, los más delicados trazos de tan delicada escultura se dibujaban en aquella luz excesiva, como caprichosas figuras que se forman en un brasero al rojo. Era un océano de fuego, dominado al fondo de la iglesia por un coro dorado, donde se levantaba el altar mayor, cuya gloria habría podido rivalizar con la de un sol naciente. En efecto, el esplendor de las lámparas de oro, de los candelabros de plata, de los estandartes, de las borlas, de los santos y de los exvotos, palidecía ante el relicario en que se encontraba don Juan. El cuerpo del impío resplandecía de pedrería, flores, cristales, diamantes, oro y plumas tan blancas como las alas de un serafín, y sustituía en el altar a un retablo de Cristo. A su alrededor brillaban numerosos cirios que lanzaban al aire ondas llameantes. El abad de Sanlúcar, adornado con los hábitos pontificios, con su mitra enriquecida de piedras preciosas, su roqueta, su báculo de oro, estaba sentado, rey del coro, en un sillón de un lujo imperial, en medio del clero compuesto por impasibles ancianos de cabellos plateados, revestidos de albas finas y que les rodeaban semejantes a los santos confesores que los pintores agrupan alrededor del Eterno. El gran chantre y los dignatarios del cabildo, adornados con las brillantes insignias de sus vanidades eclesiásticas, iban y venían en el seno de las nubes formadas por el incienso, semejantes a los astros que ruedan en el firmamento. Cuando llegó la hora del triunfo, las campanas despertaron los ecos del campo, y aquella inmensa asamblea lanzó a Dios el primer grito de alabanza con que comienza el *Te Deum*[94]. ¡Sublime grito! Eran voces puras y ligeras, voces de mujeres en éxtasis unidas a las voces graves y fuertes de los hombres, millares de voces tan poderosas, que el órgano no dominó el conjunto, a pesar del mugir de sus tubos. Solo las agudas notas de la voz joven de los niños del coro y los amplios acentos de algunos bajos, suscitaron ideas graciosas, dibujaron la infancia y la fuerza en este arrebatador concierto de voces humanas confundidas en un sentimiento de amor.

—¡*Te Deum laudamus*[95]!

[94] ***Te deum***: himno de gozo y alabanza cantado en las grandes festividades; en Francia, durante el régimen monárquico, se cantaba este himno con ocasión de la coronación del rey, la consagración de un obispo, de una Virgen, la canonización de un santo o la celebración de la paz.

[95] ***Te Deum laudamus:*** primer verso del *Te Deum*, que en latín dice: *Te Deum laudamus: te Dominum confitemur* ('¡Oh, Dios!, te alabamos: ¡a Ti, Señor, te reconocemos!'). Fuente: *Les cérémonies de l'information dans la France, du XVIe siècle au milieu du XVIIe siècle,* Fogel, Michelle Fayard, París, 1989, págs. 155–156.

Aquel canto salía del seno de la catedral negra de mujeres y hombres arrodillados, semejante a una luz que brilla de pronto en la noche; y se rompió el silencio como por el estallido de un trueno. Las voces ascendieron con nubes de incienso que arrojaban entonces velos diáfanos y azulados sobre las fantasías maravillosas de la arquitectura. Todo era riqueza, perfume, luz y melodía. En el instante en que aquella música de amor y de reconocimiento se concentró en el altar, don Juan, demasiado educado como para no dar las gracias, demasiado espiritual, por no decir burlón, respondió con una espantosa carcajada y se acomodó en su relicario. Pero el diablo le hizo pensar en el riesgo que corría de ser tomado como un hombre ordinario, un santo, un Bonifacio, un Pantaleón. Turbó aquella melodía de amor con un aullido al que se unieron las mil voces del Infierno. La tierra bendecía, el cielo maldecía. La iglesia tembló en sus antiguos cimientos.

—*¡Te Deum laudamus!* —decía la asamblea.

—¡Al diablo todos!, ¡sois unas bestias! ¡Dios! ¡Dios!, ¡carajos, demonios!, ¡animales, sois unos estúpidos con vuestro viejo Dios!

Y un torrente de imprecaciones discurrió como un río de lava ardiente en una erupción del Vesubio.

—*¡Deus sabaoth, sabaoth!* —gritaron los cristianos.

—¡Insultáis la majestad del Infierno! —contestó don Juan con un rechinar de dientes.

Pronto pudo el brazo viviente salir por encima del relicario y amenazó a la asamblea con gestos de desesperación e ironía.

—El santo nos bendice —dijeron las viejas mujeres, los niños y los novios, gentes crédulas.

Así somos frecuentemente engañados en nuestras adoraciones. El hombre superior se burla de los que lo elogian y elogia en ocasiones a aquellos de los que se burla en el fondo de su corazón.

Cuando el abad arrodillado ante el altar cantaba:

—*Sancte Johannes, ora pro nobis* —entendió claramente:

—*¡Oh, coglione!*

—¿Qué pasa allí arriba? —exclamó el deán al ver el relicario moverse.

—El santo dice diabluras —respondió el abad.

Entonces, aquella cabeza viviente se separó violentamente del cuerpo que ya no vivía y cayó sobre el cráneo amarillo del oficiante.

—¡Acuérdate de doña Elvira! —gritó la cabeza devorando la del abad.

Este profirió un horrible grito que turbó la ceremonia. Todos los sacerdotes corrieron y rodearon a su soberano.

—¡Imbécil!, ¿y dices que hay un Dios? —gritó la voz en el momento en que el abad, mordido en su cerebro, expiraba.

París, octubre de 1830.

¿SABÍAS QUE...?

¿Sabías que Hawthorne modificó su apellido familiar añadiendo la «w»?

La decisión parece deberse a su necesidad de librarse del lastre de la historia familiar. El mayor William Hathorne, su tatarabuelo, se distinguió por la despiadada persecución de los cuáqueros en 1650, circunstancia en la que ordenó la flagelación de una mujer que estuvo a punto de perder la vida como consecuencia del castigo. Su bisabuelo, John Hathorne, presidió los tribunales de Salem que en 1692 condenaron a la horca a mujeres y hombres de Nueva Inglaterra por la práctica de la brujería.

¿Sabías que en el último cuarto del siglo XVIII se construyeron excepcionales autómatas que fueron exhibidos por toda Europa?

Entre los más destacados cabe citar el pato mecánico de Jacques de Vauçanson, el toca-clavicordio de Henri-Louis Jaquet-Droz y la dama bailarina de John Joseph Merlin. La atracción despertada por estos dispositivos mecánicos indica la curiosidad de la época por las relaciones entre la mente y la materia, típica de aquel siglo. El ingeniero español Leonardo Torres Quevedo, en 1912, construyó un jugador de ajedrez electromecánico que disponía de un brazo mecánico para mover las piezas y de sensores eléctricos en el tablero para identificar la ubicación de aquellas.

❓ ¿Sabías que los primeros telégrafos fueron inventados por el norteamericano Samuel Morse en 1837 y, en ese mismo año, por el físico inglés Charles Wheatstone en colaboración con el ingeniero, también inglés, William F. Cooke?

El código básico, llamado «morse», transmitía mensajes mediante impulsos eléctricos que circulaban por un cable. El primer telegrama público se transmitió en 1844 y el primer cable transoceánico de telegrafía se tendió en 1866. Seguro que en películas de vaqueros habrás visto algún telégrafo. Si quieres saber más sobre el telégrafo y otros medios de comunicación actuales como la televisión o Internet, entra en la siguiente dirección: http://icarito.tercera.cl/especiales/medios/telegrafo.html

❓ ¿Sabías que la fecha de inicio de construcción de la torre Eiffel, 1887, coincide con el año de publicación de *La noche* de Maupassant, y finalizó dos años después?

Si tienes interés en ver imágenes de la construcción, entra en la web oficial de la torre: http://www.tour-iffel.fr/teiffel/fr/documentation/dossiers/page/construction.html

❓ ¿Sabías que a comienzos del siglo XIX, se tendieron en Europa las primeras vías férreas?

En 1825, se inaugura el primer ferrocarril del mundo entre las ciudades mineras de Stockton y Darlington, en Gran

Bretaña. El 28 de octubre de 1848 se inauguró el primer ferrocarril español, con la línea Barcelona-Mataró. Fue construido por ingenieros ingleses, quienes importaron de Inglaterra las locomotoras y el material necesario.

? ¿Sabías que el evolucionismo se impone a mediados del siglo XIX y afecta a todas las ciencias?

Darwin formula la Teoría de la Evolución de las Especies en 1859 y la Teoría de la Evolución del Hombre a partir de otras especies de primates inferiores, en 1871. Su primo Francis Galton decide aplicar estos conocimientos a la Psicología, concretamente al estudio de la inteligencia. Fue el primero en utilizar la estadística en sus observaciones. Los resultados de la medición de la inteligencia responden a una campana de Gauss: la mayoría de las personas se sitúan en el centro de la gráfica, mientras que unos pocos están muy por debajo o por encima de la media. Para Galton, el nivel intelectual se explica por el factor genético, más importante que el ambiental. William James, hermano del escritor Henry James y contemporáneo de Galton, hizo una importante aportación referente a la vida mental. Para James la conciencia es un producto de la evolución que cambia y fluye constantemente.

LOS AUTORES Y SUS OBRAS

Ernst Theodor Amadeus Hoffmann, (1776-1822), escritor y músico alemán, se adscribe al movimiento romántico. Su padre, abogado, murió cuando Ernst tenía dos años. Después de su paso por el Gimnasium, estudió leyes de 1792 a 1795, a instancia de su familia, aunque nunca ejerció la profesión. Gracias a esta formación desempeñó tareas como funcionario en Glogau y en Berlín. En 1800, se traslada a Posen, para ocupar un puesto en la administración prusiana. Allí, la mediocridad del ambiente y su insatisfacción lo inducen a tener comportamientos destructivos. Regresa a Berlín en 1804, etapa en la que sus cualidades de músico, caricaturista, pintor y escritor se desarrollaron plenamente. En 1814 recupera su puesto en la administración civil prusiana. Entre sus obras más conocidas están *Los elixires del diablo,* donde aborda el tema del «doble», y *La aventura de la noche de San Silvestre,* en la que un hombre conoce a Peter Schlemihel, el hombre sin sombra, y a Erasmus Spikher, quien había perdido su reflejo. El tema del doble vuelve a encontrarse en *El Hombre de Arena.* La influencia de Hoffmann se dejó sentir en Baudelaire e, incluso, en obras como *Un paseo desde el canal de Holmen a la punta este de la isla de Amager,* cuento fantástico que imita el estilo del escritor alemán y que significó el primer éxito de su autor, Hans Christian Andersen.

Los relatos de Hoffmann se caracterizan por una vena visionaria; Balzac, con sus relatos, está en una situación límite, visionario unas veces, realista otras.

El elixir de larga vida, cuento del escritor francés **Honoré de Balzac** (1799-1850), se publica en 1830. Un año más tarde escribe *La piel de zapa,* que contiene las dos vertientes que configuran la obra de Balzac: la vertiente social de los estudios de costumbres como *Papá Goriot, Las ilusiones perdidas, Eugenia Grandet* o *Los parientes pobres;* y la vertiente fantástica de los estudios filosóficos, como *La búsqueda del absoluto* y *El elixir de larga vida.* Este último cuento es el *Don Juan* de Balzac. Pero este prefirió poner el acento, más que en el deseo de las mujeres, en el hombre ateo, disoluto e impío y en los riesgos de la inmortalidad. Según afirma el propio autor en la dedicatoria del cuento, tomó el tema de Hoffmann. El relato, con un trasfondo sobrenatural y buenas dosis de horror, se abre con una cena, una noche de invierno, en la residencia de don Juan Belvídero, cuyo riquísimo padre está a punto de morir. Con toda su desmesura y su carácter desigual, la obra de Balzac no ha dejado de influir en la novela moderna, aunque sea tomándola como referencia para el contraste. Aun cuando en muchos aspectos Balzac pueda parecer un autor superado por la evolución posterior, no hay que olvidar que en su época marcó nuevos derroteros para la novela.

Coetáneo de Balzac y visionario como él, el norteamericano **Nathaniel Hawthorne** (1804-1864) publica *El joven Goodman Brown* en 1835, cuando tenía 31 años. Nacido en Salem, Massachussets, pasa la mayor parte de su vida en su tierra natal. Pueden reseñarse dos acontecimientos decisivos en su vida: el primero, la temprana muerte de su padre, William Hathorne, cuando Nathaniel tenía solo cuatro años; la orfandad trajo como consecuencia su aislamiento y el de sus dos hermanas junto a su madre y parientes próximos. El segundo acontecimiento se produjo cuando tenía unos nueve años, momento en el que se hirió un pie jugando al fútbol. La reclusión obligada le impidió seguir yendo a la escuela y compartir estudios y juegos con sus amigos. Nathaniel, entonces, se dedicó a la lectura y a soñar y, a partir de esa experiencia de su pubertad, siempre conservó un carácter reservado. La vida de Hawthorne se desenvuelve en un ambiente de raíces religiosas puritanas: su postura crítica del puritanismo y sus creencias se ven reflejadas en *El joven Goodman Brown*. El relato describe una oscura aventura a través de un bosque, que conduce al joven Goodman Brown al conocimiento de sí mismo. El cuento incita a analizar los valores típicos de la Nueva Inglaterra puritana. Dos de sus novelas han hecho de Hawthorne un autor reconocido: *La letra escarlata,* publicada en 1850, y *La casa de las siete chimeneas,* de 1851. Ambas se centran en un tema casi obsesivo en el escritor: el tema del pecado y la culpa.

Hans Christian Andersen (1805-1875), nacido en Odense, Dinamarca. Su padre era un inteligente zapatero autodidacto, deprimido por la pobreza y las limitaciones de su vida, muerto cuando su hijo tan solo tenía once años. La madre, mujer supersticiosa y casi analfabeta, legó a su hijo dos dones inestimables: la familiaridad con el folklore de su región natal y la convicción del talento de su hijo, creencia que mantuvo aun cuando todo parecía indicar lo contrario. La búsqueda de prestigio, reconocimiento social y seguridad económica fueron constantes en su vida. Viajero infatigable por Europa, escribió más de 190 cuentos y relatos, obras de teatro, novelas y libros de viaje. Sus cuentos se dirigen tanto a un público adulto como al infantil y destacan por la originalidad del estilo y la selección de los temas. *La sombra,* de 1847, aborda el tema del desdoblamiento de la personalidad y la muerte del yo. Pertenece a la época en que Andersen viajó por primera vez a Inglaterra, donde su trabajo despertó gran atención y donde conoció a Dickens. Andersen era consciente de que los cuentos de hadas, que le dieron renombre universal, le permitían escribir con un estilo personal, lejos de los cánones del momento. Su lenguaje, ligero, coloquial, simple, chocaba con el lenguaje florido de los cuentos infantiles al uso y su contenido didáctico. Con la maduración como escritor, su obra de ficción se dirigió a un público adulto, anticipando ideas surrealistas y freudianas con relación al inconsciente. Su obra abrió nuevas perspectivas, tanto de estilo como de contenido, por el empleo innovador del lenguaje cotidiano y la expresión de sentimientos e ideas que previamente se pensaba que estaban lejos de la comprensión de un niño. *La sirenita, La reina de las nieves, El traje nuevo del emperador, El patito feo* —de carácter autobiográfico—, son cuentos originales, mientras que otros, como *Ole cierra ojos,* retoma un tema popular y tradicional tratado también por Hoffmann: Ole, personaje benévolo, arroja arena en los ojos de los niños solo para que se duerman.

La sombra del relato de Andersen usurpa el lugar del original, que acaba muriendo. El doble del personaje William Wilson de Poe, idéntico al original en nombre y apariencia, muere aunque con ello mate al legítimo William Wilson. El norteamericano **Edgar Allan Poe** (1809-1849), ha ejercido una reconocida influencia tanto en la lírica, por su obra poética, como en la narrativa fantástica y policíaca. Se ha dicho que la vida y la obra de Poe son las más tristes de América. Su vida estuvo marcada por una infancia difícil por el hecho de su orfandad y la adopción nunca legalizada por el matrimonio Allan, que lo acogió a la muerte de sus padres; su carácter melancólico, sus deudas y la afición a la bebida definieron su vida. La muerte está presente en su vida y en su obra. Hecho significativo es el matrimonio con su prima Virginia, cuando esta era una adolescente. Los cuentos de Poe tienen la capacidad de producir un efecto vívido que el autor consigue controlando, a través de la narración, la información disponible al lector y la veracidad de la misma. Entre sus cuentos más destacados, se encuentran *La caída de la casa Usher, El escarabajo de oro, El cuervo y otros poemas, El pozo y el péndulo, El gato negro, El extraño caso del Sr. Valdemar* y *Los crímenes de la calle Morgue,* algunos de los cuales son una clara muestra de relato policíaco. Parte de la influencia de Poe en la literatura se debe a su teoría sobre el cuento en el texto titulado *Cómo escribir un artículo a la manera del Blackwood* (1850). Poe sostiene que la finalidad o el efecto del relato determina el desarrollo del cuento. Da por sentado que el efecto debe buscarse desde la primera línea. ¿Es esta la perspectiva adecuada para leer *El corazón revelador*?

Mientras Poe desgranaba su vida en medio de una profunda depresión, en Londres, **Charles Dickens** (1812-1870), se convertía en uno de los más reconocidos novelistas ingleses del siglo XIX. Nacido en Portsmouth, pasó su vida en Londres y Kent. Su padre fue encarcelado en 1812, por deudas de juego, y Charles se vio obligado a abandonar los estudios y a trabajar en una fábrica de tintes. Aunque posteriormente retomó los estudios, fue básicamente un autodidacto. Su difícil infancia es un tema que apunta en varias de sus obras, de modo destacado en la novela *David Copperfield.* Su obra está llena de humor, de sentimiento trágico y también de ironía. Junto a *Papeles póstumos del club Pickwick,* traducida al español en 1868 por Pérez Galdós, *Cuento de Navidad,* un clásico de la literatura infantil, y *Grandes expectativas,* están las novelas de madurez: *Oliver Twist, La tienda de antigüedades, Tiempos difíciles* e *Historia de dos ciudades.* Dickens, fascinado por el mundo de los sueños, los estados psicológicos extraños y las experiencias ominosas, trató estos temas en cuentos como *La casa encantada, Para leer al atardecer,* o *El Guardavía.*

En Rusia, **Iván Turguenev** (1818-1883) nace en una familia noble. Su padre, arruinado, se casa por interés con una riquísima heredera y mujer cruel y dominante que proporciona a su hijo un clima familiar lleno de rigor. Recibe una educación esmerada con preceptores rusos y extranjeros. Estudia Filosofía y Letras en la Universidad. Conoce a los escritores rusos más sobresalientes: asiste a las clases de historia de Gogol (1834), autor de *Taras Bulba,* se entrevista dos veces con Pushkin, edita su correspondencia y traduce al francés muchos de sus poemas. Viaja por Italia y Alemania. En 1845 conoce a Dostoievsky y traban una amistad que sufre diversos altibajos hasta su ruptura. Publica ese mismo año su primer cuento fantástico, *Apariciones.* La publicación en 1862 de su gran novela, *Padres e hijos,* impregnada de un pensamiento nihilista y de crítica social, lo llevan a abandonar Rusia definitivamente. Se instala en Francia en 1864, donde conoce a Flaubert, con el que entabla una buena relación. En 1870, compra una villa en Bougival, cerca de París, hogar hasta su muerte en 1883. En 1875 conoce a Henry James, quien se declara su discípulo. Aunque es un escritor costumbrista, frecuentó el relato fantástico como muchos de sus contemporáneos. El cuento *Un sueño* (1876), otro de sus relatos fantásticos, presenta con maestría la cuestión del límite entre la realidad y la imaginación, entre la cordura y la locura.

En Turguenev, lo fantástico nace del material onírico, en James, de lo cotidiano. El novelista y crítico norteamericano, **Henry James** (1843-1916), se educó con preceptores privados en los Estados Unidos y en Europa, antes de estudiar Derecho en Harvard. Dedicó su vida a la literatura y a los viajes y, poco a poco, asumió el papel de observador imparcial y analista de la vida. En sus primeras novelas: *El americano, Daisy Miller, Retrato de una dama* y *Washington Square,* como hizo también en novelas posteriores, James contrapone los europeos, mundanos y refinados aunque algo formales, a los candorosos, impacientes y a menudo incultos, estadounidenses. En 1875, se instala en París, donde conoce a Flaubert, Maupassant y Turguenev. Obsesionado por los fenómenos paranormales, en la última década del siglo comienza la producción de lo que él mismo denominó «cuentos de lo cuasi-natural horripilante». Tras los intentos fallidos de obtener reconocimiento como autor teatral, escribió novelas cortas excepcionales como *Los papeles de Aspern* y *Otra vuelta de tuerca,* en el ámbito de la *ghost story* ('historias de fantasmas'). En sus últimas y mejores novelas, *Los embajadores* y *La copa dorada,* vuelve a sus temas de siempre.

Con **Robert Louis Stevenson** (1850-1894) trabó Henry James una sólida amistad a través de un intercambio epistolar, que tuvo su origen decisivo en los comentarios que el americano realizó de la novela de Stevenson, *La isla del tesoro* (1883). Su delicada salud le obligó, desde la infancia, a la lucha constante contra la tuberculosis. En 1886, publica una de sus obras memorables, *El extraño caso del doctor Jekyll y el señor Hyde,* donde aborda el tema del doble con un trasfondo moral. En busca de mejor clima, fijó su residencia cerca de Nueva York en 1887, adonde le acompañó su esposa, una americana divorciada. Allí escribió la novela *El señor de Ballantrae,* publicada en 1889. Ese mismo año decide instalarse con su familia en el Pacífico Sur, en isla de Samoa, donde escribió numerosos cuentos, como *El diablo de la botella,* en 1892. Su incursión en lo fantástico viene en parte explicada por su crítica a la civilización industrial y al racionalismo de su tiempo. Desde esta perspectiva abordó los temas del mal, la culpa, el doble, en historias que combinan lo siniestro y la aventura.

En el mismo año que nacía Stevenson en Escocia, veía la luz **Guy de Maupassant** (1850-1893), en el castillo de Miromesnil, Francia. Nacido en una familia ennoblecida a finales del siglo XVIII, su padre —seductor y libertino— se casó con Laura, una mujer educada, sensible e inteligente. Las reyertas del matrimonio, en las que no faltaron las agresiones físicas, concluyeron en ruptura cuando Guy tenía doce años. Estos años no crearon en él resentimientos hacia sus padres, pero dejaron la huella de un fuerte pesimismo. Pasó después algunos años en un internado religioso, experiencia que dejó un poso nada favorable en su carácter por la mezquindad del ambiente, la hipocresía y la mala alimentación. Se marcha a París para estudiar Derecho y lo sorprende la guerra con Alemania de 1870. Cuenta con la inestimable ayuda de Flaubert, amigo de su madre. Su vida, ciertamente disipada, le depara ciertas experiencias que se reflejan luego en sus cuentos fantásticos: como el conocimiento del poeta Swinburne, de quien se aleja definitivamente. Desde 1870 se dedica intensamente al aprendizaje y al trabajo literario; en 1880 ya es un escritor reconocido. A partir de entonces viaja, escribe y empieza a luchar contra sus enfermedades, agravadas por el consumo de alcohol y opio. En 1892 intenta suicidarse y muere al año siguiente.

Lo fantástico en Maupassant es más un reflejo de sus propias angustias que producto de su imaginación creadora. El miedo, sentido como amenaza, es un componente esencial de lo fantástico. En *El miedo,* nuestro autor escribe: «Verdaderamente, se teme lo que no se comprende». La noche y la soledad crean en sus relatos las condiciones para que emerja lo fantástico. Basta un error de percepción, la aparición de algo inesperado, las alteraciones del tiempo, para que el relato, suscitando la duda y la ambigüedad, se sitúe en el límite de lo sobrenatural.

ENLACES

Las adaptaciones cinematográficas de obras de los escritores de esta antología se cuentan por cientos. Reseñamos algunas, con la esperanza de que ayuden a comprender mejor el mundo de cada escritor.

- *La letra escarlata,* filmada en 1995, protagonizada por Demi Moore, Gary Oldman y Roger Duval, con guion basado en la novela homónima de **Hawthorne**. Aborda el tema del pecado, la culpa y la hipocresía de la sociedad puritana ante un caso de adulterio.

- *El extraño caso del Dr. Jekyll y el señor Hyde,* dirigida por Víctor Fleming en 1941 e interpretada por Spencer Tracy e Ingrid Bergman. Otra versión, *El testamento del Dr. Cordelier,* dirigida por Jean Renoir en 1951, recrea con acierto la misma narración de Stevenson.

Entre los motivos habituales de la literatura fantástica están los temas del doble, la presencia sobrenatural y la locura; proponemos otras obras para profundizar en los mismos:

JAMES, H.: *OTRA VUELTA DE TUERCA*, JOSÉ BIANCO (TRAD.), SIRUELA, MADRID, 2001.

—: *Los amigos de los amigos*, M.ª Luisa Balseiro (trad.), Siruela, Madrid. 1987.

Otra vuelta de tuerca es una narración imprescindible con múltiples puntos de vista y una atmósfera donde se mantiene la incertidumbre sobre la realidad de la historia. *Los amigos de los amigos* es una excelente muestra de narración que refleja las relaciones entre los vivos y los muertos.

Maupassant, G. de: *El horla y otros cuentos fantásticos*, Esther Benítez (trad.), Alianza Editorial, Madrid, 2002.

El horla es una contribución espléndida a la narrativa fantástica en la que se trata el tema del otro vinculado a la locura.

Borges, J. L., Bioy Casares, A., Ocampo, S.: *Antología de la Literatura Fantástica*, Edhasa, Barcelona, 1989.

Esta *Antología* recoge relatos de grandes autores como Poe, Swedenborg, Joyce, Kafka, entre otros, quienes nos conducen por estremecedoras historias sobrenaturales, inexplicables y misteriosas más allá del tiempo y del espacio.

Poe, E. A.: *Cuentos* (2 vol.), Julio Cortázar (trad.), Alianza, Madrid, 2003.

Edgar Allan Poe reúne narraciones dominadas por el terror, lo sobrenatural, la preocupación metafísica y el gusto por el análisis, además de algunas exploraciones sobre el pasado y el futuro, series de estampas grotescas y cuentos de carácter satírico.

Si aún quieres seguir temblando, recomendamos la lectura de otras tres grandes novelas de la literatura fantástica del siglo XIX:

Potocki, J.: *Manuscrito encontrado en Zaragoza*, José Luis Cano (trad.) Alianza, Madrid, 1998.

Shelley, M.: *Frankenstein o el Moderno Prometeo*, Francisco Torres Oliver (trad.), Alianza, Madrid, 1981.

Stoker, B.: *Drácula*, Mario Montalbán (trad.), Plaza y Janés, Barcelona, 2000.

OTRAS MIRADAS

Muchos escritores han tratado el tema del doble en su narrativa. John Polidori, escritor inglés, en un duelo de ingenio propuesto por Lord Byron una noche de verano de 1816, en los alrededores de Ginebra, escribió un cuento sobre la figura del vampiro, doble demoníaco. Mary Shelley, presente también en aquella reunión, nos dejó *Frankenstein o el moderno Prometeo* (el doble artificial). Veamos cómo se presenta el vampiro y el oscuro temor que provoca:

> *Sucedió en medio de las disipaciones de un duro invierno en Londres. Apareció en diversas fiestas de los personajes más importantes de la vida nocturna y diurna de la capital inglesa, un noble, más notable por sus peculiaridades que por su rango.*
>
> *Miraba a su alrededor como si no participara de las diversiones generales. Aparentemente, solo atraían su atención las risas de los demás, como si pudiera acallarlas a su voluntad y amedrentar aquellos pechos donde reinaba la alegría y la despreocupación. Los que experimentaban esta sensación de temor no sabían explicar cuál era su causa. Algunos la atribuían a la mirada gris y fija, que penetraba hasta lo más hondo de una conciencia, hasta lo más profundo de un corazón.*

El Vampiro, www.letrasperdidas.galeon.com/consagrados/c polidori 01.htm

También a Poe le sedujo el tema del doble:

> *En* William Wilson, *el cuento de Poe [...] narra la incomodidad que le provoca al personaje principal la presencia del doble, del lado oscuro de su imaginario, hasta que, al asesinarlo, se mata a sí mismo. Recordemos las últimas palabras del doble asesinado en la narrativa de Poe:*
>
> *«Tú has vencido, y yo me entrego. A partir de aquí tú también estás muerto —¡muerto para el Mundo, para el Cielo y para la Esperanza! En mí tú existías —y en mi muerte, observa esta imagen, que es la tuya propia, cuán completamente te has asesinado a ti mismo».*
>
> Alegorías de lo apócrifo. Ricardo Piglia, duelo y traducción en: www.tulane.edu/~avelar/piglia.html

Stevenson crea en los personajes del Dr. Jekyll y el Sr. Hyde una versión muy especial del doble en un momento en que el predominio de la moral victoriana es indiscutible y el prestigio social impone guardar las apariencias:

> *Ha sido por el lado moral, y sobre mi propia persona, donde he aprendido a reconocer la fundamental y originaria dualidad del hombre. Considerando las dos naturalezas que se disputaban el campo de mi conciencia, entendí que se podía decir, con igual verdad, ser una como ser otra, era porque se trataba de dos naturalezas distintas; y muy pronto, mucho antes de que mis investigaciones científicas me hicieran lejanamente barruntar la posibilidad de un milagro así, aprendí a cobijar con placer, como en un bonito sueño con los ojos abiertos, el pensamiento de una separación de los dos elementos. Si estos, me decía, pudiesen encarnarse en dos identidades separadas, la vida se haría mucho más soportable.*
>
> *El extraño caso del Dr. Jekyll y Mr. Hyde,*
> www.bibliotecasvirtuales.com/biblioteca/Stevenson/doctorjekillymisterhyde/index.asp

En *Cuadernos de notas*, Henry James bosqueja el argumento de su cuento de fantasmas *Otra vuelta de Tuerca:*

> *34 Devere Gardens W. Sábado, 12 de enero de 1859: Anoto aquí la historia de fantasmas que el arzobispo de Canterbury me contó en Addington (la noche del jueves 10); un mero boceto, vago, general, impreciso, puesto que no otra cosa le había referido (de modo harto malo e imperfecto) una dama que no poseía el arte de narrar ni claridad alguna. Es la historia de unos niños (de edad y en número indefinidos) que, muertos presumiblemente los padres, quedan al cuidado de sirvientes en una vieja casa de campo. Los sirvientes, malvados y corrompidos, corrompen y depravan a los niños; los niños se vuelven viles, capaces de ejercer el mal en un grado siniestro. Los sirvientes mueren (la historia no dice claramente cómo) y sus apariencias, sus figuras, vuelven para poseer la casa y a los niños, a quienes parecen tentar a quienes invitan y convocan desde más allá de lugares peligrosos, el profundo barranco tras una cerco derruido, etc., de modo que al entregarse a su poder los niños pueden destruirse, perderse...*
>
> www.epdlp.com/j.html

Ernst Theodor Amadeus Hoffmann aborda el tema del no muerto en *Vampirismo*, una excepcional historia de vampiros:

> *Maldito aborto del infierno, ya sé por qué aborreces el alimento de los hombres: ¡te cebas en las tumbas, mujer diabólica! Apenas había proferido estas palabras, la condesa, dando alaridos, se abalanzó sobre él con la furia de una hiena y le mordió en el pecho. El conde dio un empujón a la rabiosa mujer y la tiró al suelo, donde entregó su espíritu en medio de las convulsiones más espantosas. El conde enloqueció.*
>
> www.epdlp.com/h2.html#hoffmann

Guy de Maupassant, en su cuento fantástico *El Horla,* nos plantea una duda: ¿delirio o presencia fantasmal?

> *4 de julio. Decididamente, las crisis vuelven a empezar. Vuelvo a tener las mismas pesadillas. Anoche sentí que alguien se inclinaba sobre mí y con su boca sobre la mía, bebía mi vida. Sí, la bebía con la misma avidez que una sanguijuela. Luego se incorporó saciado, y yo me desperté tan extenuado y aniquilado, que apenas podía moverme. Si eso se prolonga durante algunos días, volveré a ausentarme.*
>
> Traducción de Ricardo Zelerayán, 1988

CLÁSICOS JUVENILES

Títulos de la colección

1. *Antología de relatos policíacos*
   Edición de Constantino Bértolo

2. JACK LONDON, *Colmillo Blanco*
   Edición de José García Cuartero

3. CARLO COLLODI, *Las aventuras de Pinocho*
   Edición de Ezequías Blanco

4. FRANZ KAFKA, *La metamorfosis y otros relatos*
   Edición de José Hamad

5. ROBERT LOUIS STEVENSON, *La flecha negra*
   Edición de Eusebio Delgado

6. JULIO VERNE, *Los hijos del capitán Grant*
   Edición de Tomás Sánchez Santiago

7. EMILIO SALGARI, *Yolanda, la hija del Corsario Negro*
   Edición de Jesús Felipe Martínez

8. MARK TWAIN, *Huckleberry Finn*
   Edición de Inés y Juan Díaz de Atauri

9. CHARLES DICKENS, *Oliver Twist*
   Edición de Lourdes Jerez

10. *Antología de cuentos fantásticos del siglo XIX*
    Edición de Carmen Candioti

*Este libro se terminó de imprimir
en los talleres gráficos
EDELVIVES, en Zaragoza,
el día 28 de Mayo de 2004,
festividad de San Emilio.*